FRIDA MATTHES
Zwei Sorten Glück

Weitere Titel der Autorin:

Vom Glück und den Tagen dazwischen
Von der Liebe und den Jahren dazwischen

Über die Autorin:

Frida Matthes arbeitete viele Jahre für Funk und Fernsehen. Nach hunderten Reportagen über Fabergé-Eier, essbare Algen, Hundeernährungsberatung, Höhlenkäse und andere seltsame Phänomene fühlte sie sich gut gerüstet für die fiktive Welt des Schreibens. Mittlerweile hat sie unter Pseudonym mehrere Bücher veröffentlicht – und dabei Platz 1 der SPIEGEL-Bestsellerliste erobert. Frida Matthes lebt mit ihrer Familie in Köln.

FRIDA MATTHES

Zwei Sorten Glück

ROMAN

lübbe

Dieser Titel ist auch als E-Book erschienen

MIX
Papier aus verantwortungsvollen Quellen
FSC® C014496

Originalausgabe

Einband-/Umschlagmotive: © Shutterstock: JPstock | Irtsya | windesign; © GettyImages: Peter Zelei Images
Umschlaggestaltung: FAVORITBUERO, München
Satz: two-up, Düsseldorf
Gesetzt aus der Minion
Druck und Verarbeitung: GGP Media GmbH, Pößneck
Printed in Germany
ISBN 978-3-404-18439-2

3 5 4 2

Sie finden uns im Internet unter luebbe.de
Bitte beachten Sie auch: lesejury.de

Glück ist wie Eiscreme. Man muss es genießen, solange es da ist.

Meine Mutter sagt immer, mit vorausschauendem Denken kann man fast jede Katastrophe vermeiden. Vorausschauendes Denken ist das A und O des Lebens. Es sorgt dafür, dass man auf die Toilette geht, bevor man in den Bus steigt, und verhindert, dass man sich mittags einen Teller Bohnen reinstopft, wenn man abends in einem hautengen Schlauchkleid zu einer Opernpremiere geht.

Das ist einleuchtend, oder? Vorausschauendes Denken ist ein elementarer Bestandteil der Vernunft, und Vernunft ist der entscheidende Faktor – was mich betrifft, nicht nur für meine Arbeit als Notarfachangestellte, sondern auch für die Erziehung meines fünfzehnjährigen Sohnes und überhaupt für ein sorgenfreies Leben. Ich fand die Ratschläge meiner Mutter immer sehr hilfreich. Bis ich feststellte, dass sie überhaupt nichts taugen.

Mein ganzes Leben lang bin ich ein Kopfmensch gewesen, der über alle wichtigen Entscheidungen gründlich nachgedacht und jedes Für und Wider abgewägt hat, bevor ich einen Entschluss fasste. Doch wie sich herausgestellt hat, waren sämtliche meiner wunderbar durchdachten Entscheidungen falsch gewesen. Ich hatte Simon geheiratet. Und auch sonst kein Glück bei den Männern.

Und nach dem Chaos in der Kanzlei und dem unsäglichen Verhalten meiner Familie auf meiner Geburtstagsfeier und dem

Desaster mit Dr. Eduard Kaperski habe ich mich kurzerhand entschlossen, jegliche Vernunft über Bord zu werfen und diesen klapprigen Eiswagen nach Italien zu fahren, um ihn seinem attraktiven Besitzer zurückzubringen. Lorenzo. Der meine Knie zum Schmelzen bringt und meinen Verstand umnebelt und der unter mysteriösen Umständen verschwunden ist, nachdem er mich geküsst hat. Natürlich weiß ich, dass es verrückt klingt, einfach ins Blaue zu fahren und auf die Liebe zu hoffen.

Aber mal ehrlich – ist es wirklich verrückt, auf sein Herz zu hören? Oder ist das nicht doch das Vernünftigste, was man tun kann?

DER AUFBRUCH

Wo die Vernunft endet,
fangen die Träume an.

Wer immer darauf wartet, dass andere mitkommen, verpasst das Leben.

1

Sich von der Vernunft zu verabschieden ist so befreiend, wie eine Diät zu beenden. Man hat auf einmal so viele Möglichkeiten! Selbst als vierundvierzigjährige geschiedene Alleinerziehende darf man auf einmal *alles.* Johannisbeerenkuchen mit Sahne zum Frühstück essen, Gelb zu Grün anziehen und sich die Haare selbst schneiden. Gut, vielleicht hätte ich es nicht unbedingt gestern Abend nach der Flasche Wein machen und eventuell auch nicht die Nagelschere benutzen sollen, aber jetzt ist es passiert. Ich wollte schon immer eine Ponyfrisur haben. Ist mir egal, dass es mir nicht steht. Immerhin sehe ich jetzt so kreativ aus, wie ich mich fühle.

Abgesehen davon ist der Unterschied zwischen richtig und falsch ja doch nur eine Fessel, die einem das eigene Gewissen aufzwängt oder die Deutsche Gesellschaft für Ernährung oder seine schrullige Familie. In meinem Kopf herrscht so eine Klarheit. *Detox Your Brain* – der neue Trend. Entschlacke deine Gedanken, schon fällt aller Stress von dir ab.

Als ich zum Beispiel an der Liste für meinen Sohn Basti und meinen Vater gearbeitet habe, auf der ich das notiert habe, was sie wissen und worauf sie achten müssen, wenn ich weg bin, habe ich bei Punkt 8 (Klopapierrollen nachlegen, sobald die

Ersatzrolle angebrochen wurde) gestoppt, den Zettel zerknüllt und weggeschmissen. Sollen sie doch selbst sehen, wie das ist, wenn man auf dem Klo sitzt und kein Papier mehr da ist. To-do-Listen, Pflichtbewusstsein, bleierne Bürde des vorausschauenden Denkens – einfach weg damit! Freie Gedanken für eine freie Frau! Hab die *Darf-man-*, *Soll-man-*, *Muss-man-*Ketten gesprengt. Fühle mich so schöpferisch! Und ideenreich! Was vielleicht auch an diesem irrsinnigen Haarschnitt liegt, Modell »Aktionskünstlerin«. Ich könnte mich mit Silberfarbe überschütten und mit einem Meerschweinchen und einem roten Luftballon auf eine Verkehrsinsel stellen, und es wäre ein Live-Event.

Okay. Vielleicht sollten die Gedanken doch nicht allzu ungehindert strömen. Der Grat zwischen Freisein und Überschnappen ist schmaler, als man denkt. Andererseits muss ich in dieser Situation darauf gefasst sein, dass jede Menge Weisheiten aus mir raussprudeln. Deswegen habe ich beschlossen, alles genau zu dokumentieren. Die Erkenntnisse einer Reisenden. Wertvoll für die Nachwelt. Und für mich! Damit ich meine Wiedergeburt als neuer Mensch später noch mal nachverfolgen kann. Am Steuer eines Fahrzeugs zu sitzen ist ja fast so, wie sich in die Zelle eines Schweigeklosters zurückzuziehen, was schon so mancher getan hat, der danach sein Leben komplett umgekrempelt hat.

Ich nehme diese Aufgabe nun voller Wagemut an und stürze mich in das Abenteuer, den Eiswagen nach Montecchio, Umbrien, Italien zu fahren. Okay. Ich gebe zu, dass ich nicht völlig planlos aufbreche. Ich habe die Eisdielen in Montecchio im Internet recherchiert und dort die GELATERIA FANTASTICA, die GELATERIA TRADIZIONALE und die GELATERIA ANGELO gefunden. Voller Übermut habe ich gestern dort angerufen, bis mir klar wurde, dass ich kein Italienisch kann. Aber die Frau, mit der ich gesprochen habe, wusste, wovon ich sprach.

Sie rief direkt: »Lorenzo. Aaaah! Lorenzo!«

»Lorenzo *Italia* oder *Germania?*«

»*Si, si*, Lorenzo, *Italia*«, und dann folgte noch irgendwas, das ich nicht verstanden habe.

Aber wenn ich jetzt wieder anfange, alles komplett zu hinterfragen, kann ich gleich zu Hause bleiben und mich auf mein Sofa setzen, das mein Vater seit seinem Einzug in Beschlag genommen hat, und mit ihm irgendwelche Dokus über den Zweiten Weltkrieg gucken. Und das will ich nicht. Ich will Lorenzo finden, und dafür muss ich fast tausenddreihundert Kilometer zwischen mich und meine Familie bringen.

Ich habe also gepackt und bin bereit – bereit für meine Reise nach Italien.

Ich schleiche mich aus der Wohnung und gehe die Treppe runter. Vor Eduards Tür verharre ich kurz. Der Mann macht ja morgens früh immer Gymnastik, um sich bei seiner Stützmuskulatur einzuschleimen. Dieser Scharlatan, der mich so blamiert hat wie noch nie jemand in meinem ganzen Leben. Ich überlege kurz, ob ich das »Dr.« auf dem Klingelschild übermalen soll, aber ganz neu anzufangen bedeutet auch, unangenehme Erinnerungen zu verdrängen und den Groll hinter sich zu lassen. Außerdem habe ich keine Hand frei.

Meine Schritte hallen von den Wänden wider, ich erreiche das Erdgeschoss.

Obwohl mir der Hausflur vertraut ist, kommt mir alles auf einmal so surreal vor. Ich bin mit dem Auto ohne Begleitung nie weiter als bis Frankfurt gefahren. In meinem Kopf summt und brummt es vor lauter Begeisterung darüber, dass ich allein losziehe. So mutig!

Ich durchquere die Hofeinfahrt. Da steht er. Der Eiswagen. GELATO ITALIANO. Ein wohliger Schauer fährt mir über den Rücken, als ich an die Minuten mit Lorenzo dem Eismann im

Inneren des Wagens denke – zwischen den Regalen und den blinkenden Bottichen voller Eiscreme. Es ist doch so: Wo die Vernunft endet, fängt das Träumen an. Und warum sollte ich nicht von dem Eismann träumen? Davon, dass er sich unsterblich in mich verliebt hat? Dass er zwar aussieht wie ein Filmstar, aber dennoch verrückt nach mir ist? Und dass wir beide eine wundervolle gemeinsame Zukunft haben können, voller *gelati*, *amore* und Sette Peccati? Das ist die Eissorte, die er für mich kreiert hat, sie trägt den vielversprechenden Namen »Sieben Sünden«! Wer bestimmt denn, dass ich mich mit Männern wie Eduard oder Simon begnügen muss? Die Liebe kennt keine Grenzen. Ich bin richtig gerührt, so sehr glaube ich in dem Moment daran, dass meine Zukunft golden und wundervoll werden wird.

Vielleicht sollte ich meine Gedanken gar nicht für mich behalten, sondern gleich unters Volk bringen. Bloggen. Von unterwegs ins World Wide Web senden. *Eiscreme und Wahrheit.* Die Nomaden-Bloggerin. Na ja, gut. Ich sollte erst mal losfahren, dann kann ich immer noch überlegen, was ich unterwegs alles mache.

Ich steige also in den Wagen. Nehme bewusst den Geruch der vanillefarbenen Ledersitze wahr, die mich mit einem sanften Knirschen willkommen heißen. Stopfe meine Tasche und den Reiseproviant in den Fußraum der Beifahrerseite. Butterbrote, Bonbons, Müsliriegel, eine Flasche Wasser – und zur Bestätigung meiner Emanzipation von sinnlosen Regeln, eine Tüte Chips. Einfach so, weil ich Lust darauf habe! Schon läuft mir das Wasser im Mund zusammen. Ich reiße die Tüte auf, schaufle mir eine Handvoll in den Mund, fantastisch. Morgens um sieben Uhr Chips am Steuer eines Eiswagens essen – die Unvernunft gefällt mir immer besser.

Gerade habe ich die Wangen bis zum Anschlag voll und bin

wahnsinnig glücklich, da klopft es an die Seitenscheibe. Ich zucke zusammen, verschlucke mich und dann gleich noch mal, als ich sehe, wer da neben dem Auto steht: meine Mutter. Sie starrt von der Chipstüte zu dem Pony, den ich mir in einem Anfall von promillebedingtem Aktionismus geschnitten habe. An ihrem Blick kann ich sehen, was sie denkt: Was zur Hölle macht dieser Mensch mit der schrägen Frisur da?

Das würde ich mich auch fragen, wenn es mir nicht völlig egal wäre. Aber viel wichtiger ist die Frage: Was macht sie hier? Ich meine, sie wollte nie wieder mit mir reden. Und ich nicht mit ihr. Wir sind fertig miteinander.

Demonstrativ greife ich in die Chipstüte und stopfe mir den Mund voll. Essen ist allemal besser als reden.

»Miriam, du fährst also tatsächlich nach Italien«, sagt meine Mutter durch die Scheibe. Woher weiß sie das denn? »Ich habe mit meinem Lieblingsenkel telefoniert gestern Abend«, antwortet sie unaufgefordert.

Na toll, denke ich ärgerlich. Sonst die Verschlossenheit in Person, und jetzt posaunt mein Sohn überall meine Abenteuerpläne aus.

»Ich dachte, du willst nicht mehr mit mir reden«, sage ich.

»Will ich ja auch nicht, aber ich muss. Ich bin schließlich deine Mutter.«

Für einen Moment erwacht der Gedanke, dass sie eingesehen hat, wie unmöglich sie sich auf meiner Geburtstagsfeier vorgestern benommen hat.

»Und was willst du dann hier? Dich entschuldigen?«

»Wofür sollte ich mich entschuldigen?«, fragt sie zurück.

Wofür? Wirklich???

Während ich doch wieder anfange, mich zu ärgern, sehe ich, wie sie um das Auto herumgeht. Fassungslos schaue ich zu, wie sie die Beifahrertür aufmacht und einsteigt. Tausend Fragen liegen mir auf der Zunge, aber ich muss erst mal meinen Proviant retten, auf den sie fast mit ihren Ballerinas getreten wäre.

»Hey! Pass auf, da sind wertvolle Sachen drin!«

Ich hechte in den Fußraum.

»Dann ist das ja wohl kaum der richtige Platz dafür«, weist mich meine Mutter zurecht. Sie nimmt meine Tasche und den Proviantbeutel und hievt beides auf den mittleren Sitz, quetscht ihre eigene Tasche – warum hat sie Gepäck dabei? – zu ihren Füßen und schnallt sich an. »Na, dann los!«

»A… aber«, stammle ich. »Wie jetzt? Was willst du hier?«

»Ich fahre mit, ist doch klar. Du kannst das nicht allein.«

Ich schnappe empört nach Luft, aber sie lässt sich nicht aus der Ruhe bringen. »Bei einer solch langen Fahrt ist eine Beifahrerin zwingend vorgeschrieben«, sagt sie.

»Bist du jetzt in der Fernfahrergewerkschaft, oder was?«

»Das ist gesunder Menschenverstand, mein Kind. Mehr nicht.«

Da sitzt sie seelenruhig in ihrer weinroten Tunika, auf ihrem Busen ruht die violette Lesebrille an der Kette, die grauen Haare sind frisch getönt, auberginefarben. Sie sieht aus wie eine Museumsdirektorin, die bei einem Cappuccino den neuesten Museumskatalog studiert. Aber statt sich um ihr Kulturprogramm zu kümmern, drängt sie sich in mein persönliches Abenteuer hinein. Das ist doch wohl die Höhe!

Wie immer, wenn meine Mutter kategorisch solche Sachen sagt, bin ich überfordert. Mein Hirn, das eben noch schön entschlackt fröhlichen Unsinn fabriziert hat, meldet schon wieder Überlastung. In meinem Kopf herrscht ein riesiges Durcheinander. Als wäre ein Daunenkissen explodiert und überall schwebten weiße Federn. Man weiß gar nicht, wo man mit dem Aufräumen anfangen soll und wie man die unzähligen Fitzel wieder eingefangen bekommt.

Ich hasse es! Ich hasse es, dass ich nicht klar denken kann, sobald meine Mutter im Spiel ist. Kurz überlege ich, sie aus dem Auto zu zerren. Aber auf einen Nahkampf mit meiner Mutter bin ich trotz meiner inneren Befreiung nicht vorbereitet. Na super. Ich bin nicht mal losgefahren, da gerät das Unternehmen schon ins Stocken.

»Du kannst nicht mit. Wir … wir haben uns gestritten«, sage ich. Sie zieht nur die Nase kraus. »Und das ist viel zu anstrengend für dich«, argumentiere ich weiter.

»Ach was. Ich bin topfit. Außerdem hast du selbst gesagt, ich soll mal über den Tellerrand schauen.«

»Ja, aber über *deinen!*«

»Familie ist Familie. Wir haben alle denselben Tellerrand.«

»Stimmt doch gar nicht. Jeder hat seinen eigenen Tellerrand.«

»Wer sagt das?«

»Na, ich.«

»Jetzt fahr endlich los!«

»Ich … ich…«

Die Daunen trudeln in dicken Schwaden in der Luft herum, und ich kann nicht klar sehen.

»Ich solle mich nicht in meinen eigenen vier Wänden vergraben, hast du gesagt«, sagt meine Mutter. »Und jetzt gehe ich raus, und es passt dir auch nicht?«

»Aber damit hab ich gemeint, dass du irgendeine Busreise für Senioren machen sollst!«

»Das ist ein Bus, ich bin Seniorin, also ist das eine Busreise für Senioren.« Sie klappt die Sonnenblende runter und fährt sich mit der Hand durch die Haare.

Ich merke, wie ich langsam ermatte. Meiner Mutter zu widersprechen ist, wie gegen die Strömung zu schwimmen. Da fällt mir was ein.

»Wolltest du nicht mit deiner Museumstruppe nach Barcelona fliegen?«

Sie hält einen Moment inne, schürzt die Lippen und streicht sich über eine Augenbraue, dann klappt sie die Sonnenblende mit einem Knall nach oben.

»Also wirklich«, sagt meine Mutter. »Dein Vater darf zu dir kommen, wie es ihm passt, aber *ich* nicht? Er darf Teil deines Lebens sein, und *ich* nicht? Ist es das, was du mir sagen willst?« Sie sieht mich unmissverständlich an, ihre blauen Augen blitzen.

Mein Mund klappt auf, meine Hände werden feucht. Diese Vorwürfe sind so absurd, dass es lächerlich ist.

»Nein«, beeile ich mich zu erwidern. »Blödsinn! Aber das hier ist doch was anderes. Erstens hatte ich gar nicht geplant, dass Papa bei mir einzieht …«

»Was du mir übrigens verschwiegen hast«, unterbricht sie beleidigt, »wirklich, das verzeihe ich …«

»Ich wollte es dir ja sagen«, rufe ich kläglich, »es gab nur keine richtige Gelegenheit und …«

Während meine Mutter über die Ungerechtigkeit dieser Welt schwadroniert, in der ihre eigene Tochter Geheimnisse vor ihr hat und zu dem Mann hält, der sie hintergangen hat, fällt mir aus heiterem Himmel das Buch über das alte Rom ein, das ich als Kind so geliebt habe, besonders das Kapitel über das Kolosseum. Diese Gladiatoren, die um ihr Leben kämpfen mussten! Da gab es eine Gladiatorenart, den Retiarius. Er sah aus wie ein Fischer und war bis auf einen lächerlichen Lendenschurz und einen Armschutz splitternackt, weswegen man ihn auf den ersten Blick unterschätzt hat. Doch zu seiner Kampfausrüstung gehörte ein Wurfnetz. Das hat er geschickt über seinen Gegner geworfen, und sobald der sich darin verfangen hatte, hat der Retiarius den Dreizack zum tödlichen Stoß gezückt. Und hier in diesem Eiswagen fällt mir dreißig Jahre später auf, dass meine Mutter genauso kämpft. Sie wirft das Netz aus, und je mehr ich versuche, mich zu befreien, desto mehr verfange ich mich darin.

»Ach, so war das doch schon immer!«, klagt meine Mutter. »Bei deinem Vater bist du das liebe Mädchen, egal, was er Schlimmes anstellt, und bei mir bist du stets auf Protest aus.« Ihre Stimme bricht, so zeigt sie mir, wie sehr ich sie verletzt habe, dann setzt sie zum Finale an, der Dreizack blitzt tödlich auf. »Ich hatte wirklich gehofft, dass das mit dem Alter besser werden würde, aber da hab ich mich wohl getäuscht.«

Sie fasst sich an die Brust, als ob ich für eine Verengung ihrer Herzkranzgefäße verantwortlich wäre.

Zum ersten Mal unterdrücke ich den Impuls, mich zu rechtfertigen und zu beteuern, dass das nicht stimmt, da wird mir klar, dass mein einziger Ausweg aus diesem Kampf ist, einfach nicht mehr mitzumachen. Gar nicht erst anzutreten.

»Was soll's. Du wirst schon sehen, was du davon hast. Tausenddreihundert Kilometer in einem klapprigen Eiswagen ohne Klimaanlage und mit Stoßdämpfern aus den Sechzigerjahren.« Ich drehe den Zündschlüssel um, und mit einem Röcheln erwacht der Motor zum Leben. Zufrieden bemerke ich, wie es jetzt schon dröhnt. Das wird Madame-von-und-zu-Sitzheizung schon nach wenigen Kilometern zermürben, und dann wird sie freiwillig aussteigen, um mit dem Zug nach Hause zu fahren. In dem Moment fällt mir eine noch bessere Lösung ein. Ich brauche gar nicht zu warten, bis ihr die Lust vergangen ist oder eine Hämorrhoide zwickt. Ich sorge selbst dafür, dass sie bald aussteigt. Genau. Mein Abenteuer, meine Spielregeln. »Hab noch was vergessen«, sage ich und ziehe die Handbremse an, lege den Leerlauf ein, steige aus und gehe um den Wagen rum, sodass meine Mutter mich nicht sehen kann. Dann rufe ich meine

Schwester Laura an. Zum Glück erwische ich sie noch, bevor sie zur Arbeit fährt – sie ist die Managerin der Orthopädiepraxis ihres Mannes Helge. Um ihr keine Gelegenheit zu geben, auf die Katastrophe meiner Geburtstagsfeier zu sprechen zu kommen, platze ich sofort raus mit dem Drama: »Mama dreht durch. Du musst sie retten!«

Ich erkläre die Sachlage in kurzen Schlagworten, wobei ich ziemlich laut reden muss, weil neben mir der Motor so tuckert.

»Was soll das denn werden, wenn's fertig ist?«, brüllt da auf einmal mein Erdgeschossnachbar von seiner Terrassentür her quer durch den Garten. Er trägt nur Boxershorts und hat ausnahmsweise mal keine Baseballkappe auf. Sein Haar steht ihm wirr vom Kopf ab. »Hier so einen Lärm zu machen, so früh an einem Sonntagmorgen!«

Aha. Wenn den Herrn Rockmusiker etwas stört, meckert er rum. Aber wenn mich der Schuhhaufen vor seiner Wohnungstür stört, ist ihm das komplett egal.

Ich halte die Hand auf das Handy und rufe zurück: »Es ist *Montag!*«

»Egal«, antwortet er. Er ist erstaunlich muskulös für jemanden, der nur in seiner verdunkelten Bude hockt, aber bescheuert wie eh und je. »Mach die Karre aus oder fahr weg.«

»Essen Sie mal einen Apfel!«, rufe ich ihm hinterher.

Er macht nur eine wegwerfende Bewegung und zieht sich wieder in seine Höhle zurück, vermutlich, um bis zum Nachmittag zu schlafen.

Laura hat sich in der Zwischenzeit meine Bitte durch den Kopf gehen lassen. Und da sie nie eine Gelegenheit scheut, ihre Stellung als Mamas Liebling unter Beweis zu stellen, willigt sie ein.

»Also, bis gleich«, sage ich erleichtert ins Handy und beende das Gespräch.

Das Problem hätte sich schon mal erledigt. Ich steige wieder ein.

Meine Mutter hat in der Zwischenzeit ihre Lippen nachgezogen. »Dein Nachbar ist ja aufdringlich«, sagt sie.

»Da kenne ich noch jemanden«, erwidere ich spitz, was sie natürlich ignoriert.

»Wie kann man sich nur in so einem Aufzug draußen präsentieren? Apropos …« Sie deutet auf meine farbenfrohe Kombination aus gelbem Shirt und grüner Hose. »Bist du über Nacht farbenblind geworden?« Sie kichert.

»Es wäre äußerst reizend«, sage ich, während ich aus der Hofeinfahrt rolle, »wenn du die Meckerei vorübergehend einstellen würdest.«

»War doch nur ein Spaß.«

»Was hab ich gelacht!«

»Du bist genauso humorlos wie dein Vater.«

Ich atme tief ein und aus. Zeit für eine Weisheit aus dem Nomaden-Blog *Eiscreme und Wahrheit: Um aus Bitterorangen süße Eiscreme zu machen, braucht man sehr viel Zucker.*

Na ja. Was soll's: Wenn man keinen Wert mehr auf die Meinung anderer legt, kann einen auch niemand beleidigen. Nicht mal die störrische Frau, die dich geboren hat und die du gleich an der nächsten Raststätte loswerden wirst. Wo Laura sie auflesen und nach Hause bringen wird. Nach einigen Kilometern durch den Stadtverkehr biege ich auf die Kölner Stadtautobahn ab und gebe Gas. Was in diesem antiken Eiswagen ein ziemliches Gerumpel ist.

»Du meine Güte«, entfährt es meiner Mutter. Sie klammert sich am Türgriff fest.

»*Welcome on board*«, sage ich. »Bitte schnallen Sie sich an. Wir erwarten Turbulenzen auf den nächsten tausend Kilometern.«

Sie erwidert nichts.

»Und wer hat jetzt also keinen Humor?«, frage ich zufrieden.

Meine Mutter schnauft und schaltet das Radio an. Es ist ebenso antik wie der Rest des Wagens. Sie dreht an dem Knopf auf der Suche nach einem Sender. Zum Glück muss ich sie nur noch wenige Minuten ertragen. Denn meine Mutter ist Kulturfaschistin. Alles außer Klassik geht gar nicht. Wenn die Moderatoren irgendwas von Moll und Adagio säuseln, nickt sie anerkennend und bekommt diesen erhabenen Gesichtsausdruck. Für populäre Musik jedweder Art hat sie nur Verachtung übrig, als ob es ein Charakterfehler wäre, sie zu mögen.

Aber ich reg mich gar nicht auf. Noch knappe zehn Kilometer bis zur Raststätte. Immerhin lässt das Symphonieorchester, das tapfer gegen das Brummen des Motors anfidelt, sie verstummen. Ich hoffe, Laura ist schon da, wenn wir ankommen. Als das Ausfahrtschild naht, ist das Orchester zu Chorgesang übergegangen, ein Kanon, der sich in immer höhere Töne schraubt und mich ziemlich nervös macht. In Erwartung der Erlösung setze ich den Blinker. Bevor meine Mutter fragen kann, was ich vorhabe, erkläre ich, dass ich tanken muss.

»Das ist doch viel zu teuer«, befindet sie. »Niemand, der bei Verstand ist, tankt auf der Autobahn. Ich frage mich, weshalb du nicht vorher …«

»Außerdem muss ich aufs Klo«, unterbreche ich sie schnell.

»Wirklich?« Sie starrt mich perplex an. »Hast du etwa Probleme mit der Blase? Ich kann dir nur sagen, das wird nicht besser. Du solltest dringend Beckenbodentraining machen. Es gibt da ein Set Vaginalkugeln …«

»Mama!«, schreie ich über den Chor hinweg, der sich zu seinem hysterischen Höhepunkt schmettert. »Das ist ja nicht zum Aushalten.« Ich schalte das Radio aus und lenke auf die Abbiegespur.

»Was für ein Glück, dass du mich dabeihast«, sagt meine Mutter verschnupft. »Diese Reisevorbereitung lässt jedenfalls sehr zu wünschen übrig.«

Langsam rolle ich an der Tankstelle vorbei zu den Parkplätzen, die so früh am Morgen ziemlich leer sind. Lauras roter Fiat ist noch nirgendwo zu sehen. Mist. Ich parke den Wagen auf einem Lkw-Stellplatz, weil der breiter ist. Natürlich hat meine Mutter auch daran was auszusetzen. Der Eiswagen sei kein Lkw, und ich würde die Brummifahrer in Nöte bringen, nur weil ich kein Auto fahren könne und so weiter und so fort.

»Ich geh aufs Klo«, ruf ich dazwischen und steige aus.

»Ich komme mit. Wenn man unterwegs ist, sollte man jede Chance zur Blasenentleerung nutzen«, doziert sie, »selbst wenn man das Gefühl hat, dass man gar nicht muss.«

Oh Gott. Wie kann einem jemand, mit dem man so eng verwandt ist, dermaßen auf die Nerven gehen? Oder ist eine große genetische Übereinstimmung gar die Ursache für Aggressionen? Vielleicht sollte ich noch Soziogenetikerin mit dem Spezialgebiet »unüberbrückbare familiäre Differenzen« werden. Um meinen Frust wenigstens in Produktivität zu verwandeln.

Am Eingang zum Klo ziehen wir zwei Wertmarken. Meine Mutter ist der Meinung, dass wir sie unbedingt nutzen sollten, um Geld zu sparen.

»Coupons löst man ein, sonst wäre man schön doof«, sagt sie, als wir wieder rauskommen, und nimmt meinen Gutschein an sich.

Ich halte sie nicht davon ab, irgendwas zu kaufen, das selbst mit zweimal fünfzig Cent Rabatt noch komplett überteuert ist. Während sie sich im Shop umguckt, gehe ich nach draußen und rufe noch mal Laura an.

»Bin gleich da«, schnauft sie ins Handy und beendet das Gespräch.

Immerhin, das läuft.

Meine Mutter kommt zurück und schwenkt triumphierend eine Tageszeitung. »Ha!«, ruft sie, und es folgt eine langwierige Begründung, warum sie sich für einen Presseartikel entschieden hat – der ja Einheitspreise hat und demnach die größtmögliche Ausnutzung des Rabatts ist.

»Gratulation«, sage ich. »Und viel Spaß beim Lesen.«

»Ein bisschen Anerkennung wäre schon angebracht.« Sie rümpft erneut die Nase und öffnet die Beifahrertür. Weil ich keine Anstalten mache einzusteigen, fragt sie: »Was ist? Warten wir auf irgendwas Besonderes?«

Ich tue so, als ob ich Nachrichten auf meinem Handy lesen müsste. Ich will die Diskussion auf den Moment verschieben, wenn Laura da ist. Meine Schwester hat wenigstens direkt eingesehen, dass es eine Schnapsidee von unserer Mutter ist, mit mir nach Italien zu fahren, und das Beste, wenn sie sie wieder nach Hause bringt. Und das wird Laura ihr gleich erklären. Wenn sie eins gut kann, dann bestimmen, was gemacht wird. Da ist sie ganz in ihrem Element. Und in diesem Fall ist das mal eine gute Sache, denn ich kann's nicht erwarten, endlich allein zu sein. In meinem Kopf türmen sich nämlich schon wieder allerhand Gedanken, die ich lieber nicht hätte, und ich sehne mich nach Brain-Detox in meiner Schweigeklosterfahrerkabine.

Der Fiat saust um die Ecke. Laura ist natürlich viel zu schnell unterwegs. An ihr ist wirklich eine Rennfahrerin verloren gegangen. Sie verlangsamt auch nicht an der Bodenschwelle, wo der Zebrastreifen ist, es holpert ordentlich. Meine Schwester bremst erst scharf, als sie einen Parkplatz anvisiert. Mit einem Ruck kommt der Wagen zum Stehen. Das Anziehen der Handbremse ist weit hörbar. Laura steigt aus.

»Hi Laura«, rufe ich. »Danke, dass du so schnell gekommen bist.«

Meine Mutter kneift misstrauisch die Augen zusammen. »Was wird das denn, wenn es fertig ist?«

»Laura ist gekommen, um dich abzu...« An der Stelle komme ich ins Trudeln, weil Laura ihren Kofferraum öffnet, eine Reisetasche rausholt, ihn zuknallt und das Auto abschließt. »... um dich abzuholen«, beende ich meinen Satz mit meiner ganzen Überzeugungskraft.

»Nein«, sagt Laura fröhlich. »Ich hab's mir anders überlegt. Ich komme auch mit!«

Kaum hat man den Eisbecher verputzt, taucht er an den Hüften wieder auf.

2

Die anschließende Diskussion lässt sich darauf verkürzen, dass niemand auf das hört, was ich sage, während meine Mutter und Laura sich einig sind, dass ich auf keinen Fall allein fahren kann und sie mir also einen Gefallen tun und dass im Übrigen alles ein großer Spaß wird.

»Was ist denn aus dem Versprechen geworden, dass ihr nie mehr mit mir redet?«, frage ich entgeistert.

»Ach«, sagt Laura. »Du weißt doch, dass das nur leere Drohungen sind. Familie ist Familie.«

»Für mich war das keine leere Drohung. Sondern eine, die man ernst nehmen darf.«

Die beiden schauen mich einfach nur amüsiert an, als wäre ich eine Sprechpuppe. »Außerdem hast du selbst gesagt, dass es eine Schnapsidee ist, wenn Mama mitkommt«, versuche ich es ein letztes Mal.

»Ja, mit dir allein«, entgegnet Laura ungerührt. »Wenn ich dabei bin, ist das doch was ganz anderes. Also, wer fährt als Erstes? Soll ich?« Schon macht sie Anstalten, sich ans Steuer zu drängen, was ich gerade noch verhindern kann, indem ich mich ihr in den Weg werfe. Laura mustert mich einen Moment, die grün-gelbe Kleiderkombi und die Nagelscherenfrisur, und ihre

Augen blitzen amüsiert auf. »Wie heißt das Zirkusunternehmen eigentlich, dem du dich angeschlossen hast?«

»Haha.« Der doofe Spruch und ihr Bestreben, ans Steuer zu kommen, treiben mich dazu, einzusteigen und mich auf meinen Platz zu setzen, den Fahrersitz. Dabei versuche ich nachzudenken, wie ich aus der Nummer wieder rauskomme, was erheblich erschwert wird durch meine beiden Anverwandten, die sich auf die zweisitzige Beifahrerbank quetschen und jetzt Zirkusnamen erfinden, um mich zu necken. Erst halten sie sich mit Eissorten ran, von Zirkus Vanillini über Limonelli zu Stracciatellini, bis sie sich in Wortschöpfungen wie »Zirkus Einen in der Krone« verlieren, gepaart mit Bemerkungen wie »Der Clown ist aber mies drauf«, die natürlich auf mich gemünzt sind, weil ich keine Miene verziehe.

Es ist wirklich nicht zu glauben. Ich hab in meinem Leben schon so oft geschworen, nicht mehr mit ihnen zu reden. Das erste Mal bei der Aurora-Attacke. Ich war sieben, als Laura meine Lieblingspuppe Aurora mit der Geflügelschere ausgeweidet hat, weil sie gedacht hat, ich hätte ein Loch in ihren roten Pulli gemacht. (Habe ich auch, aber das war ein Unfall, weil ich neben der Wäscheleine mit einem Laternenstab fechten geübt habe, und noch lange kein Grund, meine Puppe zu zerlegen.) Jedenfalls wollte ich nie wieder ein Wort mit Laura reden, aber dann sagten unsere Eltern, wir dürften nur gemeinsam auf die Kirmes gehen, wo es dieses fliegende Karussell gab, und schon brach ich meinen Schwur.

Als ich fünfzehn war und furchtbar in den Nachbarsjungen Tobi Stein verknallt, gab es das nächste Drama. Meine Mutter hat mich blamiert, indem sie Frau Zenker aus Haus 11 bei einem Glas Weißweinschorle von meiner Schwärmerei erzählte, die es brühwarm Frau Stein berichtete, die es Tobi nicht verheimlichte, der mich daraufhin mied, als hätte ich die Krätze. Ein paar Wochen später sah ich dann, wie Laura Tobi geküsst hat, im Garten, vor meinem Fenster. Jetzt war Tobi in Laura verknallt. Er ist ihr hinterhergedackelt, obwohl sie ihn danach wie Luft behandelt hat. Und ich hab in mein Kissen geheult und erneut geschworen, nie wieder ein Wort mit Laura und meiner Mutter zu sprechen, was wiederum nicht lange gehalten hat.

Hätte ich doch damals schon mit meiner Familie Schluss gemacht! Dann hätte ich mir auch die Brautrede von meiner Mutter erspart. Ich will nicht näher darauf eingehen. Aber die Begriffe »Sorgenkind«, »Männerpech«, »verzweifelt«, und vor allem das Wort »Moppelchen« haben in einer Hochzeitsrede wirklich nichts zu suchen, selbst wenn man dabei noch so freundlich guckt. Grausame Sippschaft!

Und jetzt attackieren sie mich wieder im Doppelpack und nennen es Humor. Was mich seltsamerweise am meisten stört, ist, dass Laura sich mal wieder dazwischengedrängt hat, weil sie es nicht ertragen kann, dass ich mit unserer Mutter was allein mache. Ich spüre die Nadelstiche der Eifersucht. Was besonders bescheuert ist, weil ich ja auch meine Mutter nicht dabeihaben will. Und da sieht man es mal wieder: Familie macht alles kompliziert. Da denkt man erst, alles ist ganz klar, und man weiß, was man will, und wenn deine engsten Verwandten auftauchen, ist alles wieder wie früher. Man tut Dinge, die man nicht tun will, und sagt nicht, was man sagen will. Familie – die dunkle Seite der Macht.

Der Lkw-Parkplatz füllt sich. »Fahr los«, kommandiert Laura, nachdem sie endlich ihren Witzevorrat geplündert hat. »Wir helfen dir. Dass du nicht wieder reinfällst auf so einen Blender wie diesen …«

»Wenn einer diesen Namen auch nur ausspricht, fahre ich den Wagen gegen einen Brückenpfeiler«, kreische ich. »Damit das klar ist!«

»Schon gut, schon gut«, sagt Laura beruhigend. »Jetzt fahr endlich.«

Einer der Brummis hupt mich an. Also gebe ich auf und starte den Wagen. Genau tausendzweihundertvierundsiebzig Kilometer bis Montecchio. Schon ist wieder eine Unternehmung in meinem Leben von »Ich freu mich drauf« zu »Wann ist es endlich vorbei?« geworden.

Und was soll aus dem Wiedersehen mit Lorenzo werden? Bisher hatte ich mir das so vorgestellt, dass es eine dieser Ich-seh-dich-und-laufe-dir-in-die-Arme-Szenen wird, bei der er mir gesteht, dass ich in seinen Augen die schönste Frau der Welt bin, und man die Rosenblätter vom Himmel rieseln sieht. Aber Romantik wird wohl kaum aufkommen, wenn das maliziöse Damenduo danebensteht und seine Kommentare abgibt.

Als ob sie Gedanken lesen könnte, fragt Laura: »Jetzt sag mal ehrlich. Wieso fährst du überhaupt dahin?«

»Weil ich Abstand von euch haben wollte«, sage ich.

Natürlich interessiert das niemanden.

»Sag bloß, du hast dich in den Eismann verliebt?«, bohrt Laura weiter.

»Nein, natürlich nicht«, erwidere ich schnell, obwohl ich eigentlich: *Ja, und wie!*, schreien müsste. Er bringt mein Herz zum Singen und meine Haut zum Kribbeln. »Ich hab mit Lorenzos Familie telefoniert.« Glaube ich wenigstens. »Und jetzt bringe ich den Wagen zurück. Lorenzo ist auch da.«

»Ach ja? Und dann gibt es ein herzzerreißendes Wiedersehen?«

»Nein. Mit Sicherheit nicht.« Aber ich hoffe es doch, füge ich stumm hinzu.

»Mir machst du nichts vor, Schwesterherz«, sagt Laura. Ihr Handy klingelt, sie weist den Anrufer ab.

»Musst du nicht in die Praxis?«, brumme ich.

»Nein«, sagt Laura nur, wobei ihre Stimme schrill klingt und schnippisch im Nachhall ist.

»Und was ist mit Helge?« Sie antwortet nicht, sondern starrt nur biestig aus dem Fenster. Aha, denke ich überrascht. Sieh mal an. Bei Mister und Mistress Superglücklich ist also Stress angesagt. »Was sagt er dazu, dass du einfach so ein paar Tage wegfährst?«, bohre ich nach. »Du sagst doch immer, ohne dich würde die Praxis nicht laufen. Kommt Helge denn allein klar?«

»Nun lass sie doch mal«, mischt meine Mutter sich ein.

»Genau«, sagt Laura und fängt an, auf ihrem Handy rumzutippen.

Ein paarmal gehen Nachrichten hin und her. Dann ist eine Weile nur das Brummen des Motors zu hören. Als ihr Handy wieder klingelt, sehe ich aus den Augenwinkeln, dass sie es mit einem zufriedenen Lächeln ignoriert, das sie sich immer gestattet, wenn sie Oberwasser hat.

»Meinst du nicht, ihr solltet besser drüber reden?«, frage ich, natürlich rein konstruktiv.

»Ha!«, ruft sie. »Das sagt die Richtige. Die kein bisschen mit uns über Papa geredet hat. Die gemeinsam mit ihm einen Komplott ausgeheckt hat, ohne Mama und mir auch nur ein Sterbenswörtchen zu sagen.«

»Das war doch kein Komplott! Ich musste Papa aufnehmen, er hätte sonst auf der Straße gestanden.«

»Das hat der Mann sich ja wohl selbst eingebrockt«, befindet meine Mutter.

»Du hättest uns wenigstens Bescheid geben können«, sagt Laura.

»Ja, das stimmt«, gebe ich zu. »Aber das ist nicht so einfach, wenn man nicht weiß, wie andere darauf reagieren. Und ich hatte gehofft, dass … wenn ihr euch seht und direkt gegenübersteht, na ja, dass ihr euch dann wieder vertragt.«

»Tja. Falsch gehofft«, sagt Laura.

»Das Leben ist nun mal kein Tortenbüfett, von dem man sich die besten Stücke aussuchen kann«, sagt meine Mutter.

Was sie damit meint, erklärt sie nicht. Wir sind noch keine Stunde unterwegs, und ich fühle mich schon erschöpft. Vor allem, weil Laura nicht lockerlässt, sich darüber auszulassen, dass ich heimlich auf die Seite meines Vater gewechselt hätte und dass das Hochverrat sei.

»Ich kann das nicht mehr hören«, rufe ich irgendwann genervt, »man muss sich doch mal weiterentwickeln.«

»Prinzipien sind Prinzipien.«

»Wut ist aber kein Prinzip!«

»Mädchen, nun streitet euch doch nicht«, sagt meine Mutter auf einmal, als wäre sie die heilige Madonna, die nicht dauernd Öl ins Feuer gießt. »Wir fahren schließlich nach Italien! Hach, ich freu mich so drauf, das Meer zu sehen.«

»Äh … Wir fahren nicht ans Meer«, korrigiere ich.

»Was ist das denn wieder für ein Quatsch?«, fragt Laura, »natürlich fahren wir ans Meer. In Italien ist doch überall Meer.«

»Nicht im Landesinneren«, knurre ich. »Und Montecchio liegt im Landesinneren, genauer gesagt in Umbrien.«

»Dann machen wir einen Umweg«, bestimmt Laura. »Ich hab extra meinen Badeanzug eingepackt.«

Gerade will ich ihr sagen, dass ich hier die Reiseleitung habe und dass sie, wenn ihr das nicht passt, gern aussteigen kann, da ruft meine Mutter: »Genau! Ich will auch ans Meer. Es noch ein letztes Mal sehen.«

Der Satz wabert unheilvoll durch die Fahrerkabine wie ein Geist aus der schrecklichen Zukunft. Mir wird kalt. Hat sie eine Diagnose bekommen, von der wir nichts wissen? Hat sie nur noch wenige Wochen zu leben? Diesmal bin es wenigstens nicht nur ich, die mit den kryptischen Bemerkungen unserer Mutter

Probleme hat. Laura wirft entsetzt den Kopf rum und starrt sie an. Ich kann förmlich hören, wie sie die genetische Wahrscheinlichkeit berechnet, nach der sie auch an der tödlichen Krankheit leidet, die unsere Mutter bald ins Grab bringen wird.

»Was soll das heißen, Mama?«, frage ich.

»Das heißt, was es heißt«, sagt sie kurz angebunden und nestelt an ihrer Brillenkette rum.

Laura und ich werfen uns einen Blick zu, und Laura blafft: »Mama, jetzt rück raus mit der Sprache. Wenn einer sagt, ich will ein letztes Mal das Meer sehen, dann heißt das, dass er danach stirbt.«

»Heißt es gar nicht.«

»Doch.«

»Nein.«

»Also, hast du keine … also, warst du nicht beim … und er hat dir gesagt, dass …«

Laura stammelt ziemlich rum, weswegen ich jetzt mal das Heft in die Hand nehme: »Laura will wissen, ob du Krebs hast, Mama.«

»Was? Nein! Wie kommt sie denn auf die Idee?«

»Wie wohl?«, murmele ich.

»Und auch keine andere Diagnose?« Laura hat sich wieder im Griff und fragt die Liste der tödlichen Krankheiten ab, von Aneurysma bis Gehirntumor, das Schreckenskabinett der Laura Oppenstedt. Meine Mutter verneint alles. »Gut«, sagt Laura und befiehlt abschließend: »Du kommst nicht auf die Idee zu sterben, Mama, nur damit das klar ist.«

Meine Mutter nickt folgsam, und ich atme auf. Dann wäre das also auch geklärt.

Endlich kehrt Stille ein. Also, abgesehen von dem Dröhnen des Motors. Von meinem morgendlichen Überschwang ist nichts mehr übrig. Doch ich habe keine Lust, den winzigen

Rest meiner guten Stimmung mit Grübeln über Dinge, die ich jetzt gerade nicht ändern kann, zu verplempern. Beschäftige ich mich lieber mit Leuten, die ihr Leben auch kein bisschen im Griff haben, die sich aber überhaupt keinen Kopf darum machen. Meinen Sohn Basti und meinen Vater meine ich natürlich. Hab noch gar nichts von ihnen gehört. Keine Notanrufe, keine Panikattacken. Dabei haben wir schon nach zehn Uhr. Bin gespannt, ob Basti zur Schule gegangen ist. Besonders nach dem, was er mir gestern eröffnet hat, und unserem anschließenden Streit.

Wer Eis machen will, braucht Geduld und eine Kühltruhe.

3

Zwei Stunden später müssen wir wirklich tanken, danach halten wir noch am Parkplatz für den üblichen Pipi/Kaffee-Kram und für dringende Telefonate. Die Lage zu Hause lässt mir keine Ruhe. Es klingelt eine Ewigkeit, als ich dort anrufe, und ich will schon anfangen, mir Sorgen zu machen, ob Basti in der Schule ist, während mein Vater hilflos auf dem Badezimmerboden rumliegt, da geht er ans Telefon. Er ist erstaunlich gut gelaunt. Ich verdränge den Gedanken an die Küche, die bestimmt schon aussieht wie ein Schlachtfeld. Offenbar hat er eine Beschäftigung gefunden.

»Ich bastle an unserm Stammbaum. Pit hat mir …«

»Wer?«, frage ich.

»Pit. Aus dem Erdgeschoss. Er hat mir ein paar tolle Tipps gegeben. Ich durchforste jetzt das Internet und …«

Da ich bei einem Anruf von der Autobahnraststätte weder über die verhängnisvolle Verbindung von meinem Vater zu unserem schrägen Nachbarn noch über seine neuesten Hobbys informiert werden will, unterbreche ich ihn.

»Und wie ist Basti drauf?«

»Wer?«, fragt er zurück.

»Dein Enkel.«

»Ach so. Ja. Ich glaube gut. Er ist nicht da. Oder er schläft noch. Ich weiß nicht.«

Ich verdrehe die Augen. »Na ja. Wenn was ist, meldet euch.«

»Wusstest du, dass deine Urururgroßmutter im Deutsch-Französischen Krieg als Krankenschwester in einem Lazarett gearbeitet und die Pocken überlebt hat?«

»Nein. Wusste ich nicht. Bis dann.«

Bevor er mir noch unsere familiären Verflechtungen bis in die Zeit von Karl dem Großen aufzählen kann, lege ich auf. Ich habe schon genug lebende Verwandte um mich rum, da brauche ich nicht noch Geister der Vergangenheit. Meine Mutter kommt gerade mit drei Bechern Kaffee aus dem Shop. Laura steht immer noch am Rand des Parkplatzes und telefoniert. Normalerweise fertigt sie die Leute zack-zack ab, dieses Gespräch dagegen dauert ungewöhnlich lange. Schließlich kommt sie wieder, und es sieht verdächtig danach aus, dass sie geweint hat. Meine Mutter zieht alarmiert die Augenbrauen hoch, da sagt Laura schnell, dass ihr was ins Auge geflogen sei.

»Und, alles klar auf der Arbeit?«, frage ich, dabei meine ich natürlich, ob alles klar ist zwischen ihr und Helge.

Sie zuckt missmutig die Achseln. »Wahrscheinlich nicht«, sagt sie. »Aber Helge kriegt davon eh nichts mit, wenn es in der Praxis drunter und drüber geht.« Sie nestelt an ihrer Handyhülle rum. »Er sitzt ja immer nur im Behandlungszimmer, und obwohl er keine Ahnung davon hat, was vorne bei uns am Empfang los ist, ist er der felsenfesten Überzeugung, ich sei zu streng mit unseren Angestellten. Aber jetzt hat er ja die Gelegenheit herauszufinden, wie falsch er liegt und was dabei rauskommt, wenn man die Arzthelferinnen nicht an die Kandare nimmt.«

»Also habt ihr euch gestritten?«, fragt meine Mutter überrascht und gibt Laura ihren Kaffee.

»Nein. Wir hatten eine Meinungsverschiedenheit. Was aber eigentlich Miriams Schuld ist.« Sie zeigt anklagend auf mich.

»Wie bitte? Was hab ich denn damit zu tun?«

»Deinetwegen haben wir uns gestritten! Weil du uns mit Papa überrascht hast und ich plötzlich ganz doof dastand.«

»Na sicher, und ich bin auch schuld am Ozonloch und am Bienensterben und daran, dass es keine Banjos mehr gibt, die leckersten Schokoriegel aller Zeiten«, murre ich. Laura hätte bestimmt eine weitere fiese Bemerkung gemacht, aber sie verbrennt sich die Zunge am heißen Kaffee. Währenddessen erkundigt sich meine Mutter nach ihrem einzigen Enkel und wie Basti das findet, dass ihn nach dem Vater auch die Mutter verlassen hat. »Ich hab ihn doch nicht verlassen«, protestiere ich. »Außerdem ist er schon fünfzehn, und sein Opa ist ja bei ihm.«

»Du bist nicht zu Hause, sondern auf dem Weg nach Italien, und das sieht für mich doch sehr nach Verlassen aus. Der arme Junge!«

»Der arme Junge kann jederzeit seinen Vater anrufen, wenn ihm danach ist. Ich glaube allerdings, er ist sogar froh, ein paar Tage ohne Eltern zu sein. Der kommt schon klar.«

Die pädagogische Heilkraft des Alleinseins, die ihm hoffentlich die Flausen aus dem Kopf treibt, lasse ich unerwähnt.

»Ja, das wird er. Der Bursche ist pfiffig«, schwenkt meine Mutter um, »der kriegt das hin.«

Also echt! Mir sagt sie, ich würde die Fahrt nach Italien nicht ohne sie und meine Schwester auf die Reihe kriegen, aber ein Teenager allein zu Hause schafft das, weil er so pfiffig ist?

»Hab ich euch schon erzählt, dass Helge bald an der Uni als Dozent anfängt?«, wirft Laura ein. »Vielleicht ist er demnächst Professor.«

»Nur euer Vater ist arm dran, so ohne sein persönliches

Hausmädchen«, sagt meine Mutter vergnügt. »Was der Mann sich verwöhnen lassen kann, das ist wirklich unglaublich. Ich hoffe nur, er nervt Basti nicht zu sehr. Der arme Junge. Allein mit Opa Kurt. Aber Basti hat sich unheimlich gemacht, findet ihr nicht? Er ist so groß und …«

»Was ist das eigentlich für ein seltsames Auto da vorne?«, unterbricht Laura sie. Ich folge ihrem Blick und sehe einen dunklen Wagen mit getönten Scheiben, der am Rande des Parkplatzes parkt, startbereit in Fahrtrichtung. Alle Türen sind geschlossen. Keiner steht daneben und vertritt sich die Beine. Vermutlich sitzen Leute drin und futtern sich durch das Raststättenbüfett. »Ich glaube, der verfolgt uns«, behauptet Laura.

»Quatsch. Wieso sollte der uns verfolgen?«

Ich sammle die leeren Becher ein und werfe sie in einen Mülleimer. Dabei behalte ich das Auto im Blick. Es ist eins dieser SUV-Gefährte, wie sie in amerikanischen Serien von FBI-Agenten gefahren werden. Laura zaubert dazu eine andere absurde Theorie aus dem Hut.

»Denk doch mal nach!«, sagt sie mit weit aufgerissenen Augen. »Die italienische Mafia ist in Deutschland weit verbreitet, weil sie hier ihr Drogengeld wäscht. Ergo ist der Eiswagen mit großer Wahrscheinlichkeit auch ein Geldwäscheunternehmen. Der italienische Besitzer des italienischen Eiswagens ist von zwei Männern in gut sitzenden Anzügen abgeholt worden, die wahrscheinlich zur Mafia gehörten. Ergo ist die Mafia hinter uns her.«

»Ergo … Du guckst zu viele Serien«, sage ich.

»Red nicht so von oben herab mit deiner Schwester«, korrigiert meine Mutter. »Da ist was dran, an dem, was sie sagt.«

»Und wer macht dich jetzt zum Experten?«, frage ich genervt.

»Das ist gesunder Menschenverstand.«

»Das sind Verschwörungstheorien. Der Eiswagen wurde nicht zur Geldwäsche eingesetzt. Lorenzo hat köstliches Eis verkauft!«

»Ja, und Geld gewaschen dabei«, beharrt Laura.

»Hat er nicht«, sage ich heftig, obwohl ich natürlich keine Ahnung habe, wie er seine Einnahmen verbucht und versteuert hat.

»Vielleicht hat er auch gar nicht nur Eis verkauft«, spekuliert Laura weiter.

»Was denn sonst noch?«

»Kokain? Ecstasy? Cannabis?«

Mir bleibt der Mund offen stehen. Laura ist ganz in ihrem Element, das da heißt *Spekulationen an den Haaren herbeiziehen.*

»Dieser Lorenzo hat dich nur reingelegt«, feuert sie weiter. »Er hat dir den Wagen angedreht, damit du die Drogen über die Grenze bringst, und ist dann abgehauen. Und du denkst, du tust was Gutes, indem du den Wagen zurückfährst. Dabei ist das nur ein Trick.«

»Du meine Güte«, ruft meine Mutter entsetzt und starrt zu dem schwarzen Auto. »Wir werden alle verhaftet!«

Ich muss lachen über die Panik, die Laura mal wieder verbreitet hat. »Regt euch ab. Ihr kennt Lorenzo nicht. Er ist ein wirklich anständiger Kerl und …«

In dem Moment muss ich an Dr. Kaperski denken, in dem ich mich ja auch getäuscht habe, und weiß nicht weiter.

»Wie bist du eigentlich auf die Idee gekommen, nach Italien zu fahren?«, fragt Laura. »Das ist ja eigentlich gar nicht deine Art, so spontan zu sein.«

»Na, als Lorenzo weg war, haben wir uns in dem Wagen umgesehen und …«

»Wer ist denn *wir?*«

»Da war noch so eine Frau. Eine Stammkundin.«

»Aha!«, ruft Laura. »Der Lockvogel!«

»Wie Lockvogel? Das ist doch absurd.« Mir wird schlagartig klar, dass es vielleicht wirklich so war. Sie hat die Postkarte als Ziel ins Gespräch gebracht und die Fahrt nach Italien vorgeschlagen. Diese nervige, vorlaute Person hat mir tatsächlich die Idee in den Kopf gesetzt. War das vielleicht doch … eine *Falle?* Nein, das kann nicht sein. Mein Lorenzo würde mich nie reinlegen! »Lasst uns einfach weiterfahren«, schlage ich vor, »dann sehen wir ja, ob wir verfolgt werden.«

»Wir werden verfolgt, glaubt mir«, beharrt Laura, als ob ihre Vermutung Beweis genug wäre. »In dem Fall sollte ich besser fahren.«

Sie will mir den Autoschlüssel abnehmen, aber ich verdrehe nur die Augen und setze mich schnell wieder auf den Fahrersitz. Beim Anfahren vermeide ich jeden Eindruck, dass wir auf der Flucht wären, und tuckere gemütlich über den Parkplatz. Erst auf der Auffahrt gebe ich richtig Gas. Natürlich behalte ich die ganze Zeit den Rückspiegel im Auge. Das schwarze Auto ist nicht hinter uns. In rasantem Spurt – mehr als hundert Stundenkilometer schafft der Eiswagen nicht – klemme ich mich vor einen Lkw. Von Verfolgern keine Spur!

»Na also«, sage ich zufrieden, »das war alles reine Einbildung.« Ich füge ein Lachen hinzu, um zu demonstrieren, wie harmlos diese Fahrt ist und wie unbescholten Lorenzos Charakter.

»Warte ab«, hält Laura dagegen. »Der taucht noch auf.«

Es folgen bange Minuten, in denen mein Blick abwechselnd nach vorne (irgendwo am Ende der Straße ist Italien), zur Seite (Lauras blasierter Gesichtsausdruck) und in den Seitenspiegel wandert (völlig verfolgerlos). Ich entspanne mich ein wenig, die Ruhe vor dem Triumph, den ich gleich auskosten werde, wenn sich herausstellt, wie falsch Laura lag. Das Lächeln meiner Schwester wird verkniffener. Sie hasst es zu verlieren. Was einen Sieg über sie umso kostbarer macht. Ich gebe mir noch fünf Minuten, dann ist eine Viertelstunde vergangen, seit der Abfahrt vom Rastplatz. Wenn der SUV dann nicht wiederaufgetaucht ist, ist er weg. Was bedeuten würde, Laura hätte Unfug erzählt, und ich hätte recht. Ich kann nicht erwarten, der Queen of Arrogance ihre Niederlage unter die Nase zu reiben. Die Spannung steigt.

»So«, hebe ich genüsslich an, »das war's wohl …«

»Wir sind noch an keiner Ausfahrt vorbei«, unterbricht Laura mich, »der ist noch hinter uns!«

»Der Einzige, der uns verfolgt, ist der Last …«

In dem Moment erblicke ich den schwarzen Wagen im Seitenspiegel. Er überholt den Lkw und setzt sich hinter uns, obwohl wir gerade mal mit neunzig Stundenkilometern über die Straße kriechen.

Meine Mutter dreht sich instinktiv um und schnappt erschrocken nach Luft. »Der könnte uns doch locker überholen«, wispert sie. »Warum überholt er uns denn nicht?«

Ich kann nichts dagegen machen, dass mir ebenfalls mulmig wird. Noch schlimmer als unseren Verfolger finde ich allerdings Lauras Jubel.

»Ha!«, schreit sie. »Hab ich's doch gesagt!« Sie ballt die Faust, als ob es ein Grund zur Freude wäre, dass wir von der Mafia verfolgt werden. Aber klar doch. Egal, ob wir wegen Drogenschmuggels verhaftet oder als Mitwisser eliminiert werden, Hauptsache, Laura hat recht. »Da brauchst du gar nicht so biestig zu gucken«, fährt sie zufrieden fort. »Du kannst ruhig anerkennen, dass ich unglaublich schlau bin.«

»Blabla«, murre ich. »Wenn du so schlau bist, dann sag uns lieber, was wir jetzt machen sollen.«

»Ich ruf die Polizei an«, sagt meine Mutter.

»Nein«, rufe ich. »Wir machen uns lächerlich. Es gibt bestimmt eine ganz harmlose Erklärung dafür, dass wir … verfolgt werden.«

»Ja, die Mafia ist hinter uns her«, wiederholt Laura.

Ich fahre langsamer, und das schwarze Auto rückt näher. Aber ich kann den Fahrer nicht erkennen, nur eine schemenhafte Gestalt.

»Ich will nicht von der Mafia verfolgt werden!«, jammert meine Mutter. »Miriam, tu was!«

»Was denn?«, frage ich.

»Wir müssen sie abschütteln«, ruft Laura.

»Wie denn? Der Wagen hat vielleicht dreißig PS. Der kann nicht schneller.«

Ich drücke das Gaspedal bis zum Anschlag, und die zitternde Tachonadel rückt kühn auf die 105 vor. Der Motor des Wagens dröhnt, als ob er gleich explodieren würde.

»Ich weiß!«, quietscht Laura. »Wir werfen Nägel aus dem Fenster. Dann bekommt er einen Platten.«

»Genau«, freut sich meine Mutter. »Das ist eine gute Idee.«

Du liebes bisschen. Zum Glück hat keiner der beiden eine Waffe dabei, sonst würden die Flintenweiber jetzt auch noch rumballern.

»Wir sind hier nicht bei James Bond. Erstens haben wir keine Nägel, und zweitens ist das gemeingefährlich«, widerspreche ich energisch.

»Gemeingefährlich ist, dass wir verfolgt werden«, faucht Laura.

»Maria und Josef, heilige Mutter Gottes, steht uns bei!« Meine Mutter bekreuzigt sich.

»Hier wird nicht gebetet«, rufe ich. »Dafür besteht gar kein Grund.«

Die Autobahn führt jetzt ein bisschen bergab, und wir werden unwillkürlich schneller. Das Fahrzeug wackelt und bebt wie die Tragfläche eines Flugzeugs in einem Orkan. Ich halte das Lenkrad fest umklammert, weil der Eiswagen zu schlingern droht. Wir rumpeln an einer Abfahrt vorbei.

»Fahr von der Autobahn ab!«, schreit Laura in dem Moment.

»Zu spät«, rufe ich, weil wir das Ende der Abbiegespur schon erreicht haben.

Dann passiert es: Laura greift mir ins Steuer und reißt es nach rechts herum, der Wagen kommt ins Schleudern, wir rattern über einen schmalen Streifen Grün, alles klappert und hüpft hinten drin. Auf unserer schlecht gefederten Sitzbank hopsen wir bis fast an die Decke, irgendwo im Wagen springt eine Klappe auf. Der Wagen trudelt über die Abbiegespur auf die Leitplanke zu, und ich denke, das war's.

ZWEI MONATE VORHER

Jedes Ende ist ein neuer Anfang,
man weiß nur nie, wovon.

Wer Familie hat, braucht keine Feinde mehr.

4

Ich habe immer gedacht, Familie bedeutet, gemeinsam mit Problemen fertig zu werden, die man ohne einander gar nicht hätte. Denn das Besondere an Familie ist, dass man sich die größten Macken und Fehler verzeiht, selbst wenn sie einem kolossal auf die Nerven gehen.

Das reißfesteste Material der Welt?

Ein DNA-Strang.

Was für ein Unsinn! Familie ist nur eine zufällige Ansammlung von Leuten, mit denen man zwar verwandt ist, mit denen man aber absolut nichts gemein hat. Außer ein paar Genen vielleicht. Was tatsächlich nichts zu bedeuten hat. Schließlich ist Genetik auch nur Evolutionsbingo, bei dem der Zufall entscheidet, welches Kind die Sommersprossen bekommt und welches den treuen Ehemann, und ob man miteinander reden kann oder nur aneinander vorbei.

Jedenfalls scheint das Gen fürs Verzeihen und Versöhnen und vor allem das Gen für Großherzigkeit in meiner Familie Mangelware zu sein. Oder es sind einfach alles Mutanten. Das wäre eine gute Erklärung für den ganzen Irrsinn. Jedenfalls ist meine Familie mit dran schuld, dass es überhaupt so weit gekommen ist, dass ich mein wunderbar strukturiertes Leben hingeschmissen und mit dem Eiswagen aufgebrochen bin. Deswegen sollte ich die Geschichte auch so erzählen, wie sie passiert ist. Von Anfang an. Der zugleich ein Ende war. Ein überraschendes Ende.

Im Mai wurde Lissy, die Lebensgefährtin meines Vaters, beim Einpflanzen von Rosenkohlschösslingen von einem Hirnschlag dahingerafft. Damit hatte wirklich niemand gerechnet. Zweiundsechzig gilt allgemein als zu früh, um vor seinen Schöpfer zu treten, auch wenn böse Zungen behaupten, in Lissys Fall sei es ausgleichende kosmische Gerechtigkeit. Aber meine Mutter und ihr loses Mundwerk sind ein Thema für sich.

Jedenfalls starb Lissy ohne jede Vorankündigung, und mein Vater war völlig von der Rolle. Was nicht bedeutete, dass er das in irgendeiner Weise verbalisierte. »Ich wollte nur anrufen, um dir zu sagen, dass Lissy heute Morgen gestorben ist«, sagte er am Telefon in dem sachlichen Tonfall, mit dem man einen daran erinnert, ein Paket zur Post zu bringen.

»Was?«, entfuhr es mir geschockt.

»Ja. Sie lag tot im Beet. Ihre Strümpfe waren ganz dreckig, weil sie beim Umfallen ihre Gartenclogs verloren hat.«

»Das tut mir sehr leid«, sagte ich und meinte es auch so. Bei dem, was ich hinzufügte, war ich mir dagegen nicht so sicher, ob ich es ernst meinte, oder ob mal wieder nur mein Pflichtbewusstsein aus mir sprach. »Kann ich dir bei irgendwas helfen?«

Mein Vater war fünfundsiebzig, und seit er vor drei Jahren Hals über Kopf beschlossen hatte, meine Mutter zu verlassen und über Nacht aus dem gemeinsamen Haus auszuziehen, hatten wir ein recht distanziertes Verhältnis zueinander, obwohl ich mich anfangs sogar um Fairness und Verständnis bemüht hatte. Im Gegensatz zu meiner Schwester und meiner Mutter, die sein Verhalten einfach nur skandalös und unverzeihlich fanden. Eine Ansicht, die ich nach und nach übernahm, als ich mitbekam, wie Lissy jede Kontaktaufnahme zwischen meinem Vater und seiner Familie torpedierte. Sie verhinderte Besuchstermine durch angebliche Krankheit (wir können nicht kommen, Lissy hat eine furchtbare Nebenhöhlenentzündung), durch Reisen (sogar an Weihnachten) oder wichtigere Termine wie Treffen mit ihrer eigenen Familie. Nein, sie war mir alles andere als sympathisch. Dennoch war ich froh, dass ich das Hilfsangebot ausgesprochen hatte. Besonders als ich hörte, dass das nicht nötig sei, weil Lissys Familie alles im Griff hatte.

Kurz nach dem Anruf meines Vaters saßen wir auf den ausladenden grünen Ledersofas im Wohnzimmer meiner Mutter. Laura hatte ich von unterwegs aus informiert, und sie hatte sich ebenfalls sofort auf den Weg gemacht.

»Und sie ist bei der Gartenarbeit einfach umgefallen?«, fragte sie erneut und fuhr sich nervös durch die kastanienrot getönte Kurzhaarfrisur. »Sie hat vorher nichts gespürt und war dann auf einmal tot? Das ist so unheimlich. Findet ihr nicht?« Sie schüttelte sich unbehaglich.

»Deswegen heißt es Schlaganfall«, sagte meine Mutter, die an dem Verschluss des Champagners herumnestelte, den Simon und ich meinen Eltern zum vierundvierzigsten Hochzeitstag geschenkt hatten, dem letzten, den sie gefeiert hatten. »Ein Schlag und du bist weg.«

Ich starrte auf die grüne Flasche, an der sich das Kondenswasser sammelte. Die Champagnernachmittage hatten Laura und ich ins Leben gerufen, nachdem unser Vater ausgezogen war. Irgendwie konnte man mit seiner Mutter ja nicht das übliche Liebeskummerprogramm durchziehen, wie man es bei einer Freundin machen würde: Mädchenfilme ansehen, Ben & Jerry's essen und eimerweise Margaritas trinken. Wobei wir, ehrlich gesagt, immer Sekt getrunken haben, nicht Champagner. Champagner klingt nur besser. Dass meine Mutter ausgerechnet zu Lissys Dahinscheiden den echten Champagner rausgeholt hat, war zwar pietätlos, aber auch ein bisschen verständlich. Seit dem Auszug meines Vaters hielt sie große Stücke auf Verbitterung und andere erlesene Gefühle. Manchmal hatte ich das Gefühl, sie sonnte sich richtig darin.

»Ich hatte in letzter Zeit auch oft Kopfschmerzen«, sagte Laura nachdenklich. »Hier!« Sie tippte sich an die rechte Schläfe. »Da pocht es manchmal so komisch.« Sie schaute mich erschrocken an. »Da, jetzt schon wieder!«

»Dann tipp doch nicht drauf rum«, sagte ich.

»Sorgenmachen hat noch keinen vor dem Sensenmann gerettet«, sagte meine Mutter und ließ den Korken knallen.

Laura schüttelte sich und rieb sich noch mal über den Kopf. »Das stimmt«, sagte sie entschlossen. »Bevor ich viel darüber nachgrüble, sollte ich lieber ein MRT machen lassen.« Sie zog ihr Handy raus. »Ich schreib gleich mal Jutta aus der Radiologie an. Die kann mir bestimmt schnell einen Termin besorgen.«

Laura ist drei Jahre älter als ich und als Leiterin der orthopädischen Praxis ihres Mannes Dr. Helge Oppenstedt im Gesundheitssektor bestens vernetzt, was Fluch und Segen zugleich ist. Sie hatte nämlich in letzter Zeit einen richtigen Knall entwickelt. Sie meinte, wenn man auf die fünfzig zugehen würde, dürfte man nichts mehr auf die leichte Schulter nehmen. Was dazu führte, dass sie sich schon mit einem Bein im Grab wähnte, sobald sie nur etwas über eine schreckliche Krankheit hörte oder las.

Meine Mutter hatte drei Gläser eingeschenkt, hob ihres und deklamierte: »Auf die ausgleichende kosmische Gerechtigkeit.«

»Mama«, rügte ich und ließ mein Glas sinken. »Darauf stoße ich auf keinen Fall an.«

»Hm. Wie wäre es mit: Auf die Gartenarbeit?«

Ich schüttelte nur den Kopf. »Das klingt auch nicht nett. Lissy tut mir schon leid. Und Papa ebenfalls.«

»Dann trinken wir halt einfach so den guten Champagner, den wir für eine besondere Gelegenheit aufgehoben haben«, schloss meine Mutter die Diskussion ab.

»Mir tut Papa genauso leid«, beeilte sich Laura zu sagen. »Total leid! Sogar mehr als dir, Miriam.«

Ich runzelte die Stirn, weil ich mal wieder nicht kapierte, was Laura meinte. Aber bei meiner Schwester ist es manchmal besser, nicht zu genau nachzufragen.

»Erzähl doch mal: Was macht denn mein einziger Enkel? Geht es ihm gut auf der Klassenfahrt?«, fiel meine Mutter dazwischen.

Ich nickte. »Ja. Gestern waren sie im Buckingham Palace. Ich glaub, sie haben viel Spaß.« Ich zog mein Handy raus, um ein paar Fotos zu zeigen.

»Helge war letztes Jahr auf einem Symposium in London«, sagte Laura, die keine Gelegenheit ausließ, ihren Mann, den Herrn Doktor, zu lobpreisen. »Das hat ihm auch gut gefallen. Wobei er natürlich nicht viel Zeit zum Sightseeing hatte.« Sie nickte kurz das Bild ab, das Basti von sich auf dem London Eye gemacht hatte, und fragte: »Was macht Papa denn jetzt so allein?«

»Das will ich auch mal wissen«, sagte meine Mutter. »Der Mann ist doch ohne eine Frau an seiner Seite gar nicht überlebensfähig.«

Ich erwartete eine weitere gemeine Bemerkung, die blieb aber aus. Hm. Das Bild in meinem Hirn kristallisierte sich langsam klarer heraus. Meine Eltern hatten seit drei Jahren kein Wort mehr miteinander geredet. Jede Kommunikation zwischen den beiden, wenn man den spärlichen Austausch von Informationen zu Bankangelegenheiten und anderen bürokratischen Dingen überhaupt Kommunikation nennen kann, lief über mich, weil auch Laura sich weigerte, mit meinem Vater zu sprechen. Was nicht hieß, dass sie nicht sehr daran interessiert waren, was ich ihnen von meinen Telefonaten über das neue Leben meines Vaters zu berichten hatte. Und nun war die Dame aus dem Spiel genommen worden. Das veränderte die Spielsituation.

»Nächste Woche ist die Beerdigung«, erklärte ich, atmete tief durch und verkündete: »Und ich habe mir vorgenommen, großzügig darüber hinwegzusehen, dass Lissy ein Biest war, und dorthin zu fahren.« Meine Mutter kniff hinter ihrer Hornbrille die Augen zusammen, Laura sog erschrocken die Luft ein. »Ich meine, natürlich können wir … *konnten* wir sie nicht leiden«, beeilte ich mich zu sagen, »aber wenn jemand stirbt, dann verändert sich doch alles und vielleicht …«

In dem Moment stockte ich. Auf dem Tisch lag der Klotz aus Gießharz, in den meine Mutter vor etlichen Jahren eine Rosenblüte aus dem Garten gegossen hat. Ich weiß noch, wie sie erklärt hat, dass die Blüte keinen Tropfen Wasser mehr enthalten dürfe, weil sonst Luftblasen daran hängenbleiben könnten, was später zu Fäulnis führen würde. Das hatte mich total beeindruckt, und ich hatte die Rosenblüte in ihrem durchsichtigen Sarg ständig nach Zeichen von Schimmel und Verderben untersucht. Aber da war sie noch, unvermodert, die Rose von 1991.

»Vielleicht *was?*«, fragte Laura.

»Na ja. Vielleicht …« Ich blinzelte über den Rand meines Glases zu meiner Mutter hinüber, die mich regungslos anschaute. »Vielleicht könnt ihr ja mitkommen.«

»Ha! Lieber würde ich einen Fallschirmsprung machen. Ohne Fallschirm.«

»Und ich habe Wichtigeres zu tun«, beschied Laura mich. »Der Rhabarber muss eingemacht werden.«

»Verstehe«, sagte ich trotzig. »Dann gehe ich eben allein.«

Laura starrte mich durchdringend an. »Miriam«, fing sie an, und ich wurde rot, noch bevor sie weitersprach. »Ich weiß, was du da willst.«

Ich beobachtete gebannt, wie in meinem Glas die Luftbläschen wie Perlenketten an die Oberfläche stiegen.

»Was will sie denn?«, fragte meine Mutter verwirrt.

»Na, einen Mann kennenlernen.«

Ein Glitzern zog sich über das Gesicht meiner Mutter, und ich nahm einen großen Schluck Champagner. Sie richtete sich auf und schaute mich erwartungsvoll an.

»Will ich gar nicht«, prustete ich, weil mir die Kohlensäure in die Nase stieg. »Wer geht schon auf eine Beerdigung, um dort Männer kennenzulernen?«

»Eine geschiedene Frau Mitte vierzig, die kürzlich erfahren hat, dass ihr Ex wieder Vater wird, und die am liebsten zu Hause hockt und auf der Arbeit nur Kolleg*innen* hat und einen durchgeknallten Chef«, schlussfolgerte Laura. »Hochzeiten sind in unserem Alter durch, bei Geburtstagen kennt man meistens alle Gäste seit Ewigkeiten, bleiben also Beerdigungen als soziale Events, auf denen man neue Leute treffen kann.«

»Das klingt ja grässlich«, sagte ich.

»Realität ist Realität, Schwesterherz.« Laura grinste.

Ich verdrehte die Augen und unterließ jeden weiteren Protest. Meiner Schwester hatte ich noch nie etwas vormachen können.

»Das ist ja eine tolle Idee«, ließ meine Mutter vermelden. »Aber vielleicht solltest du was abnehmen vorher?«

Ich verschluckte mich an einer Salzbrezel. Bis zu dem Zeitpunkt hatte ich gar nicht gewusst, dass ich überhaupt ein Figurproblem hatte. Also, jedenfalls eines, das es wert war, in der Familie diskutiert zu werden. Du liebe Güte, wenn man ein, zwei, drei Kilo zugenommen hatte, war das doch Privatsache! Leider nicht in dieser Familie, wie ich seit meiner Hochzeit mit Simon nur zu gut wusste, als meine Mutter meine Jojo-Figur-Biografie vor allen Gästen ausgebreitet hatte. Ich trank einen Schluck, um die Krümel aus meiner Kehle zu spülen.

»In einer Woche kann man nicht viel abnehmen«, sagte Laura bestimmt. »Besser, sie zieht den schwarzen Blazer an, der kaschiert gut.«

»Und ein Tuch, das ist immer vorteilhaft, um Speckrollen zu verstecken«, fügte meine Mutter hinzu.

»Vielleicht kann sie auch eine große Handtasche …«

»Also wirklich«, fuhr ich genervt dazwischen, »ich kann mir mein Outfit schon allein raussuchen.«

»Schon gut, schon gut, sei doch nicht gleich wieder eingeschnappt«, sagte meine Mutter, und Laura grinste.

»Ich bin nicht eingeschnappt«, gab ich zurück.

Aber in dem Moment merkte ich, dass ich es doch war. Speckrollen, eine Beerdigung, Simons Anruf, bei dem er mir freudig mitgeteilt hatte, dass er noch mal Vater wird, Basti, mein Sohn und meine seelische Stütze, auf Klassenfahrt in London, und ich allein in der großen Wohnung, das erste Mal seit fünfzehn Jahren. Auf einmal hatte ich einen Kloß im Hals.

»Und untersteh dich, dort zu heulen«, mahnte meine Mutter.

Ich räusperte mich. »Wieso sollte ich da heulen?«

»Weil du immer zu viel nachdenkst«, sagte Laura. »Und nah am Wasser gebaut hast.«

»Mädchen, ich sag es gern immer wieder«, deklamierte meine Mutter, und ich wusste schon, was kam, weil meine Schwester und ich diesen Grundsatz tausendfach gehört hatten. »Heulen in der Öffentlichkeit ist sozialer Selbstmord. Wenn das Badewasser zu kalt ist, öffnest du auch nicht die Pulsadern, um es zu wärmen.«

Es war die allgemeingültige Familienregel der Kramers, dass man sich zwar aufregen durfte, aber bitteschön nur so, dass es niemand mitbekam.

»Außerdem quillt dein Gesicht immer so auf, wenn dir die Tränen runterlaufen«, fügte Laura hinzu. »Wenn du auf der Beerdigung wirklich einen Mann kennenlernen willst, wäre Heulen dein Todesurteil.«

Wie es der Zufall will, nennt man es Schicksal.

5

Die Trennung meiner Eltern war aus meiner Sicht purer Zufall. Ich glaube, niemand von uns hätte jemals damit gerechnet, die beiden eingeschlossen. Aber dann gab es ein verhängnisvolles Zusammenspiel vom *Rosenkavalier* und einer Fusselrolle, die mein Vater achtlos auf dem Boden hatte liegen lassen, nachdem er sein Hosenbein von oben nach unten entfusselt hatte. Weil er sich beim Aufrichten mit der Hand auf der Kommode hätte aufstützen müssen, habe er sie liegen lassen müssen, rechtfertigte er sich hinterher, als die Rolle meiner Mutter zum Verhängnis wurde, weil sie mit einem übervollen Wäschekorb beladen darauf trat und mit einem grässlichen Knacken im Bein zu Boden fiel.

Als sie anfing, über die Schusseligkeit meines Vaters zu zetern, die angeblich an allem schuld war, erwiderte er nur: »Wenn man Wäschekörbe so füllt, dass man nicht mehr auf den Boden gucken kann, ist man selbst schuld.«

»Wenn der Herr des Hauses mal selbst einen Finger rühren würde, bräuchte ich auch nicht so viel Wäsche zu tragen«, sagte meine Mutter, woraufhin mein Vater seufzend erwiderte: »Es war ein Unfall, Ursel. Solche Dinge passieren.«

Dass er nicht zu Kreuze kroch, fand meine Mutter genauso

schlimm wie den Gips, der sie zu längerer Untätigkeit verbannte. Sie hatte ihre hausfraulichen Pflichten schon immer sehr ernst genommen, und Laura und ich sprangen abwechselnd ein, um wenigstens ihren Anspruch an Hygiene zufriedenzustellen, da unser Vater in Haushaltsangelegenheiten mit einem sehr großen Talent für das Demonstrieren von Talentlosigkeit gesegnet war. Schon wie er ein Bettlaken mit linkischen Bewegungen auf eine Matratze spannte, machte einen nervös. Andererseits konnte ich verstehen, dass er sich aus dem ganzen Prozess ausgeklinkt hatte, weil es fast unmöglich schien, es meiner Mutter auch nur ansatzweise recht machen zu können.

Dann stand *Der Rosenkavalier* auf dem Programm, und meine Mutter konnte mit ihrem Gipsbein nicht mit in ihre geliebte Oper. Laura war mit Helge auf einem Kongress, ich musste zu einer Aufführung von Bastis Literaturkurs, und mein Vater weigerte sich, allein hinzugehen. Was meine Mutter extrem empörte.

»Man kauft doch keine Opernkarten und geht dann einfach nicht hin. Das ist doch Verschwendung sondergleichen!«

»Das Geld ist sowieso weg. Wen interessiert, ob wir zu Hause bleiben?«

»Typisch«, zischte meine Mutter. »Manche suchen immer eine Ausrede.«

»Und andere verstehen nicht, dass ein Opernbesuch eine Gemeinschaftsunternehmung ist. Was soll ich denn da allein?«

Die Vorstellung, dass man für etwas bezahlt hatte und es nicht in Anspruch nahm, war für meine Mutter schon immer unerträglich gewesen. Ganz besonders, wenn es um Veranstaltungen des kulturellen Hochadels ging. »Dann nimm halt Bernd mit«, schlug sie vor.

Bernd war ein Freund meines Vaters, ein achtzigjähriger Pfeifenraucher und passionierter Doppelkopfspieler.

Als mein Vater ihn fragte, ob er mit in die Oper gehe, bekam Bernd einen Lachanfall, der in einen Hustenkrampf überging. Irgendwann, zwischen Lachen und Husten, keuchte Bernd: »Hörst du das? Wenn ich das in der Oper mache, werde ich gesteinigt. Es gibt nichts Brutaleres als kulturbeflissene Bildungsbürger.«

»Ich weiß«, knurrte mein Vater mit Blick auf seine Frau, die ihn vom anderen Ende des Wohnzimmers beobachtete. Immerhin hatte Bernd eine Idee, wie man meine Mutter besänftigen könnte. Er schickte an seiner Stelle seine Tochter Lissy, damals neunundfünfzig Jahre alt. »Die ist verrückt. Die mag so'n Kram.«

Mit Erstaunen stellte mein Vater fest, dass es andere Arten gab, einer Oper beizuwohnen, als in Ehrfurcht erstarrt und voller Ergriffenheit dem Geträller zu folgen. Lissy kommentierte jedes der Kostüme, lästerte über die dürre Sopranistin, die sich anhörte, als hätte sie Presswehen, und anstatt an überteuerter Weißweinschorle zu nippen, gingen sie in der Pause zu einem Imbisswagen auf der anderen Straßenseite, wo sie Bier tranken und Bockwurst aßen und sich über alte Tomatensorten unterhielten, die zwar krumpelig aussahen, aber den besten Geschmack aufwiesen.

Als mein Vater nach Hause kam, sagte er: »Das war die beste Oper, in der ich je war.«

Meine Mutter kniff misstrauisch die Augen zusammen. Dass ihr Mann ohne sie dorthin gegangen war, war für sie in Ordnung gewesen. Dass er ohne sie dort Spaß gehabt hatte, nicht. Das Schicksal geriet auf die schiefe Bahn. Mein Vater traf zum ersten Mal in ihrer Ehe eine eigenständige Entscheidung.

Drei Monate nach dem *Rosenkavalier* zog er zu Lissy in deren Wohnung. Er erklärte mir, er fühle sich, als wäre er nach einer Ewigkeit an Bord eines Dampfers wieder an Land gegangen und hätte entdeckt, wie schön und bunt und aufregend die Welt jenseits des Meeres sein kann. Er könne nicht mehr zurück auf das Schiff mit meiner Mutter. »Du bist erwachsen«, sagte er zu mir. »Du verstehst das sicher.«

Also ehrlich. Ich finde es unglaublich, was man als Erwachsene alles verstehen können soll. Die neue Steuerberatersoftware, den Nahostkonflikt, meinetwegen. Aber die Trennung seiner Eltern? Nee, das überstieg einfach meine Kapazitäten. Ich verstand es nicht, und ich wollte es auch nicht verstehen. Jedenfalls im ersten Moment nicht, völlig unter Schock. Da wird man ganz schnell zum Kind, das die Unterlippe vorschiebt, mit dem Fuß auf den Boden aufstampft und quengelt: »Ich will das aber nicht!« Es half alles nichts. Mit einundvierzig Jahren war ich auf einmal ein Scheidungskind.

»Trennungskind«, korrigierte Simon, überkorrekt wie immer. »Das ist was anderes.«

»Ob Scheidung oder Trennung ist doch egal. Beides fühlt sich scheußlich an«, antwortete ich jammernd. »Wie konnte er das nur machen?«

Simon prustete verächtlich und ließ sein Smartphone sinken. »Das war längst überfällig. Die gehen sich doch seit Jahren total auf den Sack.«

»Wie bitte?« Ich setzte mich entkräftet neben meinen Mann auf den Balkon. Wie leichtfertig er das Ende einer langjährigen Ehe hinnahm … »So kannst du doch nicht über meine Eltern reden!«

»Na klar. Die beiden haben sich ständig angegiftet. Deine Mutter ist die Königin der Nörgler und dein Vater ein verhaltensgestörter Kauz, der nie sagt, wenn ihm was nicht passt. Die Trennung war doch vorauszusehen.«

Ich bekam Gänsehaut. Simon hatte aus einer persönlichen Katastrophe eine logische Schlussfolgerung gezogen. Und ich hatte was gegen logische Schlussfolgerungen, wenn es um emotionale Fragen wie den Zustand einer Beziehung ging. »Aber sie waren so lange verheiratet!«, rief ich heftig.

»Na und? Meiner Meinung nach viel zu lang! Die beiden haben doch ganz unterschiedliche Interessen. Deine Mutter will ständig in Kultur machen, dein Vater lieber zum Fußball. Das passt hinten und vorne nicht.«

»Sie haben sich trotzdem nie richtig gestritten«, verteidigte ich sie.

»Hätten sie besser mal. Stattdessen ständig diese kleinen Reibereien, die einen auf Dauer zermürben.«

Ich starrte auf die Bäume hinter unserem Haus, der Verkehr brummte in einiger Entfernung, unten schlug eine Mülltonne zu.

»Aber nur, weil man sich mal kabbelt, heißt das noch lange nicht, dass die Ehe nicht gut ist«, sagte ich leise. »Reibereien gehören zu jeder Ehe, so wie Wespen zu Pflaumenkuchen im Garten gehören. Davon lässt man sich ja auch nicht den Appetit verderben!« Simon antwortete nicht, *Spiegel Online* fesselte seine Aufmerksamkeit. »Oder, Simon? In jeder Ehe gibt es hin und wieder Meinungsverschiedenheiten.« Und nach einer kleinen Pause fügte ich hinzu: »Zum Beispiel darüber, wann man sein Handy weglegt.«

»Was? Ja, klar.«

Er schaute mich erwartungsvoll an. Ich wollte noch was dazu sagen, aber auf einmal war mein Kopf wie leergefegt. Wenn Ehen nach so langer Zeit in die Brüche gehen konnten, war niemand davor sicher. Und »niemand« bedeutete: auch wir nicht. Ich würde es allerdings nicht so weit kommen lassen. Niemals! Das war mein fester Plan damals. Ich dachte, jede Beziehung könnte aufrechterhalten werden, wenn man sich nur genug anstrengte und immer wieder auf den Partner zuging.

»Was gibt es denn für interessante Nachrichten?«, fragte ich, um mit gutem Beispiel voranzugehen.

»Ter Stegen wechselt den Verein«, sagte Simon. »Achtzig Millionen Ablöse! Krass! Der Transfermarkt spielt mal wieder echt verrückt.«

Er schüttelte den Kopf, das Licht der Herbstsonne ließ seine blonden Haare leuchten. Ich erinnerte mich daran, wie ich ihn das erste Mal gesehen hatte, im Garten von Helge und Laura – er hatte mit einem von Helges Neffen Federball gespielt. Ich fand ihn gleich attraktiv. Dass Laura meinte, er wäre nichts für mich, hielt ich nur für einen ihrer Versuche, mein Glück zu torpedieren.

»Auch für eine Ablösesumme von achtzig Millionen würde ich dich nicht gehen lassen«, sagte ich und lächelte Simon verliebt an.

Er grinste. »Achtzig Millionen? Viel zu wenig für so einen erstklassigen Ehemann wie mich.«

»Spinner«, murmelte ich zärtlich und versuchte das unbehagliche Gefühl in meinem Magen zu ignorieren.

»Es wird beiden guttun, dass sie sich getrennt haben«, bekräftigte Simon. »Warte mal ab, das wirst du auch bald so sehen.« Er stand auf und ging rein.

»Werd ich nicht«, brummte ich trotzig. »Ich find's einfach nur blöd.«

Aber so ist das Leben: Es knallt einem gern mal unangenehme Überraschungen vor den Latz, begleitet von den mageren Worten: Und jetzt sieh zu, wie du klarkommst.

Als ich wieder einmal mit Laura telefonierte, sagte ich: »Ich finde es sehr belastend, dass wir jetzt zwischen den Stühlen sitzen.«

»Wer sitzt denn zwischen den Stühlen? Ich ganz bestimmt nicht. Und du sitzt nur zwischen den Stühlen, weil du nicht die

Courage zu einer eigenen Meinung hast. Wer von beiden hat denn hier wen verlassen?«

»Ja, gut. Papa ist weg, aber es lief ja vorher auch nicht so toll«, sagte ich vorsichtig. »An einer Trennung wirken irgendwie beide mit. Oder?« Ich kam mir sehr erwachsen vor, als ich das sagte.

»Was kann Mama denn dafür, dass Lissy ihr den Mann gestohlen hat?«, entrüstete sich Laura. »Sie hat ihm ja wohl kein Schild umgehängt, auf dem ZUM MITNEHMEN stand!«

»Das stimmt auch wieder. Trotzdem …«

»Außerdem hätte Papa der Ehe ruhig noch eine Chance geben können, als er gemerkt hat, dass er nicht zufrieden ist. Stattdessen hat er Mama einfach vor vollendete Tatsachen gestellt. Tja, so sind Männer. Hauen einfach ab, ohne Rücksicht auf Verluste.«

»Das kann man doch nicht verallgemeinern«, sagte ich und dachte an Simon.

»Doch, kann man. Bis auf Helge natürlich, der ist die rühmliche Ausnahme. Papa ist ein rücksichtsloses Arschloch.« Laura gab einen abfälligen Laut von sich. »Ich rede nie wieder mit ihm. Und du solltest dich besser auch entscheiden, auf welcher Seite du stehst.«

So einfach die Welt für Laura war, so kompliziert war sie für mich. Ich konnte mich nicht einfach zwischen den beiden entscheiden, ich musste erst gründlich nachdenken. In der Zwischenzeit ging das Leben weiter. Basti war auf dem Gymnasium, ich stellte fest, dass ich von englischer Grammatik kaum etwas verstand und mit dem Matheunterricht der sechsten Klasse schon überfordert war. Simon wurde zum Senior Accountant ernannt, was er wie eine Adelsauszeichnung vor sich hertrug, dabei war und blieb er Bilanzbuchhalter. Aber irgendwie war er noch erschöpfter, seit er befördert worden war, er musste nach der Arbeit erst einmal »abschalten«, bis das Essen auf dem Tisch stand. Mein Chef drängte mich, doch noch die Weiterbildung zur Notarfachwirtin zu machen, was Abendkurse und Wochenendseminare bedeutet hätte. Das reizte mich. Nach über zwanzig Jahren im selben Beruf fühlte ich mich schon, als würde ich auf der Stelle treten. Leider war damals eine Fortbildung nicht drin, auch wenn Laura meinte, wenn ich das wirklich wollte, müsste ich es einfach durchziehen, meine Männer würden schon damit zurechtkommen. Meine Mutter dagegen meinte, dafür, dass ich nur Mittlere Reife hätte, könnte ich zufrieden sein mit dem, was ich erreicht hätte. Ich hätte doch einen guten Job bei Dr. Gregor.

Wie sich herausstellte, brauchte ich mich überhaupt nicht aktiv für eine Seite entscheiden. Manchmal reichte es, gar nichts zu unternehmen, um auf eine Seite gezogen zu werden. Und da mein Vater und Lissy dauernd auf irgendwelchen Städtetrips unterwegs waren und noch dazu in Düsseldorf wohnten, hatte es sich so ergeben: Meine Mutter, Laura und ich waren das Team der Verlassenen, und mein Vater war der Kerl, der abgehauen war. Ich meine, er war auch sonst oft nicht da gewesen, wenn ich zu Besuch bei meinen Eltern gewesen war, nur dass er jetzt nicht beim Training von Viktoria Köln zuschaute, im Keller mit seinem Schnitzwerkzeug zugange war oder mit Bernd und seinen Kumpels Doppelkopf spielte, sondern richtig weg war, in einer anderen Stadt, bei einer anderen Frau. Was er, davon wurden wir bei jedem Treffen überzeugter, noch bereuen würde – diese impertinente Person würde ihn nämlich erst in den Wahnsinn treiben und dann ins Grab, schließlich war seine Gesundheit auch nicht mehr die, die sie mal war. Deswegen, so dachten wir, könnte er gar nicht mithalten mit so einer hyperaktiven Diebin aus Düsseldorf. Jemand, der Männer stahl, war für meine Mutter ohne Zweifel dem Lager der Kriminellen zuzuordnen.

Das Glück der anderen ist das Einzige, was sich verdreifacht, wenn man selbst keins hat.

6

In digitalen Zeiten staunt man über jeden handschriftlich adressierten Umschlag, aber besonders, wenn er cremefarben und wattiert ist. Ein paar Tage nach Lissys Dahinscheiden fand ich im Briefkasten gleich zwei solcher Umschläge. Einer hatte einen Trauerrand und war mit dunkelblauer Tinte beschrieben, der andere machte mir Angst. Eine bunte *Sesamstraßen*-Briefmarke und geschwungene runde Buchstaben mit hellblauem Glitzerstift. Ich brauchte gar nicht auf den Absender zu gucken, um zu wissen, von wem der kam.

Ich atmete tief durch und wollte es gleich im Hausflur hinter mich bringen, den Umschlag aufreißen, wie man einen Kaltwachsstreifen von der Bikinizone reißt, da nützt es auch nichts, wenn man länger wartet. Ich bohrte den Finger in den Zwischenraum am Rand, zerfetzte mit einem Ratsch den Umschlag, und da war sie. Die Karte, auf der in Pink stand: *UNSERE NEUE ADRESSE*. Und darunter eine silberne Wolke, an der die Hausnummer 7 hing. Spontan überkam mich Brechreiz, aber noch bevor ich über weitere Reaktionen nachdenken konnte, bekam ich einen Schlag von hinten. Es war die Haustür, die mir in den Rücken knallte.

»Aua!«, rief ich empört. Es war Peter Schwanke aus dem Erdgeschoss, der ja glaubte, dass Griffe nur Verzierung waren, weil man viel besser mit dem Fuß die Tür auftreten konnte. »Passen Sie gefälligst auf!«, motzte ich ihn an und hielt mir den Rücken.

»Pass doch selbst auf«, blaffte er sofort zurück.

Peter Schwanke und ich hatten so was wie eine Nachbarschaftsfehde, und deshalb nannte ich ihn insgeheim Maik die Muräne. Basti hatte mal ein Kinderbuch gehabt, in dem eine Muräne namens Maik die Hauptrolle spielte. Sie glotzte aus ihrer Felsspalte und kommentierte mürrisch die bunten Fische, die vorbeischwammen, dann zog sie sich grummelnd in die Dunkelheit zurück. So ähnlich war das auch bei unserem Nachbarn. Er war immer zu Hause, wobei die Rollläden ständig geschlossen waren, weil das angeblich seinen Axolotl besser bekam, die er in unzähligen grünlich schimmernden Aquarien züchtete, wie er mal erwähnt hatte. Wahrscheinlich schimmerte sogar die Luft in seiner Wohnung grünlich, jedenfalls strömte immer ein Schwall Mief in den Hausflur, wenn er die Tür öffnete. Dann streckte er den Kopf raus und spähte unter seiner speckigen Baseballkappe um die Ecke, als fürchtete er den Angriff einer Horde von marodierenden Marsmenschen. Die Muräne war Musiker und schlief bis mittags, dann klimperte sie auf ihrer Gitarre rum und starrte wahrscheinlich im Dämmerlicht auf ihre Lurche.

Nicht nur wegen seines für einen Mann von Ende dreißig skandalös unproduktiven Lebenswandels hatte ich eine ausgeprägte Abneigung gegen meinen Nachbarn, sondern auch, weil er ein sturer, rücksichtsloser Idiot war. Allein schon, dass er mich konsequent duzte, machte mich rasend.

»Sie haben mir die Tür in den Rücken gestoßen und kommen nicht mal auf die Idee, sich zu entschuldigen?«, fragte ich entgeistert.

»Wofür? Dass du als menschlicher Türstopper im Flur rumlungerst?«

Er schloss seinen Briefkasten auf, klaubte ein paar Briefe raus und stapfte, ohne mich weiter zu beachten, zu seiner Wohnungstür, wovor natürlich wieder ein Haufen Schuhe lag.

»Klar. Ich lunger hier rum ... Hab ja sonst nichts zu tun. Und im Übrigen: Räumen Sie endlich mal diese Stolperfallen aus dem Weg! Irgendwann wird da noch jemand schlimm stürzen.«

Er schaute unter seiner Kappe hervor zu mir rüber und rief theatralisch: *»Niemals! Ich werde nie zur dunklen Seite gehören.«*

Das hasste ich auch an ihm – diese dämlichen Filmzitate, mit denen er sich aus unangenehmen Situationen winden wollte. Mit *Star Wars* konnte ich nicht kontern, ich hätte nur jede Menge *Sex-and-the-City*-Zitate auf Lager gehabt, aber die nutzten wenig. Und dann fiel mir doch eins ein. Nämlich: *Es ist das moderne Rätsel der Sphinx: Wie kann es so viele fabelhafte ledige Frauen geben und so gar keine fabelhaften ledigen Männer?*

Aber gerade, als ich das sagen wollte, war er schon in seiner Wohnung verschwunden. Natürlich, ohne auch nur einen einzigen Schuh mit reingenommen zu haben.

Wirklich, ein Zusammenstoß mit der Muräne hatte mir gerade noch gefehlt. Als ob die Karte von Simon und Doreen nicht gereicht hätte, auf der sie ihr Glück über die Schwangerschaft rausposaunten, als wäre ihnen bereits der neue Heiland geboren. Nicht dass hier ein falscher Eindruck entsteht: Die Scheidung von Simon war folgerichtig und einvernehmlich gewesen, und obwohl ich erst hinterher erfahren hatte, dass auch Doreen mit unserer Scheidung einverstanden war, hatte ich die Trennung überwunden, wirklich. Simon und ich würden Freunde bleiben, schon wegen Basti. Ich wünsche ihm alles Gute. Er soll glücklich werden! Nur bitte nicht glücklicher als ich.

Die Trauerkarte machte ich erst in den sicheren vier Wänden unserer Wohnung auf. Der Trauerspruch stammte aus *Der kleine Prinz. Man sieht nur mit dem Herzen gut. Das Wesentliche ist für die Augen unsichtbar.* Dass der nie aus der Mode kam! Ich hatte diesen Spruch noch nie kapiert, da mochte die ganze Welt vor Ehrfurcht über den kleinen Prinzen erstarren. Ich meine, wie genau soll das gehen? Wie schaltet man das Herz ein, und was genau sieht es dann? Darüber hat der Prinz nur kryptische Rätsel verbreitet. Aber weil sich alle einig sind, dass das Buch ein Meisterwerk ist, traut sich keiner zu sagen, dass es vielleicht nur wohlklingendes Geplänkel ist.

Ich machte mir einen Wein auf und widmete mich dann dem Höhepunkt des Tages: Bastis Instagram-Account, wo er die Bilder des Tages einstellte. Ich kommentierte und schrieb ihm noch ein paar lustige Nachrichten. Er hatte dort seinen Spaß, und für einen Moment beneidete ich ihn um die Unbekümmertheit der Jugend. Was ist das in dem Alter noch einfach! Man musste keine Versicherungen bezahlen, verfügte über eine vollpigmentierte Haarpracht und Beziehungsprobleme waren so weit entfernt wie eine interstellare Staubwolke in einer fremden Galaxie. Und wenn man sich tatsächlich verliebte, dann reichte einem eine harmlose Schwärmerei, bei der man den anderen aus der Entfernung anhimmelte. Wie entspannend! Mit Mitte vierzig sah die Sache natürlich ganz anders aus. Da mussten Ergebnisse her, am besten vorzeigbare, mit denen man seine Familie und seinen Ex-Mann beeindrucken konnte.

Psychologie ist, wenn man trotzdem heult.

7

Eine Woche nach dem verhängnisvollen Gemüseanbau saß ich im Zug nach Düsseldorf, um der Frau, die mir den Vater gestohlen hatte, die letzte Ehre zu erweisen. Und einen diskreten Blick auf die männliche Verwandtschaft zu werfen. Männer in dunklen Anzügen hatte ich schon immer besonders attraktiv gefunden. Natürlich wirkte es auf den ersten Blick ein bisschen drastisch, in diesem Zusammenhang überhaupt an so was zu denken. Aber wenn man mit über vierzig noch mal auf Männersuche ging, war Pragmatismus der entscheidende Faktor und nicht die Psychologie, die einem gern einredete, dass man nur einen Mann fand, wenn man nicht auf der Suche war. Das war erstens so seriös wie die Aussage, dass Angst vor Krebs so viel negative Energie erzeugte, dass man davon Krebs bekam, und zweitens hatte man mit über vierzig keine Zeit mehr, auf den Zufall zu warten. Da musste man schon selbst tätig werden!

Ich trug ein schwarzes Businesskostüm (ja, mit besagtem Blazer), darunter eine cremefarbene Bluse und einen zierlichen silbernen Anhänger auf dem angemessen züchtigen Dekolleté, der besagte: Ja, es ist eine Beerdigung, aber ich bin dennoch eine Frau aus Fleisch und Blut.

Als ich auf dem Düsseldorfer Hauptbahnhof in einem Pulk von Geschäftsleuten aus dem Zug stieg, fühlte ich mich wie eine Managerin auf dem Weg in eine schwierige Verhandlung. Die ich mit meiner ganzen Lebenserfahrung meistern würde. Genau. So war es doch: Ich war eine durch persönliche Schicksale gereifte Frau, die mit beiden Beinen im Leben stand und wusste, was Anstand war und wo sich Chancen boten. Außerdem würde ich einen Beitrag zum Weltfrieden leisten, indem ich nicht so kleinlich und bescheuert und nachtragend war wie meine Mutter und meine Schwester. Und damit würde ich den Grundstein für eine Versöhnung legen, sodass meine Eltern sich wieder zusammenraufen konnten, zumindest als Freunde. Ich wusste zwar noch nicht wie, war aber zuversichtlich, dass sich das schon ergeben würde. Es war also eine Win-win-Situation für alle. Na ja. Bis auf Lissy.

Bevor ich den Fußweg zum Friedhof einschlug, checkte ich ein letztes Mal mein Erscheinungsbild. Perfekt! Ich setzte eine angemessen bedrückte Miene auf und steuerte die schwarz gekleidete Gesellschaft neben der Trauerhalle an.

Eine Beerdigung ist in der Tat eine sehr gute Gelegenheit, nach einem neuen Mann Ausschau zu halten, schon allein, weil hier niemand damit rechnet, angebaggert zu werden. So kann man sich ganz unbefangen geben. (Psychologie – kommt halt nur darauf an, was man draus macht!)

Das Versprechen, das ich meiner Mutter gegeben hatte, würde ich natürlich einhalten. Da war ich mir hundert Prozent sicher. Schließlich betraf mich der Verlust nicht persönlich und zweitens waren Erscheinungsbild und Haltung entscheidend für den Fall, dass auch andere auf die Idee kommen sollten, eine Beerdigung als Kontaktbörse zu nutzen.

Doch kaum gedacht, prallten meine theoretischen Überlegungen auf die Realität. Meinen Vater zu sehen war der erste

Schock. Ich hatte ihn ein paar Monate vorher zuletzt getroffen, deswegen überraschte mich sein Anblick. Er hatte zwar immer noch volles dunkelgraues Haar, aber was seine beeindruckende Körpergröße von fast eins neunzig betraf, hatte er deutliche Einbußen hinnehmen müssen. Seit der Trennung von meiner Mutter war er sowieso dünner geworden, weil Lissy sich und ihn hauptsächlich von dem ernährt hatte, was sie im eigenen Garten angepflanzt hatte, (der Herr hat's gegeben, der Herr hat's genommen, wie meine Mutter kommentierte), aber jetzt wirkte er geradezu eingefallen. Außerdem stützte er sich auf einen Stock, den ich an ihm noch nicht kannte. Sein Gesicht war von Falten durchzogen, die wohl von der Trauer und der Anstrengung herrührten, die Fassung zu bewahren. Worin er ein Meister war, das wusste ich. Doch dann kam der nächste Schock: Als ich ihn umarmte, schluchzte er auf einmal in meine frisch blondierten Sommer-Highlight-Strähnen. Unsicher tätschelte ich ihm den Rücken und sagte das, was man am besten in so einer Situation sagt: nichts.

Der dritte Schock folgte sofort. Er hakte mich unter und humpelte mit mir in die erste Reihe, wo er sich ächzend niederließ und auf den Platz neben sich klopfte. Anstatt mich also schön diskret im Hintergrund zu halten, fand ich mich auf einmal in der Frontlinie der Trauerfeier wieder. Direkt vor meiner Nase ein von Kerzen umrahmtes Foto von Lissy, lachend und mit bunt getupftem Schal um den Hals, daneben die Urne in einem Herz roter Rosen. Das Vorher-Nachher-Bild, würde meine Mutter sagen.

Da man in einer Trauerhalle natürlich nicht rumstarrt wie bei einem Sektempfang, sah ich geradeaus, genau in Lissys Gesicht, auf ihre erstaunlich weißen Zähne und die rosigen Wangen. Der *Kleine-Prinz*-Trauerspruch fiel mir ein, und ich fragte mich, was mein Vater in ihr gesehen hatte. Was konnte er mit dem Herzen sehen, das sich dem Auge nicht erschloss? Und warum hatte ich das Wesentliche an Simon nicht erkennen können, nämlich, dass wir eigentlich gar nicht zueinander passten, obwohl wir so viel gemeinsam hatten? Wieso war es mir nicht möglich, den Richtigen zu finden? Und auf einmal dachte ich: Dass ich diesen Spruch mit dem Herzen noch nie verstanden hatte, lag vielleicht einfach daran, dass ... mein Herz ein blinder Fleck war. Oh mein Gott! Ich war herzensblind! Ich konnte den richtigen Mann nicht finden, weil ich das Wesentliche einfach nicht erkannte.

Die Erkenntnis traf mich wie ein Schock und brauste mir in den Ohren, bis ich merkte, dass es ein Orkan von Schniefen und Schnäuzen war, der sich um mich herum erhoben hatte. In Lissys Familie schien man überhaupt keine Bedenken zu haben, seine Gefühle in der Öffentlichkeit zu zeigen. Gerda, Lissys Schwester, die neben mir saß, tränkte Taschentuch um Taschentuch mit Tränen. Mein Vater dagegen saß starr da und ließ seine Kiefer mahlen (Zähneknirschen liegt in der Familie). Aber sosehr ich die Lippen und Backenzähne aufeinanderpresste – in meinem Hals formte sich ein Kloß.

Ich studierte zur Ablenkung die Blumenarrangements, alles in Weiß und Rottönen, sehr geschmackvoll. Auf einer Schleife unter einem Kranz mit Calla und Nelken stand: *In Liebe, Kurt.* Ich rutschte unruhig auf meinem Platz herum. Lissys Schwester deutete das als Zeichen der Ergriffenheit und drückte mit feuchten Fingern meine Hand. Dann fing die Trauerfeier an, wo mich ein weiterer Schock erwartete: Die skrupellose Vaterdiebin schien ein netter Mensch gewesen zu sein. Jedenfalls, wenn man der Trauerrednerin Glauben schenken durfte. Natürlich, hörte ich meine Mutter im Geiste sagen, die Beerdigung ist die Sternstunde jedes Ekelpakets. Schnell fing ich mich wieder.

Dann trat ein Neffe von Lissy vor, begleitet von zwei Männern in schwarzen Hosen und weißen Hemden. Sie spielten ein Swingstück mit Gitarre, Bass und Klarinette, es war schön und herzzerreißend, und dann fing der Neffe an zu singen, und es kam mir vor, als befände ich mich im Epizentrum eines emotionalen Hurrikans. Der Neffe sah auch noch gut aus mit seinem Hipsterbart. Ich fand ihn attraktiv, aber was bedeutete das schon? Ich war herzensblind und würde niemals einen Mann finden, mit dem ich den Rest meines Lebens verbringen würde. Das Selbstmitleid übermannte mich, und der erste Schluchzer bahnte sich seinen Weg aus meiner Kehle und entfaltete sich in einem Geräusch, das ich noch nie von mir gegeben hatte. Es war eine Mischung aus Röcheln und Kieksen, grauenhaft peinlich.

Ich heulte immer noch, als die Band längst abgetreten war und die Trauerrednerin wieder von Lissy schwärmte und von dem kurzen, aber wundervollen Leben, das sie mit meinem Vater geführt hatte. Alles war so traurig auf einmal. Nicht nur meine emotionale Behinderung, der ich mir bewusst geworden war, ließ mich heulen. Auch Lissy und Kurt und das plötzliche Ende ihrer Pläne machten mich traurig, denn das hatte mein Leben so verändert. Ich weinte um die Weihnachtsfeste im Kreise der Familie, die unwiederbringlich verloren waren. Und wo ich gerade dabei war, weinte ich um meine Ehe, die vor die Hunde gegangen war, weil Simon so ein selbstsüchtiger Idiot war, der neuerdings mit seiner Doreen auf Wolke sieben wohnte, während ich auf dem Boden der Tatsachen zerschellte. Und jetzt hatte Bastian keinen Papa im Haus, und ich war allein und würde es immer bleiben, dabei hatte ich mir nie etwas anderes gewünscht als eine Familie, die zusammenhielt, in guten wie in schlechten Zeiten.

Es war grauenhaft. Ich war ein Wrack und von der souveränen Managerin, die ich noch am Morgen gewesen war, so weit entfernt wie ein Flaschensammler von einem Sitz im Aufsichtsrat. Meine Heulerei nahm erst ein Ende, als die Urne im Boden versenkt und unter Dutzenden Blütenblättern begraben worden war. Was war ich froh, dass meine Mutter und meine Schwester nicht hier waren und das Debakel miterleben mussten!

Ich wollte mich direkt am Friedhof verabschieden, doch dieses Vorhaben wurde leider torpediert, denn mein Gefühlsausbruch war so was wie die Eintrittskarte in den Zirkel der Betroffenheit. Lissys Schwester schleifte mich mit zum Trauerschmaus, und auf einmal saß ich in der Alten Schmiede und aß Mettbrötchen mit Zwiebeln unter wildfremden Leuten. Bis auf meinen Vater und Bernd, seinen Doppelkopffreund, der mittlerweile im Rollstuhl saß, durch einen durchsichtigen Schlauch mit einer Sauerstoffflasche verbunden, hatte ich die Menschen noch nie gesehen. Ich war erstaunt, wie schnell das Gespräch auf fröhliche Themen umschwenkte, Wetter, Urlaub und die neue Freiheit durch künstliche Hüftgelenke.

Ich nickte höflich nach links und rechts, während ich mich von der Dame auf der gegenüberliegenden Tischseite über Lissys Orchideensammlung aufklären ließ. Drei Tassen Kaffee und ein Stück Kirschstreusel später, stellte ich auf der Toilette erleichtert fest, dass die Spuren des Dauerheulens verblasst waren und ich wieder aussah wie eine Frau im Vollbesitz ihrer geistigen Kräfte. Zeit, sich zu verabschieden, um im Zug nach Köln meine emotionale Stabilität mithilfe von peinlichen Promifotos in der *InTouch* wiederherzustellen. Auch wenn man ein seelisches Wrack war: Bilder von Heidi Klum ohne Make-up oder Scarlett Johansson in Bikini in der grellen Sonne trösteten einen immer, wenigstens ein bisschen.

Mein Vater stand in einer Runde gemischtes Doppel. »Das wird ja nicht besser«, sagte er gerade.

»Das stimmt«, sagte der bärtige Mann ihm gegenüber. »Erst Arthrose, dann Arthritis, zack, biste ein Krüppel, kenn ich.«

Seine Partnerin (sie hatte ihr hellblondes Haar zu einem festen Dutt gedreht, der auf ihrem Kopf thronte wie die goldene Kugel vom Froschkönig) fügte hinzu: »Zum Glück hast du ja eine Tochter, die für dich da ist.« Ich stellte fest, sie meinte mich. Jedenfalls tätschelte sie meine Schulter und ergänzte: »Nicht wahr, der Vati muss da nicht allein durch.«

»Nein«, beeilte ich mich zu sagen. »Natürlich nicht.«

»Du hast Glück, Kurt«, sagte die Duttfrau an meinen Vater gewandt. »Es gibt auch Kinder, die wollen mit den Eltern nichts mehr zu tun haben, sobald sie Hilfe brauchen. Nur beim Erbe sind sie sofort zur Stelle.«

Ich schüttelte den Kopf, um meine Empörung über solch undankbare Brut auszudrücken, als ich den Neffen auf einmal wiedererblickte. Er stand am Tresen und trank ein Bier. Die Ärmel seines weißen Hemdes hatte er hochgerollt, seine Unterarme waren tätowiert. Wie alt mochte er sein? Fünfunddreißig vielleicht? Er war jedenfalls eine Mischung aus cool und seriös, denn seine Hose hatte eine messerscharfe Bügelkante. Vielleicht war er Salesmanager in einem Craft-Beer-Shop. Ich überlegte, wie es sich anfühlen würde, mit ihm irgendwohin zu gehen, auf eine Party zum Beispiel. Sein Blick fiel auf mich, ich lächelte dezent.

Mein Vater legte den Arm um mich und sagte: »Auf meine Mimi konnte ich mich schon immer verlassen.«

»Natürlich«, erwiderte ich nickend und lächelte etwas mehr, was natürlich dem Jazzneffen galt. Herzensblindheit hin oder her – das Auge isst ja auch mit (oder so ähnlich).

Die Duttfrau plapperte jetzt darüber, dass Kinder eine Pflicht hätten, den Eltern was zurückzugeben, wobei ich nur am Rande zuhörte, weil ich überlegte, ob der Jazzneffe eventuell was für mich sein könnte. Wo versteckte sich das Wesentliche? Und was war es? Das war ja das Miese an diesem dummen Spruch – schwammiger ging es nicht. Wie sollte man etwas suchen, von dem man nichts wusste?

Andererseits sollte ich vielleicht als Erstes mal aufhören, nach Oberflächlichkeit zu urteilen, und mehr versuchen, die Aura eines Menschen zu spüren. Ich meine, vielleicht war der Jazzneffe mit der Tätowierung im Kern ein Hallodri ohne Sinn für Humor. Vielleicht war sein Kumpel auf dem Barhocker neben ihm viel eher ein potenzieller Kandidat, dem ich bisher nur keine Beachtung geschenkt hatte, weil sein Bauch auf den Oberschenkeln auflag. Dabei hatte er ein nettes Gesicht, und als er lachte, zeigten sich Grübchen. Ja, wenn ich es mir genau überlegte, hatte er eine unheimlich gemütliche Ausstrahlung, regelrecht eine friedfertige Aura. Vielleicht war er der Mann, der mich zum Lachen bringen würde, der mich in seine massigen Arme nehmen, der mein Fels in der Brandung, mein Seelenverwandter sein würde.

Da machte es bei mir Klick, und ich verstand schon ein wenig mehr von dieser *Mit-dem-Herzen-sehen*-Sache. Der erste Schritt war, Menschen nicht nach dem Äußeren zu beurteilen und wegen ein paar winziger optischer Kleinigkeiten auszuschließen. Und der zweite Schritt wäre, gleich mal zu ihm rüberzugehen und ihn anzusprechen, um etwas von ihm zu erfahren, irgendetwas, das die Besonderheit seines Charakters offenbarte. Dazu könnte ich ihm eine unheimlich schlaue Frage stellen. So was wie: Was würdest du lieber tun – bei Sonnenaufgang die Hühner füttern oder vom Tanzen erschöpft ins Bett fallen?

In dem Moment beugte er sich zum Barkeeper rüber und präsentierte eine massive und ziemlich behaarte Poporitze. Ups. Das war zu viel der Aura. Keine weiteren Fragen, Euer Ehren.

»Wirklich, Frau Kramer«, lobte die Duttfrau, und mein Hirn schaltete sich wieder in die Unterhaltung ein, »das ist so nett von Ihnen, dass Sie sich um einen Alterswohnsitz für Ihren Vati kümmern.«

Im Prinzip ist ein Prinzip ein Prinzip.

8

»Altersheim?«, wiederholte Laura am Telefon. »Das passt. Da ist er unter den Leuten, mit denen ihre Familien auch nichts mehr zu tun haben wollen. Nein, Özlem, die Einwegspritzen kommen in die 2.« Sie stöhnte genervt.

»Nicht Altersheim. *Alterswohnsitz*«, korrigierte ich und kippte den letzten Schluck Kaffee in die Spüle.

Noch hatte ich nicht erwähnt, dass ich eingewilligt hatte, diese Unternehmung zu begleiten. So früh am Morgen fühlte ich mich nicht in der Lage, mit Laura darüber zu diskutieren.

»Und er war so richtig schlecht drauf, sagst du?«

»Ja.«

»Geschieht ihm recht. Mama ist noch quietschlebendig. Wenn er bei ihr geblieben wäre, wäre er jetzt kein Witwer. Und er soll bloß nicht angeschleimt kommen, nur weil ihm ohne seine Zimtziege langweilig ist. Wir waren ihm völlig egal, als er sie kennengelernt hat, jetzt ist er uns völlig egal.«

»Ja, schon. Aber …«, fing ich an.

»Wir können jedenfalls nicht einfach so tun, als wäre nichts gewesen. Entweder man hat Prinzipien oder nicht.«

»Ja. Das stimmt natürlich. Trotzdem sollten wir mal überlegen, wie es jetzt weitergehen kann«, tastete ich mich vor. »Und ob wir nicht eine gemeinsame Lösung finden. Das wäre doch schön, oder?«

Dass sie mich noch nicht unterbrochen hatte, überraschte mich. Dass sie mir nicht widersprach, war schon eine Sensation. Gerade als ich dachte, sie wäre eventuell auch an einer Annäherung interessiert, stöhnte sie wieder genervt.

»Diese Arzthelferinnen werden immer blöder«, raunzte sie. »Annika hat gerade … Nein! Nicht das! Der Doktor will, dass wir das in die Ablagefächer in die 3 legen.«

»Tschüs, Laura. Wir telefonieren dann ein anderes Mal.«

»Das Rhabarberkompott ist übrigens super geworden. Ich bringe dir demnächst ein Glas mit.«

Noch bevor sie das Gespräch beendet hatte, hörte ich, wie sie sich eine der Kolleginnen vorknöpfte. Ich atmete tief durch, nahm meinen Fahrradhelm und radelte zur Notarkanzlei Dr. Wolfgang F. Gregor.

Ich kam immer gern als Erste ins Büro, bevor der Trubel ausbrach. In aller Ruhe sortierte ich die Zeitschriften im Wartezimmer. *Fantastische Flitterwochen – das junge Adelspaar im Honeymoon*, verkündete die *Frau im Spiegel*. Zwei pausbäckige Menschen in weißem Leinen himmelten sich unter Palmen an. Würden sie es schaffen und sich ein Leben lang lieben? Oder würde sie ihn bald einen selbstherrlichen Gockel nennen und er sie die unlockerste Person seit Helene Fischer? *Torten aus dem Kühlschrank* pries die *Brigitte* an, lecker, das wäre vielleicht was fürs Wochenende, wenn Basti wieder da war. *Kraftsteine – Energie für den ganzen Tag*, titelte eines dieser Wellnessmagazine. Äußerst schade, dass ich nicht an Esoterik glaubte. Das Leben würde doch bedeutend einfacher, wenn man sich von Opalen und Bergkristallen energetisch aufladen lassen könnte, anstatt umständlich mit seinen Problemen zu hadern und sich mit Chardonnay abzufüllen.

»Huhu, Miriam!«, flötete Nicki vom Eingang und ließ sich von Lady ins Büro zerren.

Lady war ihr neuer Hund. Wobei ich mir nicht sicher war, ob es wirklich ein Hund war oder nicht doch eine kleine Gazelle (ohne Hörner, versteht sich). Bei Nicki passte das Klischee, dass Leute sich ihre Hunde nach ihrem Ebenbild aussuchten, jedenfalls überhaupt nicht. Neben Nickis ausladender Gestalt sah der Gazellenhund aus wie ein vierbeiniges Accessoire. Sie hatte ihn nach ihrer Trennung von Besserwisser-Ulf gekauft. Er hatte Nicki bei jedem Abendessen in Debatten verwickelt, erneuerbare Energie, Agrarreform, irgendeine Wahl im Osten (für die sie die Landeshauptstädte paukte, damit sie nicht auf einmal Schwerin mit Magdeburg verwechselte). Und dann lief es jedes Mal so ab, dass Ulf sie erst nach ihrer Meinung fragte, um ihr dann haarklein darzulegen, warum sie kolossal falschlag. Wenn Nicki es wagte, ihre Meinung zu verteidigen, beendete er das Thema mit Totschlagargumenten von der Sorte: »Das ist die typisch weibliche Denkweise, die in der Realität zum Scheitern verurteilt ist.« Oder: »Das hab ich auch mal gedacht, bevor ich mich richtig informiert habe.« Und einmal hat er zu ihr gesagt: »Wenn du nicht mal das kapierst, wundere ich mich, wie du überhaupt die Schule beenden konntest.« Da hatte er aber schon anderthalb Flaschen Bordeaux intus. Na ja, jedenfalls war die Trennung von Ulf keine Überraschung, der Kauf eines Hundes schon. Ich hatte Nicki nie für eine Hundefrau gehalten.

Aus einem mir unerfindlichen Grund hatte Dr. Gregor ihr gestattet, Lady mit zur Arbeit zu bringen. Dafür machte Nicki sie immer richtig schick. An diesem Tag trug der Hund ein Cape mit Leopardenmuster, das mich an Audrey Hepburn denken ließ.

»Habt ihr bei Tiffany gefrühstückt?«, fragte ich belustigt.

»Es sollte eventuell nieseln«, behauptete Nicki, dabei war

draußen strahlender Sonnenschein. Sie löste das silberne Halsband und schickte Lady in ihr Körbchen. »Läädiii! Komm her!« Lady trippelte zum Aktenschrank und schnüffelte daran. »Madame, hierher!« Nicki machte eine herrische Handbewegung. Lady zeigte sich völlig unbeeindruckt. Frauchen schüttelte lachend den Kopf. »Du bist mir eine!« Sie zog eine Schachtel Hundedrops raus und lockte den Hund auf seinen Platz. »Und wie war die Beerdigung?«

»Schrecklich. Ich hab geheult wie eine Idiotin.«

»Ist doch normal«, sagte Nicki. »Auf einer Beerdigung ist man emotional nicht zurechnungsfähig. Wie wenn man das erste Mal in den Spiegel guckt, nachdem man einem Wald-und-Wiesen-Friseur gesagt hat, er hätte freie Hand.« Sie fuhr sich durch ihre weizenblonde Haarpracht. Seit Nicki bei Colins Hairdesign Stammkundin war, schaffte sie es immer, mit waghalsigen Überleitungen auf das Thema Friseur zu kommen. Abgesehen von ihrem Hobby, Colins Wundertaten in Sachen Haarvolumen zu preisen, betätigte sie sich gern als Wahrsagerin im Nachhinein. »Ich wusste übrigens, dass du zusammenbrichst«, bemerkte sie und holte einen kleinen Karton aus ihrer Tasche.

»Zusammenbruch würde ich das nicht unbedingt …«

»Hier, nimm«, unterbrach sie mich und klappte den Karton auf, in dem seltsame dunkle Brocken lagen, die aussahen wie von einem Mistkäfer geklaut. »Das sind Energiekugeln. Datteln und Nüsse und Kokosfett. Gibt tollen Glow für das Haar. Hab das Rezept von Colin.«

»Du weißt doch, ich esse nicht zwischen den Mahlzeiten«, wehrte ich ab.

»Was ein großer Fehler ist.« Nicki stopfte sich eine Energiekugel in den Mund. »Die Mahlzeiten zwischen den Mahlzeiten sind die besten, weil man da wirklich das isst, worauf man Appetit hat. Und was man sich außerdem verdient hat, indem man zum Frühstück bloß Joghurt mit Nüssen gegessen hat.«

»Du willst mir sagen, du hast wirklich Appetit auf dieses Zeug?« Ich verzog angewidert das Gesicht.

Nicki kaute noch zwei Mal, dann schaute sie auf die trostlosen Brocken. »Da hast du auch wieder recht.« Sie stand auf und schmiss den Karton kurzerhand in den Abfalleimer.

Was ich wiederum übertrieben fand. »Aber … du kannst das doch nicht einfach wegwerfen.«

»Stimmt.« Sie holte den Karton aus dem Mülleimer. »Ich könnte die Energiekugeln der Tafel spenden. Obdachlose haben doch oft so stumpfe Haare.« Himmel! Ich verdrehte die Augen und nahm mir meinen Aktenordner vor. Nicki kramte in ihrem Schreibtisch und holte eine Packung Gummibärchen raus. »Aber zurück zu deinem Zusammenbruch. Also erstens: Du bist eine Frau in Trauer. Selbst das Begräbnis eines Hamsters hätte dich zermürbt.«

»Nein«, widersprach ich. »Ich hab nur geweint, weil meine Mutter es mir verboten hat, und das ist so, als ob man nicht lachen dürfte und gerade deswegen auf einmal lachen muss.«

»Da ist was dran.«

»Sag ich doch.«

»Und zweitens hast du deine Scheidung immer noch nicht überwunden.«

»Nicki! Ich hab dir schon hundertmal gesagt, dass ich mit dem Thema durch bin. Ich war total erleichtert und bin es immer noch, dass Simon und ich … Na ja, du weißt schon.«

»Dass ihr Schluss gemacht habt?«

»Ja. Es war höchste Zeit. Ich hab mich immer mehr verbogen. Erinnerst du dich noch an die Nackenschmerzen, die ich ständig hatte?«

»Natürlich.«

»Nur, weil ich versucht hab, Simon alles recht zu machen. Und er nie versucht hat, es mir recht zu machen. Erst wollte er kein zweites Kind. Dann hatte er kein bisschen Verständnis, als es mir wegen der Scheidung meiner Eltern so schlecht ging. Und als ich gesagt hab, ich wollte die Weiterbildung machen, hat er nur abgewinkt und gemeint, das ginge nicht und gefragt, wie ich mir das in der Praxis vorstellen würde. Dass er dann abends die Hausarbeit macht vielleicht? Nee, nee, das war schon lange vorbei mit uns beiden. Und seitdem Simon weg ist, ist mein Leben viel entspannter und mein Nacken auch.« Zum Beweis drehte ich meinen Kopf ein paarmal hin und her. »Simon und ich verstehen uns super. Weißt du, was ich sogar gemacht habe?«

»Ich gehe ganz stark davon aus, dass du es mir sagen wirst, ob ich es wissen will oder …«

»Ich hab Simon und Doreen mit einem Korb voller Wellness-Goodies zur Schwangerschaft gratuliert. Ha!«

Nicki starrte mich entgeistert an. »Ich hoffe, du hast wenigstens eine Tarantel zwischen den Badeperlen versteckt.«

»Ich gehe einfach erwachsen mit der Situation um«, sagte ich würdevoll und fügte hinzu: »*Doreen*. Was ist das eigentlich für ein bescheuerter Name?«

Nicki öffnete geschäftig die diversen Computerprogramme. »Na ja. Du musst wissen, was du tust. Ist ja dein Leben.«

»Was soll das denn schon wieder heißen?«, fragte ich entrüstet.

»Du weißt, was das heißt«, sagte sie und starrte auf den Bildschirm.

Also echt! Ich hasse es, wenn man überzeugt ist, dass man nach reiflicher Überlegung eine richtige Entscheidung getroffen hat, und dann kommt irgendeiner daher und streut mit so einer dämlichen Bemerkung Zweifel. Und dann ärgert man sich nicht nur über die Person, die so dreist ihre Ansichten vertritt, sondern über sich selbst, weil man sich mit Mitte vierzig immer noch so leicht verunsichern lässt. Wirklich! Dabei hatte ich mir überlegt, dass ich ein gutes Vorbild sein muss für Basti und dass es das Beste ist, wenn wir uns alle gut verstehen, also, auch ich und Doreen. Außerdem finde ich es richtig und gut, eine großherzige Person zu sein, die sich nicht durch kleinliche Eifersucht und Wut zum Opfer machen lässt. Was natürlich einfacher wäre, wenn mir keiner reinquatschen würde und ich endlich einen Mann an meiner Seite hätte, mit dem ich auch eine Adresse in den Wolken beziehen könnte. Bis dahin sollte ich mir vielleicht doch mal einen Kraftstein kaufen.

»Natürlich ist es mein Leben«, brummte ich und kaute auf meiner Unterlippe rum. Dann fiel mir was ein. »Sag mal, was hältst du von diesem Spruch: *Man sieht nur mit dem Herzen gut, das Wesentliche …*«

»*… ist für die Augen unsichtbar?*«, vollendete Nicki den Satz und kicherte. »Ich finde, das stimmt. Zumindest, wenn die Leute angezogen sind.«

»Haha.«

Wir hörten die Eingangstür. Wenn Anke vom Empfang eintrudelte, bedeutete das, dass die Arbeit losging. Sie konnte uns nicht leiden und vermied es, in unser Büro zu kommen. Ihre Anwesenheit tat sie kund, indem sie die »Telefonanlage checkte«, das hieß, einmal bei uns durchklingelte.

Nicki hob ab und sagte: »Hier ist das Fräulein vom Amt. Was kann ich für Sie tun?«

Anke zischte »Lass den Quatsch«, Nicki streckte dem Telefonhörer die Zunge raus und legte auf. Während sie die Mappe für die einzuhaltenden Fristen aufschlug, sagte sie beiläufig: »Du musst dir dringend einen Freund suchen.«

»Ha!«, rief ich, während ich die Akte Kolmey raussuchte. Ich hatte bemerkt, dass die Rücküberschreibungsklausel erweitert werden musste um mögliche Insolvenz. »Und weißt du was? Genau das hab ich vor! Der Sommer steht vor der Tür, und ich hab echt keine Lust mehr, mir allein den Sonnenuntergang anzugucken.«

»Echt jetzt? Oh, Herzilein, das ist wunderbar. Läädiii, hast du das gehört? Miriam wird endlich vernünftig. Und ich dachte schon, das wird nichts mehr mit dir und du verplemperst deine letzten attraktiven Jahre …«

»Hallo?«, fuhr ich dazwischen. »Ich hatte gute Gründe, erst mal die Scheidung zu verarbeiten. Außerdem muss ich Rücksicht auf Basti nehmen. Wir haben so ein enges Verhältnis zueinander entwickelt, seit Simon ausgezogen ist. Es ist echt toll. Wir reden über alles!« Nicki hörte im Wort auf zu schreiben und sah mich durchdringend an, während ich stolz fortfuhr: »Er ist nicht nur mein Sohn, sondern auch mein Freund. Er erzählt mir alles, was er macht.«

»Lass mich raten: Du stalkst ihn auf Insta«, sagte Nicki unerbittlich.

»Was heißt denn *stalken?* Ja klar, bin ich mit ihm auf Instagram befreundet. Das beweist doch, dass er keine Geheimnisse vor mir hat. Auch jetzt, wo er auf Klassenfahrt ist …«, ich zog mein Handy raus, »… kann ich genau sehen, was er macht und mit wem und … was er … Hä? Was ist das denn?« Ich wischte hektisch auf dem Display herum.

Nicki verzog keine Miene. »Lass mich raten. Er hat dich aus seiner Freundesliste entfernt.«

»Das muss ein Irrtum sein!«

Nicki prustete. »Ach, Herzilein. Willkommen in der Welt der Eltern der Teenager. Meine Schwester hat drei Töchter in dem Alter. Die macht was mit, kann ich dir sagen!«

Immer noch starrte ich auf das Display, als ob reine Willenskraft ausreichte, die Aktivitäten von Basti aus London verfolgen zu können. Schon wieder ein Mann, der sich aus meinem Leben verabschiedete. Grausame Welt! Na ja. Umso wichtiger, dass ich mir einen neuen ins Haus hole, dachte ich und ahnte nicht, dass dies schon bald der Fall sein würde. Nur leider ganz anders als geplant.

Entschlossen schaltete ich das Handy aus, steckte es in meine Tasche und heftete die Notiz für den Chef an die Akte Kolmey, dann widmete ich mich dem Entwurf des Erbvertrags von Antonius Höhler, der verfügt hatte, seine drei Kinder, die ihn seit Jahren pflegten, mit dem Pflichtteil und einer Sammlung hölzerner Heiligenfiguren abzuspeisen und seine Villa und den Aktienfonds der Neuapostolischen Kirche zu vermachen. Das Gute an der Arbeit beim Notar ist, dass man jeden Tag bestätigt bekommt, dass man sich mit seinen eigenen Familiendramen in bester Gesellschaft befindet. Die charakterlichen Abgründe der Menschheit sind ungefähr so tief wie der Marianengraben.

Wir arbeiteten eine Weile vor uns hin, da fiel Nicki auf einmal ein, dass sie eine Akte beim Nachlassgericht abholen sollte. »Oh nein, das hatte ich ganz vergessen!«, rief sie. Schon an der Art, wie sie mich anschaute, erkannte ich, was kam. Entweder ich müsste solange auf Lady aufpassen oder selbst gehen, wozu ich überhaupt keine Lust hatte, weil ich mich gerade in zwei widersprüchlichen Absätzen verheddert hatte und der Entwurf an diesem Tag noch raus sollte. Ich wollte ihr gerade sagen, dass es bei mir nicht passte, da klingelte unser Telefon. Nicki ging ran und hielt mir den Hörer hin. »Dein Vater«, raunte sie. »Er will was mit dir besprechen.«

»Sag ihm, ich bin im Amtsgericht«, flüsterte ich erschrocken und sprang auf.

Lachen ist der schönste Applaus.

9

Ich schloss mein Rad vor dem Amtsgericht am Reichensperger Platz ab. Fünf Monate zuvor war ich mit Simon dort gewesen zur mündlichen Verhandlung unserer Scheidung. Da wir uns im Vorfeld auf alles geeinigt hatten, konnten wir die Sache schnell durchziehen. Trotzdem war es schlimm gewesen. Ich hatte während der ganzen Verhandlung einen Klumpen Stahlwolle im Hals gehabt und einsilbig Ja oder Nein gekrächzt. Als ich jetzt das denkmalgeschützte Gebäude betrat, fühlte ich mich auf einmal völlig kraftlos. Ich schleppte mich auf eine Bank, legte meine Tasche und meinen Fahrradhelm neben mich und schnaufte erstmal durch. Das Gebäude war über hundert Jahre alt und spektakulär mit seinen mondänen Bögen und Kuppeln und Säulen. Ich wusste nicht, wie viele Tausend Ehen in diesem Gebäude jedes Jahr rechtskräftig geschieden wurden, Tausende richterliche Bestätigungen dafür, dass die Liebe gescheitert war. Immerhin war es ein wenig beruhigend, dass ich nicht die Einzige war, die Wesentliches bei der Partnerwahl übersah.

Dennoch fragte ich mich auf einmal, was mit den Gefühlen passierte, die man mal füreinander gehabt hatte. Lösten sie sich in Luft auf, oder schwebten sie als energetische Spannung irgendwo durch die Atmosphäre? Vielleicht spukten sie durch die

Gänge des geschichtsträchtigen Ortes wie Geister der verlorenen Liebe. Wie Dämonen, die einen befielen und die man nicht mehr loswurde. Vielleicht hatte ich ja auch einen Liebesdämon auf der Schulter hocken, der verhinderte, dass ich den Richtigen fand? Der mein Herz blockierte und all seine Sehfähigkeit?

Vielleicht war die Ursache meiner Probleme ganz einfach, dass ich anfing, verrückt zu werden?

Es fühlte sich jedenfalls in dem Moment so an, weswegen ich froh war, dass mich ein Mann mit dunkelblondem Haar ablenkte. Er blieb im Gang vor mir stehen, schlug einen Aktenordner auf und fing an, darin zu blättern. Seine Finger flogen durch die Seiten, ohne dass er die Kuppen anlecken musste. Es war faszinierend und auf sympathische Weise altmodisch verschroben, wie er mit dem Ordner dastand, in seinem sandfarbenen Anzug aus Leinen. Er hatte was von Heinz Rühmann an sich, wie er in *Die Feuerzangenbowle* die Schule aufmischte.

Heinz Rühmann bemerkte, dass ich ihn beobachtete. »Die Beamtenlaufbahn ist sehr abwechslungsreich«, sagte er, ohne den Blick von seiner Akte abzuwenden. »Ein Job mit so vielen Seiten!« Er grinste mich verschmitzt an, und auf einmal fand ich seinen Spruch unheimlich lustig und lachte laut los. »Aber erst im höheren Dienst darf man nicht nur vor-, sondern auch zurückblättern«, fügte er hinzu. »Sehen Sie?«

Er durchblätterte noch mal demonstrativ die Akte, und ich lachte wieder, so erleichtert war ich, dass er mich aus meinen düsteren Liebesdämonengedanken gerissen hatte.

»Psst, nicht so laut«, mahnte Heinz Rühmann. »Die Leute, die hier arbeiten, gehen normalerweise zum Lachen in den Keller. Wenn die Sie hören, denken sie, die Revolution wäre ausgebrochen und jemand hätte Lachtränengas verschossen.«

Keine Ahnung warum, aber ich führte mich auf wie ein angetrunkener Gast einer Comedyshow.

Ehe ich es mich versah, streckte mir Heinz Rühmann seine Hand entgegen und stellte sich vor als Pierre Küppers, Verwaltungsassessor. »Ja, ich arbeite für mein Geld, auch wenn es nicht den Anschein hat.«

»Oh, ich hab gesehen, wie hart Sie arbeiten!« Schon wieder prustete ich los. »So schönes Umblättern will gelernt sein.«

Er legte den Kopf schief und sagte: »Ich weiß, ich müsste vermutlich erst ein Formular in dreifacher Ausfertigung ausfüllen, aber ich ...«

Er plapperte weiter, als mein Handy brummte. Es war Simons Klingelton, der immer noch eine Synapsenpolka in mir auslöste, die mich dazu brachte, sofort die Nachricht zu checken. Ich linste also auf mein Handy und las: *Als Dankeschön für den schönen Geschenkekorb würden wir dich gern am Samstag zum Essen einladen. Liebe Grüße Simon & Doreen*

»Oh nein«, entfuhr mir. Vielleicht hätte ich doch eine Tarantel in dem Korb verstecken sollen.

»Nein?«, fragte Pierre Küppers enttäuscht.

»Ich meine, ja«, erwiderte ich schnell. »Äh ... Ich meine, was haben Sie gesagt?«

»Das Zillinski hat eine Speisekarte, die fast so viele Seiten hat wie eine Verwaltungsakte.«

»Schön«, sagte ich.

»Also, falls es Ihr persönlicher Beziehungsstatus erlaubt, würde ich Sie gern dorthin einladen. Samstag um acht?«

Ich weiß nicht alles besser, ich hab einfach recht.

10

In meinem Alter war man selbstverständlich in der Lage, souverän seine Freizeit selbst zu gestalten und Unternehmungen, die einem nicht behagten, ohne schlechtes Gewissen in den Wind zu schießen. Wie Joggen zum Beispiel. Natürlich wusste ich, dass ich keine Ausrede brauchte, um Simon und Doreens idiotische Einladung abzusagen. Aber es fühlte sich eindeutig besser an, Wolke sieben *nicht* besuchen zu können, weil ich ein Date hatte, als nicht hinzugehen, weil ich zu Hause vor dem Fernseher mit einer Flasche Chardonnay der Sinnentleerung entgegendämmerte.

Außerdem war es schön, mal wieder eine Verabredung zu haben.

Wer wusste schon, welche Perle ich hinter der etwas schrulligen Schale von Heinz Rühmann entdecken würde? Oder was sonst noch passieren würde, wenn ich mich mit ihm traf. Das Schicksal setzte sich letzten Endes doch nur aus einem Klumpatsch Zufälle zusammen. Es konnte also auch sein, dass ich auf dem Weg zum Date mit Heinz Rühmann auf einmal dem Mann meines Lebens begegnete. Wer wusste das schon? Wie man an meinem Vater gesehen hatte, der in der Oper einer neuen Liebe begegnet war, war alles möglich.

Bei diesem Gedanken durchströmte mich plötzlich ein unerwartetes Glück und die Hoffnung, dass mein Leben vielleicht gerade neu anfangen würde. Ich hatte so gute Laune, dass ich nach Ausübung meiner Pflichten geradezu übermütig beschloss, nicht direkt in die Kanzlei zurückzukehren, sondern einen kleinen Umweg durch den Volksgarten zu machen.

Ich rollte über den Schotterweg, an dem kleinen Weiher und dem Biergarten unter den großen Bäumen vorbei und rund um die große Wiese, wo Mütter mit Kindern, Rentner mit Hunden, Studenten mit Frisbeescheiben und Junkies mit toxischen Substanzen ihrer Wahl das schöne Wetter genossen. Kurz bevor ich den Park verlassen wollte, entdeckte ich einen Eiswagen im Schatten einer Kastanie. Es war eines dieser entzückenden Nostalgieautos mit runden Scheinwerfern und zwei putzigen Eistüten, die wie Fackeln über die Windschutzscheibe ragten. Gelato Italiano stand in Schnörkelschrift auf dem vanillefarbenen Lack. Plötzlich lief mir das Wasser im Mund zusammen. Und ganz entgegen meiner Überzeugung, dass Zwischenmahlzeiten eine unbotmäßige Disziplinlosigkeit darstellten, entschloss ich mich, der Versuchung nachzugeben. Schließlich hatte ich gerade das erste Date seit sechzehn Jahren klargemacht, das durfte ich ja wohl feiern.

Ich stellte mein Rad neben einer Bank ab. Eine alte Dame kehrte dem Wagen mit einem Amarena-Becher in der Hand den Rücken, und schon war ich an der Reihe. Der Eismann kramte im Inneren, ich sah nur einen Haarschopf. Das verschaffte mir Zeit, meine Auswahl zu treffen. Schokolade auf jeden Fall, Stracciatella und vielleicht Nuss? In dem Moment erschien ein Filmstar hinter der Verkaufsklappe. Also, ich hatte keine Ahnung, ob der Eismann wirklich ein Filmstar war, aber er sah zumindest so aus. Dreitagebart, markantes Kinn, Lachfältchen um die graublauen Augen, das grau melierte Haar voll und leicht gewellt, aber kurz geschnitten. Wahrscheinlich stammte er aus einem Katalog für schöne Italiener. So einen attraktiven Mann traf man jedenfalls in freier Wildbahn äußerst selten, und es war eines jener Exemplare, bei denen man spontan bedauert, dass man nicht zu den Frauen gehört, die stets wie aus dem Ei gepellt rumlaufen, selbst wenn sie nur zum Briefkasten gehen, weil sie immer damit rechnen, einem Sahneschnittchen über den Weg zu laufen.

Andererseits war auch das letztlich unerheblich. Denn ein Mann aus der Kategorie »Filmstar« fiel von vorneherein aus meinem Beuteschema raus, weil ich selbst frisch onduliert und gebügelt und mit einer dicken Schicht Make-up nicht mit ihm hätte mithalten können. Ich war zwar ganz zufrieden mit meinem Aussehen, den mittelbraunen Haaren mit Sommer-Highlights und den blauen Augen und den niedlichen Sommersprossen, aber ich war absolut nicht Filmstarliga. Und ich trug einen Fahrradhelm, der mir auf einmal unheimlich schwer und riesig vorkam.

»*Ciao* …«, sagte der schöne Eismann und blieb mit dem Blick an meinem Helm hängen, laut Verkäufer der sicherste seiner Art, als Kopfbedeckung allerdings ungefähr so schmeichelhaft wie ein ausgehöhlter Halloweenkürbis.

Die zunfttypische Begrüßungsformel blieb ihm im Halse stecken. Falls er überhaupt vorgehabt hatte, mich *»Bella«* zu nennen, hatte er es sich umgehend anders überlegt. Ich beschloss, diese peinliche Situation entspannt und locker zu nehmen, wie es sich für eine Frau in mittleren Jahren gehört, die weiß, welche Regeln bei der Partnerwahl gelten: Halte dich an deinesgleichen. Ein Stubentiger müsste größenwahnsinnig und lebensmüde sein, um einen Panther anzubaggern.

»Ihnen auch einen guten Tag«, erwiderte ich also geschäftsmäßig. »Ich hätte gern ein Eis. In der Waffel. Also drei Kugeln in der Waffel. Drei Kugeln Eis.« Es klirrte. Mir war der Büroschlüssel aus der Jackentasche gefallen. Ich hob ihn auf und donnerte beim Hochkommen mit dem Helm an den Verkaufstresen. Es schepperte ordentlich, tat aber nicht weh. Der Eismann unterdrückte ein Lachen. Ich rückte den Helm zurecht und räusperte mich. »Ich nehme also …«

Der Mann hielt Löffel und Waffel bereit und wartete auf weitere Order, aber meine Synapsen machten auf einmal keinen Mucks mehr. Schokolade, Pistazie, Himbeer, Karamell, Schokolade, Pistazie … Ich fragte mich, ob der Helm überhaupt noch notwendig war. Mein Gehirn schien jetzt schon einen Dachschaden zu haben.

»Darf ich Ihnen etwas empfehlen?«, fragte der Eismann.

»Ja. Empfehlen Sie etwas«, sagte ich erleichtert.

»Dunkle Schokolade. Siebzig Prozent Kakaogehalt in der Schokolade, wenig Zucker.«

»Das klingt gut.«

»Dazu Himbeere? Die Fruchtsäure harmoniert gut mit der Schokolade.«

»Okay.«

»Und oben drauf mein persönlicher Favorit, das Kokoseis? Mit gerösteten Kokosflocken und karamellisierten Erdnüssen.«

Er sah mich an, und die Sonne ließ seine Augen leuchten. Ein schöner Mann, der was von gutem Essen verstand und dessen Augen in mich hineinleuchteten, als ob sie auf der Suche wären. Auf der Suche nach Liebe, genauer gesagt. Es war sein Blick, der sofort in mein Herz drang wie ein Schlüssel, der es öffnen konnte. Ich nickte. Er reichte mir das Eis hinunter und lächelte. Ich nickte wieder. Nahm das Eis entgegen, drehte mich um und wäre beinahe in eine blonde Frau mit Nasenpiercing reingerannt, die hinter mir wartete. Nur ganz knapp konnte ich den Zusammenstoß meines Eises mit ihrer Jeansjacke verhindern.

»Pass doch auf«, schnauzte sie mich an.

»Ent... Entschuldigung«, stammelte ich.

»Es gibt nämlich noch mehr Menschen auf der Welt als dich!«

»Schon gut. Sorry!«

Ich stakste zu meinem Rad und hatte das Gefühl, ich liefe neben mir her. Eigentlich wollte ich das Rad einhändig schieben und auf dem Weg zur Kanzlei das Eis essen, aber irgendwie fühlte ich mich plötzlich überfordert. *Safety first*. Das galt nicht nur für Gehirne beim Radfahren, sondern auch fürs Eisessen beim Gehen. Und auf keinen Fall würde ich jetzt hier eine totale Tollpatschaktion hinlegen. Also ließ ich das Rad stehen und setzte mich unfallfrei neben die alte Dame mit dem Amarena-Becher auf eine Bank. Das war geschafft.

Ich schüttelte mich. Also wirklich. Mit jedem Schritt, den ich mich von dem Eiswagen entfernt hatte, hatte mein Gehirn seine normale Funktion wieder aufgenommen, und ich war wieder komplett bei mir – jedenfalls, bis ich das Eis probierte, dessen Geschmack mich fast genauso überrumpelte wie der Anblick des Eismannes. Es war derart lecker, dass ich alles vergaß. Mein Date mit Heinz Rühmann, Simon und *Doreen*, meinen Vater, Basti und Instagram, den steigenden Meeresspiegel. Die Welt hatte Probleme, ich hatte Eiscreme. Ich hätte stundenlang weiteressen können!

Aber irgendwann war die Waffel geknuspert, und mir fiel ein, dass ich ja doch noch Verpflichtungen hatte. Ich musste dringend zurück an die Arbeit, der Erbvertrag wartete! Erst als ich vor der Kanzlei angekommen war, wurde mir bewusst, dass ich vergessen hatte, den Eismann zu bezahlen. Hm. Das musste ich dann wohl am kommenden Tag in der Mittagspause nachholen.

Ein Dekolleté sagt mehr als tausend Worte.

11

»Du brauchst gar nicht weiterzureden«, sagte Nicki, als ich ihr am nächsten Tag von meiner Begegnung mit Heinz Rühmann erzählte. »Ich sehe, was du vorhast!« Nicki deutete auf meine rote Bluse.

»Was meinst du damit?«, fragte ich verwirrt und nestelte am obersten Knopf herum.

»Die Sache ist völlig klar: Wer sich so aufbrezelt, möchte jemanden beeindrucken.«

»Ich bin nicht aufgebrezelt!«, protestierte ich. »Ich hab die Bluse durch Zufall heute Morgen im Schrank wiederentdeckt.«

»Du schlurfst seit Monaten in Grau und Schwarz rum, und auf einmal kommst du in roter Bluse und hast Lipgloss aufgelegt? Natürlich bist du aufgebrezelt. Also, wann triffst du dich mit Heinz Rühmann?«

Ich räusperte mich. »Am Samstag.«

Nicki kniff die Augen zusammen. »Heute ist Donnerstag. Für wen ist dann also die rote Bluse?«

»Für niemanden.« Ich nahm eine Akte und blätterte darin herum.

»Miriam, spuck's schon aus, sonst denke ich, du willst Dr. Gregor anbaggern.«

»Um Gottes willen!«, entfuhr es mir. »Außerdem will ich überhaupt keinen anbaggern. Wenn überhaupt, hab ich mich nur seriös gekleidet, weil ich Schulden zurückzahlen muss.« Ich zupfte an meinem Ärmel und sagte beiläufig: »Ich muss dem Eismann im Volksgarten noch drei Euro geben.«

»Ha!«, rief Nicki und schlug mit der flachen Hand auf den Tisch, sodass Lady in ihrem Körbchen erschrocken aufsprang. »Dann hast du also gleich zwei Kandidaten kennengelernt.«

»Der Eismann ist überhaupt kein Kandidat. Er ist ein *Eismann.*«

»Na und?«

»Und der schönste Mann, den ich je gesehen habe. Weswegen er für mich gar nicht infrage kommen *kann*. So schöne Männer sind wie Designerkleider von Prada. Man schaut sie sich aus der Ferne an und geht dann zu H&M.«

Nicki schnalzte mit der Zunge. »Miriam! H&M ist Wegwerfmode, aber ein Teil von Prada behält man sein Leben lang.«

Ich wollte gerade protestieren, da stieß Dr. Gregor die lederbeschlagene Tür seines Büros auf. Seine Auftritte erinnerten an den Moderator einer Samstagabendshow, und das nicht nur wegen seines stets gebräunten Gesichts.

»Meine reizenden Damen«, rief er und breitete die Arme aus, als wären wir sein Fernsehballett. »Habe ich Ihnen heute schon für Ihre hervorragende Arbeit gedankt? Habe ich das?«

»Heute noch nicht«, sagte Nicki mit kokettem Augenaufschlag.

»Dann wird es aber Zeit!«, rief er. »Ich habe wunderbare Nachrichten: In der nächsten Ausgabe der *Rheinischen Notar-Zeitschrift* wird eine herausragende Persönlichkeit der Rechtspflege vorgestellt.« Er rückte sein anthrazitfarbenes Jackett zurecht. »Na, meine Damen, schon eine Idee, um wen es sich handeln könnte?«

»Elyas M'Barek«, sagte Nicki.

Dr. Gregor schnalzte empört mit der Zunge. »Wieso? In *Der Fall Collini* sah er wirklich gut aus in seiner schwarzen Robe.«

»Oh ja. Total!«, pflichtete ich ihr bei. »Ich bin auch für Elyas M'Barek.«

Wir unterdrückten ein Lachen.

»Verstehe, verstehe. Die Damen wollen mich auf den Arm nehmen.« Er legte eine Akte auf Nickis Schreibtisch, hob das Kinn und dozierte: »Die hohe Kunst der notariellen Rechtspflege ist, die vielfältige Lebenswirklichkeit mit den ebenso vielfältigen juristischen Paragrafen in Einklang zu bringen und so unseren Klienten die Gewissheit zu verschaffen, dass ihre Wünsche gegen alle Widrigkeiten Bestand haben.«

Nicki und ich warfen uns einen verschwörerischen Blick zu. Mit anderen Worten: Dr. Gregor versuchte für jeden Spleen seiner verschrobenen Klientel irgendeinen Winkelzug in der Gesetzesauslegung zu finden. Auf seiner Visitenkarte war als Wasserzeichen ein Fuchs eingraviert, der um ein Paragrafenzeichen herumschlich. Dr. Gregor probte weiter sein Interview, aber nur Lady schien ihm aufmerksam zuzuhören.

»Chef«, unterbrach ich ihn schließlich. »Ich hätte hier was zu arbeiten. Die Tochter de Jong macht Geschäftsunfähigkeit geltend und will die Schenkung an ihren Bruder anfechten. Und die Klausel 4.3.4 im Ehevertrag für Ahrenz müsste noch einmal korrigiert werden, die könnte vor Gericht als sittenwidrig eingestuft werden.«

»Ja, ja, machen Sie, machen Sie!«

Er schaute auf seine Armbanduhr und rief nach Anke. Sie sollte ihn mit Professor Löhndorff verbinden. Natürlich hörte er nicht, wie Anke an ihrem Empfangstresen etwas Mürrisches brummelte, weil er schon mit eiligen Schritten in seinem Büro verschwunden war.

»Pass bloß auf, Anke! Wenn du die Nummer von Professor Löhndorff wählst, bekommst du sofort ein Burn-out«, spottete Nicki. »Einen Finger zu viel gerührt, schon ist es passiert!«

Ich kicherte. Als hätte Anke es gehört, kam sie rein, eine steile Stressfalte im Gesicht. »Ich hab da vorne so viel zu tun«, klagte sie stöhnend, »ich muss das Telefon zu einer von euch umleiten.«

»Miriam ist dran!«, rief Nicki.

»Anke, ich ...«, fing ich an, aber Anke ließ mich nicht ausreden. Mit ärgerlicher Miene zeigte sie auf Lady. »Dieser Hund, wirklich. Ich finde, der hat hier nichts zu suchen.«

»Lady macht doch gar nichts!«, protestierte Nicki. In dem Moment machte Lady doch etwas. Sie hüpfte aus ihrem Körbchen und lief auf Anke zu. »Halt deinen Hund fest!«, rief Anke.

»Beruhige dich«, sagte ich.

»Läädiii! Stopp!«, sagte Nicki streng.

»Halt den Hund fest!«, kreischte Anke.

»Läädiii!«, befahl Nicki. »Läädiii! Bleib stehen!« Sie wollte aufspringen, was bei ihr lange dauerte, da sie ihre Beine unter der Tischplatte übereinandergelegt hatte und sich jetzt verhedderte. Schon hatte Lady Anke erreicht, die ein Gesicht machte, als hätte sie auf Stanniolpapier gebissen. Aber sie zog immer eine Grimasse, deswegen wusste ich nicht, ob sie wirklich Angst hatte oder einfach nur normal gestresst war. Gerade, als Lady an Ankes Schritt schnüffelte und Anke Schnappatmung bekam, zog Nicki den Hund an seinem silbernen Halsband von unserer Kollegin weg. »Was hab ich dir gesagt, Läädiii? Was hab ich dir gesagt?«

»Wirklich«, röchelte Anke. »Dieser Hund geht gar nicht. Echt. Der geht gar nicht.« Damit drehte sie sich um und stapfte aus unserem Büro.

Kaum saß sie wieder an ihrem Platz, klingelte mein Telefon.

Es war Frau Ommersbach. Sie wollte einen Termin, um ihren Erbvertrag ändern zu lassen. Das dritte Mal in zwei Jahren. Weil ihre Tochter den Muttertag vergessen hatte. »Ostern hätte ich mir ja noch gefallen lassen, aber den Muttertag vergessen! Nein, das geht zu weit!«

Ich versuchte, sie zu beruhigen, und riet ihr, vielleicht erst mal mit der Tochter zu sprechen. Manchmal komme ich mir in meinem Job vor wie eine Familientherapeutin. Ich zeigte Frau Ommersbach noch ihre Möglichkeiten, den Erbvertrag zu gestalten, auf und ärgerte mich wieder mal ein bisschen, dass ich hier einen Superjob machte, aber leider nicht super bezahlt wurde, weil ich ja nicht die entsprechende offizielle Qualifikation als Notarfachwirtin hatte. Vielleicht muss ich mich doch mal darum kümmern, dachte ich. Ich legte auf, es klingelte sofort wieder. Ich rechnete mit einem erneuten Anruf von Frau Ommersbach, doch es war mein Vater. Irgendwie hatte ich verdrängt, welches Versprechen ich ihm auf der Beerdigung gegeben hatte. Er dagegen hatte es überhaupt nicht vergessen. Im Gegenteil.

»Ich muss was unternehmen«, meinte er. »Wegen meiner Wohnsituation.«

»Aber du bist doch noch fit«, sagte ich. »Wieso bleibst du denn nicht einfach da wohnen?«

»Ja. Nein. Ich kann hier nicht allein wohnen bleiben. Meine Hüfte. Meine Augen. Es geht bergab.«

Ich seufzte. »Lissy ist doch gerade erst gestorben. Natürlich hast du das Gefühl, dass nichts mehr geht ohne sie. Das wird irgendwann wieder bess…«

»Und alles hier erinnert mich an sie! Wenn ich nur die kleinen Untersetzer sehe, die sie letztens gefilzt hat, während ich die Sportschau gesehen habe. Und diese Blumen mit den schönen Blüten, die sie jeden Tag mit Wasser besprüht hat. Und das Teeservice …«

»Okay, Papa.«

»… das sie diesem Keramiker auf dem Markt abgeschwatzt hat …«

»Ist ja gut. Ich helfe dir!«

»Danke, Mimi«, flüsterte er. »Ich muss hier wirklich raus!« Ich bot an, ihn abzuholen, aber er meinte, das sei nicht nötig. Gerda werde ihn bringen, weil er sich sowieso Seniorenwohnheime in Köln anschauen wolle. Es sei Zeit, in seine Heimatstadt zurückzukehren. »Also, bis Samstag dann!«

Ich legte auf und schaute im Reflex auf die Uhr. Natürlich war Nicki wieder so bescheuert, da irgendeine Bedeutung reinzulesen.

»Na, freust du dich schon auf die Mittagspause?« Sie grinste anzüglich.

Eigentlich wollte ich ihr klipp und klar sagen, dass sie aufhören sollte, in eine harmlose Handbewegung oder eine spontane Kleidungsauswahl irgendwelche kruden Absichten hineinzuinterpretieren. Aber da wurde mir klar, dass ich ein Problem hatte. Also noch eines zu dem ganzen Haufen anderer Probleme. Wenn Nicki dachte, ich hätte mich für den Eismann aufgebrezelt, würde der Eismann das bestimmt auch denken und daraus schlussfolgern, dass ich ihn anbaggern wollte. Und das wäre noch viel peinlicher als die Sache mit dem blöden Fahrradhelm. Nur eine wirklich bemitleidenswerte Person käme auf die Idee, einen so schönen Mann anzubaggern.

Das wäre so, als ob ich in einen Laden reingehen würde und mir Klamotten in Größe 36 zur Anprobe geben lassen würde. Oder wie eine Bewerbung im Klub der Hochintelligenten. Oder so, als ob ich mich im Fitnessstudio an die Klimmzugstange hängen würde und … Egal. Ich glaube, das Prinzip ist klar geworden. Ich musste auf jeden Fall verhindern, dass er den Eindruck bekommen könnte, dass ich mit ihm flirten wollte. Es musste so aussehen, als ob ich total zufällig vorbeikäme und mir dann erst einfiele, dass ich ihm noch Geld schuldete. Mit anderen Worten: Ich brauchte einen guten Grund, um in den Park zu gehen. Sozusagen ein Anti-Anbagger-Alibi. Und da fiel mein Blick auf Lady.

»Du kannst sie mitnehmen«, sagte Nicki. »Du darfst sie nur auf keinen Fall von der Leine losmachen.«

Man muss schon verrückt sein, um normal wirken zu können.

12

Mir ist gerade eingefallen, dass ich gestern vergessen habe zu bezahlen. Ich glaube, das war wegen des Schlags auf den Kopf.

Nein. Versuch auf keinen Fall, witzig zu sein.

Ach, hallo. Sie hier?

Schwachsinn.

Da bin ich schon wieder.

Als ob er sich noch an mich erinnern könnte!

Also, Miriam, jetzt hör auf, dir einen Kopf zu machen. Geh einfach hin und rede mit ihm, als wärst du ein normaler Mensch. Was ich ja auch war. Jedenfalls, wenn ich mal aufgehört hätte mit diesem Grübeln. Und vor allem damit, noch mehr davon zu erzählen. Der beste Weg, nicht verrückt zu wirken, war definitiv, nicht zu viel von dem zu verraten, was im eigenen Oberstübchen so vor sich ging. Deswegen Schluss jetzt mit dem Preisgeben von hausgemachtem Schwachsinn. Hier also die zensierte, weitgehend irrsinnsfreie Version, die sich rein auf die Beschreibung der Handlung konzentrierte.

Lady trippelte brav an ihrer Leine vor mir her, als ich auf den Wagen zulief. Ich schaute mir die Bäume an. Und den Himmel. Da kam eine Radfahrerin vorbei. Der Eismann bediente gerade ein paar Schulkinder. Die Sonne glitzerte auf dem See, der Biergarten sah mal wieder malerisch aus. Ein Mann mit Aktentasche reihte sich in die Schlange vor dem Eiswagen ein. Ich steuerte gemächlich darauf zu – eine Frau, die einen Hund im Park spazieren führte und sich gleich ein Eis gönnen würde. Alles ganz easy. Ich schwenkte meinen Blick von links nach rechts, über den Eiswagen hinweg, der Eismann schaute in meine Richtung, mein Herz stolperte für einen Moment. Er hatte mich gesehen, ich war mir sicher. Nichts Ungewöhnliches. Wenn man draußen rumlief, sahen einen die Leute. Auch die unfassbar gut aussehenden Leute. Kein Grund zur Beunruhigung.

Entspannt schlenderte ich weiter. Wartete, bis Lady an einer Parkbank fertiggeschnüffelt hatte. Das dauerte. Sie schnüffelte weiter, immer aufgeregter. Ich konnte nicht erkennen, was sie so in den Bann zog, aber es schien eine ziemlich faszinierende Sache zu sein. Sie zog mich mit ungeahnter Kraft an der Parkbank vorbei zu einem Baum am Rand der Wiese und gebärdete sich wie ein Trüffelschwein, das auf die größte Knolle der Welt gestoßen war.

»Hey, Lady!« Ich lachte. »Schön ruhig. Was gibt es denn da so Interessantes?«

Auf einmal blieb sie stehen und machte Anstalten, sich hinzuhocken. Mist. Diesen unangenehmen Part des Gassigehens hatte ich irgendwie verdrängt. Lady war ein derart kultivierter Hund, der auf seinen schmalen Pfoten so vornehm stolzierte wie ein Model auf High Heels, dass mir gar nicht in den Sinn gekommen war, dass sie ihre Geschäfte im Freien verrichtete wie jede stinknormale Töle. Jetzt kapierte ich, wofür die kleinen Plastiktüten waren, die in dem Beutel mit Leckerchen steckten, den Nicki mir mitgegeben hatte. Aber ich wollte nicht zulassen, dass Lady jetzt einen Haufen neben den Baum setzte, den ich aufklauben musste. Ich konnte mich ja schlecht mit einem Kackebeutel in der Hand am Eiswagen anstellen!

Schnell zerrte ich Lady weiter. Sie warf mir einen verächtlichen Blick zu, tänzelte aber hinter mir her. Die Schulkinder waren fast alle mit Eis versorgt. Der Eismann steckte Extrawaffeln in die Eisbecher. Du liebes bisschen, er sah noch genauso gut aus wie gestern. Dann zogen die Kleinen plappernd von dannen, der Geschäftsmann war rubbeldiekatz mit Pistazieneis versorgt – und ich war dran.

»*Ciao bella*«, sagte der Eismann und lächelte mich an, als hätte er schon den ganzen Tag auf mich gewartet.

Aber das gehörte vermutlich zur Händlerfolklore, die bei mir ja nicht zog. Wer einen *Ciao-bella*-Gruß von einem italienischen Verkäufer persönlich nahm, glaubte auch Homeshopping-Moderatoren, die Perlencolliers als todsichere Wertanlage anpriesen, oder nigerianischen Diplomaten, die einem gegen Gebühr ein Millionenerbe versprachen. Deswegen blieb ich ganz sachlich.

»Guten Tag«, sagte ich, in dem Moment trippelte Lady nach rechts, und mein Arm wurde wie der von einer Marionette hinterhergezogen. Ich zerrte sie zurück. »Äh … hallo«, stammelte ich, und weil er mich so von oben herunter anlächelte aus seiner *Gelato*-Einsatzzentrale, fügte ich hinzu: »Ich bin die mit dem Helm.« Wieso hatte ich das bloß gesagt? Das fragte sich der Eismann offensichtlich ebenfalls, denn er blieb stumm. Nur seine Mundwinkel zuckten verdächtig. »Also, heute nicht. Wie man sieht, hahaha.« Ich räusperte mich. »Heute bin ich zu Fuß hier. Also, mit einem Hund. Der musste mal raus.« Vierundvierzig und so blöd wie mit vierzehn, wenn es um Gespräche mit Jungs ging. Lady hatte anscheinend links von mir etwas Interessantes entdeckt. Die Leine spannte sich in die andere Richtung, und ich wechselte schnell die Hand, um mich nicht zu verheddern. »Und wie ich gerade an Ihrem Wagen vorbeikomme, fällt mir ein, dass ich gestern gar nicht bezahlt habe. Das wollte ich dann heute nachholen.« Ich kramte mit der freien Hand in der Hosentasche nach den abgezählten Münzen.

»Hat es Ihnen geschmeckt?«

»Ja! Sensationell, echt. Sie hatten so recht! Schokolade und die Himbeere passen super zusammen. Aber besonders lecker waren die Erdnüsse in dem Kokoseis! So knackig! Fast so knackig wie …« Gerade noch rechtzeitig, bevor ich »wie Sie« hinzufügen konnte, klappte ich den Mund zu, denn Lady zog erneut nach rechts und lief dabei einmal um mich rum. Mein Arm wurde verdreht, ich musste schnell die Hand aus der Hosentasche nehmen, um nicht das Gleichgewicht zu verlieren. Die ganze Aktion lenkte mich von meinem Plan ab, mich auf eine schlichte geschäftliche Transaktion zu beschränken. »Im Eis muss was zum Knuspern sein, finde ich. Das schmeckt dann nicht nur lecker, sondern fühlt sich auch …«, ich spürte, wie sich die Leine um meine Beine wickelte, »… äh … gut an. Im Mund. Und so. Sie wissen schon.«

Ich war unrettbar im Treibsand des dümmlichen Gestammels gefangen, sein Blick machte mich ganz kribbelig, ich fing an zu schwitzen. Und da fiel mir ein, warum ich die rote Bluse so selten angezogen hatte, nämlich, weil unter den Armen jeder kleinste Schweißfleck so deutlich zu sehen war wie Zahnbelag nach dem Kauen von Zahnfärbetabletten.

»Darf ich Ihnen heute wieder was empfehlen?«, fragte der Eismann.

»Gern«, sagte ich.

Und während er die Waffel füllte und mir dazu irgendetwas zu den Sorten erzählte, versuchte ich, die Leine zu entwirren, ohne die Arme zu heben und aller Welt die Ergebnisse meiner Schweißproduktion zu präsentieren. Ich drehte mich um meine eigene Achse und fuchtelte mit dem Ding rum. Und wer stand da schon wieder hinter mir? Die Blonde mit dem Nasenring! Sie betrachtete mich wie ein armseliges Insekt. Erst jetzt bemerkte ich die lange Schlange von Wartenden – Leute, die sich in der Mittagspause schnell ein Eis holen und zurück an die Arbeit gehen wollten und die sichtlich genervt waren von meiner Kasperei. Wäre ich auch.

Ich *hasse* Leute, die den Verkehr unnötig aufhalten. Die an der Wursttheke erst einmal ihre speckigen Unterarme auf den Glastresen stützen und über sieben Wege, eine Kohlroulade zu füllen, referieren oder mit der Verkäuferin einen langen Plausch über Beinscheiben anfangen. Und jetzt war ich der Stopfen im Abfluss, weil ich diesen blöden Köter mitbringen musste, der gerade dabei war, mich mit der Leine wie einen Rollbraten einzuwickeln. Lady sprang nervös herum, und bevor ich mich hier vor aller Augen hinlegte, musste ich die Notbremse ziehen. Mit fahrigen Fingern löste ich den Karabinerhaken vom Halsband und Lady nutzte ihre neugewonnene Freiheit, um sofort abzuzischen.

Hektisch zerrte ich mir die Leine von den Beinen und wollte schon hinterher, da rief der Eismann: »Ihr Eis!«

Ich riss es ihm aus der Hand und rannte los, Lady hinterher.

Ich würde mich gern langweilen,
wenn ich nur Zeit dafür hätte!

13

Es war Samstag. Zwei Tage nach der vermurksten Mittagspause, in der ich einem Hund mit Aufmerksamkeitsdefizitsyndrom hinterhergehechtet war, meine durchgeschwitzte rote Bluse mit Eis besudelt hatte und zum Gespött der Leute geworden war, insbesondere eines speziellen Eisverkäufers, bei dem ich darüber hinaus langsam einen Schuldenberg anhäufte. Immerhin hatte ich Lady ohne größere Schwierigkeiten einfangen können, da sie die Bekanntschaft einer röchelnden Bulldogge gemacht hatte. Kaum hatte ich sie erreicht, grapschte ich nach Ladys Halsband, Lady ließ ihre spitze Schnauze vorschnellen, mitten in mein schönes Stracciatella-Eis hinein. *Bonjour* Tristesse! Deprimiert schlich ich zum Parkausgang, musste doch noch Ladys Hinterlassenschaften aufsammeln, und am Ende bekam ich auch noch Ärger mit Nicki, weil ich so spät kam und sie den Telefondienst für Anke hatte machen müssen. Dass der Hund das Eis gefressen hatte, erwähnte ich nicht und hoffte, dass sein Verdauungstrakt nicht ganz so kapriziös war wie der Hund selbst.

Wirklich. Da wollte man ganz vernünftig sein und demonstrativ *nicht* mit jemandem flirten, und was passierte? Man blamierte sich erst recht. Und lenkte damit natürlich kolossal davon ab, dass man eigentlich eine begehrenswerte und intelligente Frau war. (Das hoffte ich zumindest.) Was mich zu der Frage brachte, was Männer eigentlich in mir sahen, die Auge-Herz-Wahrnehmung betreffend? Rein optisch fiel ich nicht besonders auf: mittelgroß, mittelschlank, eher konservativ schick gekleidet mit einer Vorliebe für schlichte Ohrstecker (nicht das modische Gebaumel, das so aufdringlich klimperte). Auch vom Wesen her war ich eher durchschnittlich. Zuverlässig und pflichtbewusst und ordnungsliebend und vernünftig. Ich wusste nicht, warum ich mich auf einmal so aufführte wie ein Teenager. Und das wegen eines Mannes, der als potenzieller Partner überhaupt nicht zur Debatte stand, weil er einfach zu schön war. Umso besser, dass ich an diesem Samstag ein Date mit einem Mann hatte, mit dem ich ungebremst flirten konnte, wenn ich es denn wollte. Männer, die auf der Attraktivitätsskala einen ähnlichen Wert erzielten wie man selbst (zumindest in der eigenen Einschätzung), hatten den Riesenvorteil, dass sie einen nicht nervös machten. Da konnte man locker sein, sich so geben, wie man wirklich war, und den anderen in Ruhe kennenlernen. Wobei ich natürlich die beste Version von mir meinte. Nicht die Jogginghosen-Couchpotato-Superlangeweiler-Version, sondern die Ich-bin-wieder-auf-dem-Markt-und-begehrenswert-wie-eh-und-je-Version. Was meine Nerven dann doch kurz aufflattern ließ, weil diese Version sechzehn Jahre in der Garage verbracht hatte.

Doch vor dem Date mit Heinz Rühmann stand noch etwas anderes auf dem Programm: nach Wohnalternativen für meinen Vater zu suchen. Ich hielt diese Sache mit den Altersheimen für eine Schnapsidee. Er war trotz seiner Gehschwierigkeiten noch zu fit für so was. Und Hausarbeit konnte man erlernen, auch mit Mitte siebzig. Besonders, wenn man jemanden zu Rate ziehen konnte, der sich bestens damit auskannte. Meine Mutter zum Beispiel. Deswegen plante ich, meinem Vater die Sache mit dem Altersheim auszureden. Und vielleicht, nur vielleicht, würde es sich ja ergeben, dass wir bei meiner Mutter vorbeifuhren.

Hm.

Da unangemeldete Besucher für sie ungefähr so attraktiv waren wie Schnecken im Salat, wollte ich vorher anrufen, um vorzufühlen, was ich sogleich tat. Sie war auf dem Sprung ins Museum.

»Eine schreckliche Ausstellung«, vertraute sie mir stöhnend an. »Expressionismus. Da ist noch nie was Gutes bei rausgekommen.«

»Warum gehst du dann hin?«, fragte ich verwundert.

»Scheußliche Bilder öffnen dir die Augen für die schönen Bilder«, erklärte meine Mutter. »Wenn ich das hinter mir habe, wird mir die nächste Ausstellung viel faszinierender vorkommen.«

Interessante Theorie. So logisch, wie wenn man die Gewichtsmanschetten um die Knöchel wieder abnahm und sich auf einmal so leicht fühlte wie ein junges Mädchen. (Ja, hab ich mal gemacht. QVC am Samstagnachmittag. Die Moderatorin meinte, wenn man die Gewichtsmanschetten bei der Hausarbeit trüge, würden die Pfunde nur so purzeln. Das stimmte sogar. Allerdings nur für den Moment, in dem man die Manschetten wieder abschnallte.)

»Was machst du denn hinterher?«, fragte ich so harmlos wie möglich, aber meine Mutter hatte schon immer einen besonderen Radar für die Untertöne. »Wieso? Wolltest du vorbeikommen?«, fragte sie ganz direkt.

»Das hab ich überlegt …«

»Wie geht es eigentlich deinem Vater?«, unterbrach sie mich.

»Er hält sich wacker. Willst du mal selbst mit ihm sprechen? Es wäre doch …«

»Auf keinen Fall. Am Ende denkt er noch, ich würde ihn zurücknehmen wie einen ramponierten Gebrauchtwagen. Aber das kann er vergessen. Wann kommt mein Lieblingsenkel eigentlich wieder?«

»Morgen. Heute werde ich mit …«

»Oh, warte, es hat geklingelt. Hat meine Bekannte denn immer noch keine Uhr? Sie ist fünf Minuten zu früh!« Meine Mutter redete immer so nebulös von ihren neuen Freundinnen. Nie nannte sie einen Namen, als ob sie alle in einer Art Geheimzirkel wären. »Sie kann unten warten. Zu früh zu kommen ist genauso unpünktlich wie zu spät. So wie dein Vater immer, der hatte ja vielleicht Nerven. Was hab ich an Lebenszeit vergeudet, indem ich auf ihn gewartet habe! Also dann, wir sprechen uns wieder.«

»Viel Spaß«, sagte ich noch schnell.

»Spaß!«, stieß sie schnaubend aus. »Das Einzige, was noch deprimierender ist als expressionistische Bilder, sind Beckenbodenübungen. Bis dann. Und grüß meinen einzigen Enkel von mir, wenn er morgen zurückkommt.« Sie legte auf.

Eine Viertelstunde später klingelte es, und Gerda meldete sich an der Gegensprechanlage, lehnte aber mein Angebot, nach unten zu kommen, ab. Das fand ich etwas seltsam, weil ich ja wusste, dass mein Vater Schwierigkeiten mit dem Treppensteigen hatte. Als ich die Wohnungstür öffnete, wunderte ich mich erneut, denn Gerda schleppte einen Karton hoch.

»Da sind noch ein paar unten«, begrüßte sie mich. »Das ist so toll, was du für deinen Vater machst.«

»Ja, kein Problem«, erwiderte ich und starrte auf den Karton, den sie im Flur abstellte.

»Er kann wirklich nicht allein wohnen.« Sie rollte mit den Augen. »Männer! Ich hab Lissy immer gesagt, Lissy, habe ich gesagt, du verwöhnst ihn zu sehr. Ein Mann muss mit anpacken. Sogar Putzlappen, hab ich gesagt.« Tränen traten ihr in die Augen. »Hätte sie mal besser auf sich aufgepasst.«

Sie zog ein Taschentuch raus und tupfte sich die Augen ab. Mein Vater wuchtete sich Stufe für Stufe die Treppe hoch, indem er sich mit einer Hand am Geländer festhielt und mit der anderen auf den Stock stützte. Erschwert wurde die Aktion durch den alten Bundeswehrseesack, den er über der Schulter trug. Mit dem Ding war er in den Fünfzigerjahren durch Nordafrika gereist. Was er bei einer Besichtigungstour von Seniorenheimen zu suchen hatte, war mir schleierhaft.

»Hallo, Mimi«, sagte er und ließ den Seesack auf den Boden plumpsen. Gerda schniefte noch mal und ging schon wieder runter, um den Rest zu holen, wie sie sagte. Mit einem mulmigen Gefühl deutete ich auf das Gepäck. »Was wird das denn, wenn's fertig ist?«

»Na, ich ziehe um, das wusstest du doch.«

»Aber … *wohin?*«

»In eine Seniorenwohnung.«

Ich atmete auf. »In welcher Seniorenwohnung hast du denn so schnell einen Platz bekommen?«

Ich führte ihn in die Küche, wo er sich stöhnend auf einen Stuhl fallen ließ.

»Noch in keiner! Wie denn? Wir haben doch noch keine ausgesucht.« Er schnalzte belustigt mit der Zunge.

Ich kam nicht ganz mit. Ich hatte mich mit dem Thema zwar noch nie beschäftigt, aber bisher hatte ich immer gedacht, dass Plätze für betreutes Wohnen sehr begehrt und nicht einfach zu bekommen waren.

»Und wie läuft das dann heute? Wir fahren Einrichtungen besuchen und die, die dir gefällt, da bleibst du einfach?«

Jetzt war er es, der ratlos dreinschaute. »Ich weiß nicht«, sagte er.

»Aber, Papa, das sind doch keine Hotels, wo es immer freie Zimmer gibt!«

Mein Vater rutschte sichtlich verlegen auf dem Stuhl hin und her. Gerda kam mit dem letzten Karton die Treppe hoch und verabschiedete sich.

»Mach's gut, Kurt«, rief sie in die Küche, und zu mir sagte sie vor der Wohnungstür: »Super, dass du so kooperativ warst. Es wäre blöd gewesen, wenn wir einen Anwalt hätten einschalten müssen. Einen Rechtsstreit kann von uns im Moment sicher keiner gebrauchen.«

Sie sprang die Treppe runter, ein buntes Seidentuch flatterte um ihren Hals und winkte mir zum Abschied. Als ich auf staksigen Beinen in die Küche zurückkehrte, erfuhr ich, dass mein Vater rausgeschmissen worden war aus der Wohnung, in der er mit Lissy gelebt hatte.

»Nicht rausgeschmissen«, korrigierte er mich. »Sie haben mich gebeten zu gehen.« Und nach minutenlangem Nachbohren hatte ich ihm endlich die Erklärung dazu aus den Rippen geschnitten. Die Wohnung gehörte seinem Freund Bernd, der aber nicht mehr sein Freund war, seitdem sich Kurt an »seinem Nesthäkchen« vergriffen hatte.

»Ihr habt doch die ganze Zeit noch Doppelkopf gespielt«, rief ich erstaunt.

»Na und? Um Karten zu spielen, muss man doch nicht befreundet sein.«

»Aber warum hast du das nicht gesagt?«

Er zuckte mit den Achseln, und mein Blick wanderte wieder zu den Kartons und dem Seesack. Ich meine, es gab sehr viele Gründe, unruhig zu werden. Wenn man einen Flieger erwischen musste und im Stau stecken blieb. Wenn man unterwegs war und einem einfiel, dass man den Backofen angelassen hatte. Das war allerdings nichts gegen die innere Unruhe, die einen befiel, wenn der eigene obdachlose Vater mit seinen Klamotten in der eigenen Wohnung stand. Ich fühlte mich, als stünde ich auf dem Gleisbett und der Zug rollte an. Eines war klar: Er musste einen Platz zum Wohnen finden. Und zwar umgehend!

Natürlich denke ich positiv – es kann schließlich immer **noch** *schlimmer kommen.*

14

»Die Wände sind nach farbtherapeutischen Gesichtspunkten gestaltet«, verkündete Frau Korschenbroich mit weit ausholender Geste im Wohnzimmer des St. Clara Stifts. »Sonnengelb und Limettengrün wirken erwiesenermaßen optimistisch.«

»Hören Sie nicht auf sie«, meldete sich ein Greis zu Wort, der auf einem Sessel saß und mit knotigen Händen eine Zeitschrift umklammerte. »Die Farbgebung orientiert sich an der Palette des pathologischen Auswurfs von Gelb über Grün bis Braun.«

»Na, na, Herr Pakowski, wer wird denn wieder so griesgrämig sein!«, tadelte Frau Korschenbroich und strahlte meinen Vater und mich mit gebleckten Zähnen an.

»Und unsere Zimmer sind in Tuberkuloseweiß gestrichen«, informierte uns Herr Pakowski ungefragt weiter.

Frau Korschenbroich rollte mit den Augen. »Er ist Arzt, wissen Sie. Manche Bewohner versuchen, durch die Herstellung vertrauter Zusammenhänge mit der neuen Situation klarzukommen.«

»Ich bin seit fünf Jahren hier gefangen«, klagte Herr Pakowski. »Helfen Sie mir raus!«

»Was hatten Sie denn für einen Beruf, Herr Kramer?«,

wandte sich Frau Korschenbroich an meinen Vater und zog ihn in Richtung Tür.

»Lokführer«, sagte er und humpelte zurück in den Flur, wo von den Bewohnern selbst fabrizierte Kunstwerke in all ihrer verstörenden Pracht an den Wänden hingen.

»Ach, wirklich?« Frau Korschenbroich warf mir einen fragenden Blick zu, als ob die Aussage eine offizielle Bestätigung bräuchte.

Ich nickte. Während ich eine Collage aus verschiedenen Grautönen mit einer jesusartigen Gestalt in der Mitte betrachtete, die auch eine Fledermaus hätte sein können, stellte ich mal wieder fest, dass das Alter erstaunliche Entwicklungen mit sich brachte. Was man auf einmal für verrückte Dinge tat! Fahrradhelme tragen, wenn man sich gerade die Haare geföhnt hatte. Sich um Viertel vor acht in die Schlange vor dem Discounter stellen, um noch einen Dampfreiniger aus dem Angebot zu erwischen. Sich mit seinem Vater Seniorenwohnheime angucken.

Allerdings lief das Unternehmen noch äußerst stockend. Wir verabschiedeten uns von Frau Korschenbroich und gingen zum Auto zurück. Mein Vater saß eine Weile stumm da und rollte die Daumen seiner verschränkten Hände im Uhrzeigersinn.

»So schlecht war das doch da gar nicht«, munterte ich ihn auf. »Die Zimmer hatten Blick in den Park.«

»Ja, das Vorführzimmer, das sie uns gezeigt hat«, grummelte er. »Die anderen dunklen Löcher hat sie uns vorenthalten.«

»Das Nächste ist bestimmt besser«, sagte ich schnell. Ich glaubte ganz fest daran, dass Optimismus ein wichtiger Bestandteil der Vernunft war. Der Glaube daran, eine gute Lösung zu finden, half einem, ruhig zu bleiben in Situationen, in denen man am liebsten hysterisch rumschreien würde. Während des gesamten Rundgangs im nächsten Etablissement namens Haus Sonnenschein, das so hieß, obwohl kein bisschen Tageslicht durch die Vorhänge drang, ignorierte ich geflissentlich die gemurmelten Gehässigkeiten meines Vaters über diese geriatrische Haftanstalt. »Du musst dir aber schon ein bisschen Mühe geben«, sagte ich auf dem Weg zur nächsten Station, die er sich aus dem Internet herausgesucht hatte. Bevor er irgendwelche Widerworte geben konnte, fügte ich fröhlich hinzu: »Und ich glaube, das wird dir beim nächsten Haus leichtfallen. Schon der Name klingt vielversprechend.« Und tatsächlich: Die Residence Ambiance wirkte mit der großen Fensterfront und der modernen Architektur wie ein Volltreffer. »Das sieht toll aus, Papa«, verkündete ich, als ich den Wagen auf dem Parkplatz abstellte. »Guck mal, da blühen sogar Blumen!«

Was jetzt im Frühling nicht so eine Überraschung war. Aber ich musste unbedingt seine Laune heben. Er hinkte auf seinen Stock gestützt neben mir auf das von Blumenkübeln umgebene Eingangsportal zu, wo wir von dem Leiter in Empfang genommen wurden, als wären wir Gäste auf dem Traumschiff.

»Willkommen! Willkommen an Bord«, begrüßte uns Herr Richter-Trach so überschwänglich, als ob er am Medizinschrank genascht hätte.

Im Altenheim gab es bestimmt ein spannendes Sammelsurium an stimmungsaufhellenden Mittelchen. Oder Herr Richter-Trach war von Natur aus ein Entertainer. Seine Einführungsrede strotzte vor maritimen Anspielungen. Von dem »sicheren Hafen«, den die Gäste hier anlaufen würden, von »Entdeckungsreisen«, die sie aus dieser Wohlfühlatmosphäre heraus unternahmen, »natürlich mental«, und von den »vielfältigen Freizeitaktivitäten«, die den Aufenthalt in der Residenz Ambiance »wie Urlaub« anmuten lassen würden.

Fehlt nur noch, dass wir zum Kapitänsdinner eingeladen

werden, dachte ich. Er blieb vor einer großen Tafel im Flur stehen, auf der allerhand Infozettel und Plakate hingen.

»Wir haben hier kein schwarzes Brett, sondern ein buntes Brett. Weil wir auch ein buntes Programm für unsere Gäste haben, hahahaha.« Er nickte, als ob er sich selbst applaudieren wollte. »Gemeinsames Musizieren mit Klavierbegleitung. Biografien schreiben. Aber der große Renner ist unser Tierbesuchsdienst.« Er tippte auf das Foto eines schwarzen Labradors. »Wenn Luna kommt, dann freuen sich alle! Da sollten Sie mal die Stimmung erleben. Und Luna lässt sich so brav von allen streicheln. Das ist wirklich toll!«

Ich starrte Herrn Richter-Trach an. Im Ernst? Wenn hier so ein Kläffer seine Sabberschnauze an den Hosenbeinen der alten Leute rieb, war das der Höhepunkt der Woche?

»Hast du gehört, Papa, ein Hund!«, wiederholte ich tapfer.

Die Kieferknochen meines Vaters mahlten.

»In der geriatrischen Fachsprache nennt man das tiergestützte Humanpflege«, vermerkte Herr Richter-Trach stolz. »Aber nun genug von unserem wundervoll anregenden Programm, jetzt sehen wir uns das Ambiente von Ambiance an! Also, dann. Volle Kraft voraus, Herr Kramer!«

Er lachte gekünstelt und führte uns durch die hellen Gänge. Alles war ordentlich und sauber. Künstliche Palmen verströmten konserviertes Südseeflair, genau wie die erstarrte Meeresbrandung auf den Hochglanzfotos an der Wand. Es gab Sofas in Nischen und große Fenster. Alles war geräumig und modern. Eine durchaus ansprechende Umgebung. Freundlich grüßte ich eine hohlwangige Frau, die mit ihrem Rollstuhl auf den Flur geschoben worden war. Sie starrte ausdruckslos zurück.

»Altersheim wäre ja noch okay …«, flüsterte mein Vater. »Wenn da nur nicht diese vielen alten Leute wären.«

»Da gewöhnst du dich dran«, antwortete ich schaudernd

und wich dem stumpfen Blick eines Mannes mit Flecken auf der Glatze aus.

Als wir am Klavier am Eingang unsere Besichtigung beendeten, rief Herr Richter-Trach aufgekratzt: »Na, was sagen Sie? Hier fühlt man sich doch gleich wie zu Hause, nicht wahr?«

»Ja, es ist wirklich hübsch hier«, beeilte ich mich zu sagen. »Und die Kosten?«

»Die Kosten … Ja, die Kosten.« Ein Schatten huschte über sein strahlendes Gesicht, Herr Richter-Trach räusperte sich und sagte: »Ein Platz in unserer Residenz liegt bei Vollpension mit Einzelzimmer derzeit bei monatlich 4179 Euro.«

»4179 Euro!«, wiederholte ich entsetzt.

»Bei Sondennahrung wird es natürlich erheblich günstiger.«

Kurz darauf saßen wir wieder im Auto.

»Vielleicht sollten wir mal nach Senioren-WGs gucken«, schlug ich vor. »Wo du mit anderen Leuten zusammenwohnst. Wie Studenten mit Rollator.«

»Ich will nicht mit irgendwelchen Fremden zusammenwohnen. Ich bin fast achtzig.«

»Fünfundsiebzig.«

»Ich bin fast achtzig«, wiederholte er starrsinnig. »Und mit irgendwelchen Fremden will ich nicht in einer Wohnung wohnen.« Er seufzte. »Am besten ist, du bringst mich einfach in den Wald.«

»Wie, du bringst mich einfach in den Wald?«

»Das war ein Spaß. Wie die alten Indianer. Ich lege mich unter einen Baum und begebe mich in Gottes Hand.«

»Das ist nicht witzig, Papa.«

»Nein, ist es nicht«, gab er betrübt zu. »Aber ich kann alles ertragen – dass deine Mutter nicht mehr mit mir redet und Laura auch nicht und sogar, dass Lissy von mir gegangen ist. Nur nicht, dass ich jemandem zur Last falle.«

Ha, hörte ich meine Mutter im Geiste rufen, das ist mir in all den Ehejahren nie aufgefallen.

Mein Vater ging dazu über, die Leute aufzuzählen, bei denen gar nicht infrage käme, ihnen zur Last zu fallen, weil sie ihn hassten, wegen dem, was er seiner Ursel angetan hatte. Und dass er jetzt wohl ins Hotel gehen müsse und dort seine Rente verpulvern.

»Du liebe Güte, Papa, halt mal die Luft an. Bis wir etwas für dich gefunden haben, wohnst du bei uns.«

»Wirklich?« Er tat so, als wäre das die größte Überraschung. »Oh, Mimi, damit hätte ich ja nie gerechnet.«

»Deine Sachen stehen seit heute Morgen in meiner Wohnung«, knurrte ich.

Ich hätte gern noch mehr gesagt, nämlich, dass ich mich schon reichlich veräppelt vorkam, weil er mich nicht früher informiert hatte über seine Wohnsituation, doch dann sah ich die Tränen in seinen Augen.

»Ach, wenn ich das doch nur Lissy erzählen könnte!«

»Schon gut«, sagte ich und startete den Wagen.

»Lissy hatte nie eine besonders gute Meinung von euch«, erklärte mein Vater, als wir auf die Straße einbogen. »Aber ich habe immer gesagt, meine Mimi, die ist anders. Die hat ein Herz.«

Ich hatte ein Herz, toll. Und was brachte mir das ein? Nur Ärger. Und richtig sehen konnte es auch nicht.

»Ich muss natürlich noch mit Basti reden«, sagte ich schnell.

»Ach, man sollte Kinder in solche Entscheidungen gar nicht erst mit einbeziehen«, befand mein Vater. »Das überfordert sie nur. Hach, Mimi. Das wird ein Spaß mit uns!«

Über einen unlustigen Witz zu lachen ist wie einen Orgasmus vorzutäuschen – einmal damit angefangen, kann man nicht mehr zurück.

15

»Mach dir keine Umstände, ich schlaf auf dem Sofa«, sagte mein Vater, während ich ihn dabei beobachtete, wie er den letzten Rest Bratwurst verschlang, die ich für Basti gekauft hatte, und über die Zimmeraufteilung nachdachte. Er stand auf und ließ sich auf meine Sofalandschaft fallen, die ausladend und bequem war. »Das ist wie damals, als ich durch die Wüste Algeriens gereist bin. Nur ich und mein Seesack.« Er schaltete den Flat-Screen-Fernseher an, den Simon noch gekauft hatte. Fernseher kaufen war so was wie sein Hobby gewesen. Selbstredend musste der neue immer größer sein als der alte.

»Na, das nenne ich ein Bild!«, rief mein Vater überrascht, als der Monitor zum Leben erwachte. Ein Auto brauste über eine Landstraße. Mit dem Dolby-Surround-System klang es so, als würden wir neben der Autobahn wohnen. »Lissy war der Meinung, dass man keinen richtigen Fernseher braucht. Und auch deine Mutter mit dem winzig kleinen Kasten! Du meine Güte, als wäre Fernsehen der Untergang des Abendlandes. Aber das hier … das ist wirklich beeindruckend.« Er streckte sich lang aus und zappte durch die Kanäle. »Wenn die Rollladen unten wären, würde es allerdings noch besser wirken.«

Ich stutzte und überlegte kurz. Ich hasste es, wenn man bei strahlendem Sonnenschein die Bude verdunkelte. »Lissy hatte zwar keine Ahnung von Fernsehern, aber sie hat mir beigebracht, meine Meinung ehrlicher zu sagen«, fügte er stolz hinzu. »Gut, nicht?«

Das wäre gar nicht nötig gewesen, dachte ich und ließ die Rollladen runterrasseln. Der Fernseher strahlte das Wohnzimmer an wie eine Flutlichtanlage, mein Vater lag auf dem Ausziehsofa und lächelte, das erste Mal. Er hatte eine Dokumentation über die Panzerproduktion im Zweiten Weltkrieg gefunden.

»Ich hab noch Durst.«

»Soll das heißen, du hättest gern Wasser?«

»Wenn es dir nichts ausmacht.«

Ich brachte ihm ein Wasser.

Er ruckelte rum, das Kissen schien ihm unbequem. Ich brachte ihm ein anderes Kissen. »Kann ich sonst noch was für dich tun? Ein Betthupferl vielleicht?« Ich konnte den Sarkasmus nicht unterdrücken.

Mein Vater bemerkte das gar nicht. »Oh! Ja … Schokolade, bitte!«

Ich brachte ihm Schokolade, ermahnte ihn, damit aufzupassen wegen des sandfarbenen Wildlederbezugs des Sofas, legte die Bettwäsche für später bereit, packte seinen Kulturbeutel ins Bad auf ein paar frische Handtücher, räumte die Küche auf. Bei all diesen Aktionen dröhnte die Stimme des Sprechers durch die Wohnung, der die fieberhafte Entwicklungsarbeit der deutschen Panzerhersteller im Jahr 1943 beschrieb. Gut, dass ich eine Verabredung habe, dachte ich.

Ich konnte ja nicht ahnen, dass ich mir eine Stunde später liebend gern die Gesamtausgabe der Weltkriegsdokumentationen angesehen hätte. Denn Heinz Rühmann hatte beschlossen, dass er witzig war, und ich musste es ausbaden. Und das auch noch in einem öffentlichen Restaurant mitten in Köln.

Während ich noch in dem Lachanfall steckte, den ich beim vorhergegangenen Witz geheuchelt hatte, feuerte Heinz Rühmann schon den nächsten ab. »Wo würde ein Veganer niemals hinziehen?« Er blinzelte mich mit seinen kleinen braunen Augen gespannt an. »In den Speckgürtel!«

»Kann mich bitte einer erschießen«, rief ich prustend, »das ist weniger schmerzhaft als sich totzulachen.«

Ich hatte schon einen richtigen Wangenkrampf vor lauter vorgetäuschter Lustigkeit. Auf der Hinfahrt hatte ich mir noch vorgenommen, ganz unvoreingenommen zu sein und offen für all die Kleinigkeiten, die einen Mann liebenswert machten. Jetzt fragte ich mich, wie ich aus der Nummer wieder rauskam. Nicht auf die leichte Tour jedenfalls. Wenn man der einzige Gast im Publikum war, konnte man nicht einfach aufstehen und gehen.

»Wie fühlt sich ein Veganer unter Fleischessern?«, polterte er weiter. »Leinsam!«

»Hahaha.«

Ich griff nach meinem Glas und trank aus reiner Notwehr einen extragroßen Schluck von dem kühlen Weißwein.

»Veganerwitze sind die Frikadellen im Comedy-Büfett«, befand Heinz Rühmann. »Die gehen immer!« Ich winkte dem Kellner, damit er mir schnell noch einen Wein brachte. »Du bist aber auch lustig«, lobte er mich jetzt, »das habe ich gleich erkannt. Lustige Frauen sind selten. Jemand, mit dem man lachen kann. Toll!«

Ich griente weiter. Immerhin Anerkennung für meine Schauspielerei. Doch selbst wenn er mir noch hundert Komplimente gemacht hätte – diese Verabredung war ein Desaster. Ich hatte ganz vergessen, wie grausam Dates sein konnten. Das

Essen kam, und entgegen meiner sonstigen Empörung über zu kleine Portionen war ich froh, dass die Anzahl meiner Tortellini *della casa* ziemlich überschaubar war. Die konnte ich in weniger als zehn Minuten verputzen.

»Bist du Hobbykabarettist?«, fragte ich, in der Hoffnung, dass ihn dieses Thema verleiten würde, die Spaßkanonade einzustellen.

Tatsächlich quasselte er los, dass ich nicht die Erste sei, die das denken würde, und er würde tatsächlich mit dem Gedanken spielen, das professionell zu machen. Sein Gesicht war überzogen von einer Glasur aus Eitelkeit, während er rumprotzte und ich meine Flucht plante. Sobald wir aufgegessen hätten, wollte ich einen Abgang machen. Natürlich sozialverträglich! So gemein, ihm die Wahrheit an den Kopf zu knallen, war ich nicht. Eine Verabschiedung mit Niveau und Stil müsste es sein. *Ich hab vergessen, mein Silberbesteck zu putzen.* Äußerst niveauvoll, leichte Abzüge in der Glaubwürdigkeitsnote. *Mein Ex und ich wollen es noch mal miteinander versuchen.* Nein, wir wollen ja nicht zu unrealistisch werden, meine Liebe. Vielleicht könnte ich akute Verdauungsbeschwerden vortäuschen? *Das Essen schlägt mir auf den Magen.* Was nicht mal ganz gelogen wäre. Wobei es weniger die käsetriefenden Tortellini waren als vielmehr sein dümmliches Geschwätz. Der Wein waberte durch mein Hirn, und auf einmal erschien mir die Situation so absurd, dass ich wirklich lachen musste, obwohl ich nicht wollte, was Heinz Rühmann natürlich auf sich bezog.

»Und mein Künstlername ist Aktenpfeife XY«, verkündete er stolz. Für einen Augenblick verlor ich die Kontrolle über meine Kiefermuskeln. *Aktenpfeife XY?* Ich prustete los. »Und mein Programm heißt: Ich denke, also bin ich falsch hier.«

»Ja«, antwortete ich und wischte mir die Lachtränen aus den Augen. »Ich weiß, was du meinst.«

»Verstehst du?«, erklärte er eifrig. »Wegen Shakespeare. *Ich denke, also bin ich*. Und dann ...«

Und dann sah ich plötzlich den Eismann. Erst dachte ich an eine Fata Morgana, aber da war er wirklich, am Eingang zur Terrasse. Ich hatte ihn noch nie außerhalb seines Wagens gesehen und musste feststellen, dass er im Freien nichts von seiner Attraktivität einbüßte. Im Gegenteil. Das einzige Manko war seine optisch passende Begleiterin. Hellblondes Haar, glänzend wie ein Satinlaken, schlanke Beine in Röhrenjeans, die ich kaum über die Oberarme hätte streifen können, ein lässiges cremefarbenes Top, schulterfrei, zartbraune Haut. Was für ein schönes Paar! Und ich saß hier mit einer schwadronierenden Ulknudel in leinenem Anzug. Verdammt.

»Was ist?«, fragte Heinz Rühmann, der merkte, dass ihm sein Publikum abhandenkam.

»Descartes«, sagte ich abgelenkt. »Das Zitat ›*Ich denke, also bin ich*‹ stammt von René Descartes.«

Schon verdüsterte sich sein Gesicht. »Is dit jetz dein Bühnenprojramm oder meens?«, fragte Heinz Rühmann gespielt beleidigt berlinernd. »Dit is meens, dit weeß ick zufällich jenau, weil ick ja hier dit Mikro hab.«

Verdammt. Ich hatte zwar aufgegessen, aber der Eismann blockierte den Eingang, und ich wollte mich nicht an ihm vorbeiquetschen müssen. Das sähe ja so aus, als ob ich schon wieder vor ihm wegrennen würde. Nein. Ich wollte mich erst würdevoll zurückziehen, wenn er den Weg freigegeben hatte. Das konnte dauern. Denn leider waren alle Plätze besetzt, und es sah nicht so aus, als ob er mit diesem blonden Röhrenjeanshintern woanders hingehen wollte. Also musste ich ausharren. Wobei ich natürlich so tat, als ob ich mich bestens unterhielte. Niemand sollte merken, dass ich mit einem Idioten an einem Tisch saß, weil einen das irgendwie auch zu einem Idioten machte.

Und ich war kein Idiot, nur eine mittelprächtig verwirrte Frau in ihren besten Jahren, die immer noch so viel Grips hatte, so zu tun, als wäre sie normal. Jedenfalls hoffte ich das. Genauso hoffte ich, dass der Eismann mich nicht bemerkte. Nach meinem peinlichen Auftritt am Vortag hatte er bestimmt bemerkt, welche intelligenzvernichtende Wirkung er auf mich hatte, was ja nur daran liegen konnte, dass ich ihn über die Maßen attraktiv fand.

Endlich hatten er und seine Begleiterin einen Tisch ergattert. Genau im Rücken von Heinz Rühmann. Gut. So war ich durch den Kopf meines Dates vor Blicken geschützt. Und bei der nächsten Gelegenheit würde ich abhauen. Plötzlich bemerkte ich die Stille an meinem Tisch. Heinz Rühmann schaute mich erwartungsvoll an.

»Äh … Markus Lanz?«, riet ich auf gut Glück. Er schnalzte empört mit der Zunge. »Sollte ich nicht raten, wen du nachgemacht hast?«

»Dit musste doch nich raten! Dit weeßte doch! Denn wenn ick mein Humor auspacke, dann fangen alle an zu flennen, verstehste? Hahahahaha!«

Der Eismann und seine Begleiterin hinter Heinz Rühmann schienen über irgendwas uneinig zu sein. Stritten die beiden etwa?

»Was ist denn auf einmal mit dir los?«, fragte mein Date ärgerlich.

Da ich nicht diejenige sein wollte, die ihm seinen Traum von einer Humorkarriere zerplatzen ließ, sagte ich einfach die Wahrheit: »Hinter dir sitzt der Typ, der im Volksgarten Eis verkauft.«

»Oh«, erwiderte er schnippisch. »Na, dann sollten wohl alle ihre Unterhaltungen einstellen, denn der Eismann ist da!« Er hob dabei alarmierend die Stimme.

»Psst«, machte ich, denn ich wollte nicht, dass der Eismann mitbekam, dass ich über ihn redete.

Heinz Rühmann war auf einmal nicht mehr zu bremsen. Er trank sein Bier aus, knallte das Glas auf den Tisch und sagte: »Und ich dachte, du wärst endlich mal eine, mit der man Spaß haben könnte, eine, die nicht so egozentrisch und selbstverliebt ist! Aber nein! Wie man sich täuschen kann …« Er warf einen Geldschein auf den Tisch und stand auf. »Das war natürlich Mario Barth.«

Damit zog er ab in seinem lächerlichen Leinenanzug, diese Aktenpfeife, nachdem ich hier die Qualen der hundert schlechtesten Witze erlitten und mir einen Kopf darum gemacht hatte, wie ich das Date beenden konnte, ohne ihn zu beleidigen. Doch damit war jetzt Schluss.

»Du bist nicht witzig!«, rief ich ihm hinterher.

Und da bemerkte ich, dass der Eismann mittlerweile auch allein an seinem Tisch saß, weil seine Begleiterin mit wehenden Satinhaaren den Bürgersteig runterstöckelte. Er schmunzelte verschwörerisch, hob sein Glas und prostete mir zu. Ich lächelte oder so was in der Art, das wusste ich gar nicht mehr ganz genau, weil sich meine Gesichtsmuskulatur extrem überstrapaziert anfühlte. Zeit, nach Hause zu gehen. Ich trank meinen Wein aus und bezahlte. Beim Aufstehen winkte ich dem Eismann, der sich gerade einen Espresso bestellt hatte. Wenigstens mal ein würdevoller Auftritt ihm gegenüber.

Beim Fahrradständer auf der anderen Straßenseite stülpte ich den Helm über und schloss mein Rad auf. Bis zur Kreuzung musste ich es den Bürgersteig entlangschieben. Ich war keine zehn Meter gekommen, da stand mir auf einmal ein telefonierender Kerl im Weg. Es war der Eismann.

Herrje!

Ich überlegte, ob ich irgendwas rufen sollte, aber ich hatte für den Tag genügend peinliche Unterhaltung gehabt. Deswegen klingelte ich einfach. Er drehte sich um, zog amüsiert die Augenbrauen hoch und trat beiseite. Doch gerade, als ich an ihm vorbei war, steckte er sein Handy wieder ein, deutete zur Kreuzung und sprach mich an. Dieser schöne Mann sprach mich an, ganz von selbst und ohne Verkaufsabsichten. Er fragte, ob ich auch in diese Richtung müsse.

»Da ich in diese Richtung gehe, scheint es fast so«, sagte ich und bemerkte, dass es sich schnippisch angehört hatte. Dabei wollte ich natürlich nur cool sein. Da ich ja wusste, dass ich damit bisher wenig Erfolg gehabt hatte, hielt ich sicherheitshalber den Mund. Wir setzten uns in Bewegung. Es fühlte sich sehr merkwürdig an, neben ihm zu gehen. Der schöne Mann und die Helmfrau. Er machte keine Anstalten, ein Gespräch anzufangen, was ich total merkwürdig fand. Echt. Wieso hat er dann überhaupt gefragt, ob ich auch in die Richtung gehe?, dachte ich. Und nur, weil ich die Klappe hielt, hieß das doch noch lange nicht, dass er es genauso machen sollte. Da fiel mir etwas ein, das ich dringend mit ihm besprechen musste. »Ich hab noch Schulden bei Ihnen«, sagte ich. »Die würde ich gern begleichen.«

»Das wird auch Zeit«, sagte er ganz ernst. »Ich wollte schon ein Inkassounternehmen einschalten.«

Ich stutzte. Dann sah ich, dass er grinste. »War ein Scherz. Bezahlen Sie beim nächsten Mal.«

»Sie sollten das Geld besser heute nehmen«, argumentierte ich. »Sie wissen ja gar nicht, ob ich nächste Woche noch mal komme.«

Er antwortete nur: »Doch.« Ich warf ihm einen überraschten Seitenblick zu, und er schaute einfach zurück mit seinen graublauen Augen, und meine Knie bekamen eine Puddinginfusion. »War das letztens eigentlich ein Hund oder eine Gazelle?«, fragte er.

»Wenn ich das wüsste«, sagte ich und lachte. »Auf jeden Fall mochte er Ihr Eis.«

»Freut mich zu hören, wenn die Kundschaft zufrieden ist.« Wir waren an der Kreuzung angekommen. Ich wollte fragen, wie lange er mit dem Wagen noch im Volksgarten bleiben würde und was er eigentlich im Herbst machte, aber da schaltete die Ampel leider auf Grün, und ich musste geradeaus. »Bis Montag also!«, sagte er und bog rechts ab.

Ich schaute ihm einen Moment hinterher und dachte, wenn er nicht so gut aussehen würde, könnte ich mich glatt in ihn verlieben. Aber da das Aussehen auf keinen Fall das Wesentliche sein konnte, durfte ich nicht darauf reinfallen.

Natürlich hätte ich mir einreden können, dass sein Aussehen nicht das war, was mich verzauberte, sondern, dass er auch charmant war und was von gutem Essen verstand und ein großzügiger Mensch war, weil er nicht so kleinlich auf der Bezahlung bestand. Nur damit hätte ich mich doch wieder nur selbst betrogen. Die Sache mit dem Herzsehen war eben komplizierter, als ich mir vorgestellt hatte. Und trotzdem fühlte ich mich so kribbelig und gut wie schon lange nicht mehr.

An einer Trennung sind immer zwei schuld – er und sein Ego.

16

Ein seltsames Geräusch riss mich aus dem Schlaf. Tock, tock, tock. Für einen kurzen Moment dachte ich, der gespenstische Einbeinige würde mich heimsuchen, dann fiel mir ein, dass mein Vater jetzt bei uns wohnte. Was mir auch einen Schauer über den Rücken jagte. Er rammte seinen Gehstock aufs Parkett, als wollte er Löcher reinstanzen. Das würde der Nachbarin unter mir gar nicht gefallen. Falls Ashram-Ruth überhaupt da war und nicht wieder mal in Indien an ihrer Meditationstechnik feilte und ihre Wohnung an irgendwelche fremden Leute vermietete. Ich hatte ihr schon mal gesagt, sie müsse ein bisschen mehr drauf achten, wen sie einziehen ließ. Beim letzten Mal war es eine indische Studentin gewesen, die in ohrenbetäubender Lautstärke Bollywood-Filme geguckt und nachts um drei mit der Verwandtschaft telefoniert hatte, als ob sie die Distanz nach Mumbai allein mit ihrem Organ überbrücken wollte. Außerdem hatte es im Hausflur immer nach Curry gerochen, weswegen ich dauernd Appetit auf indisches Essen gehabt und ein Vermögen bei Ranjids Lieferservice gelassen hatte. Als mir das wieder einfiel, dachte ich, da dürfen wir zum Ausgleich auch mal ein bisschen bummern.

Ich setzte mich auf. Es war Sonntag, und Basti kam endlich

aus London wieder. Am Montag würde ich den Eismann wiedersehen. Ich hatte auf einmal den Geschmack von Kokoseis auf der Zunge. Zeit zum Zähneputzen. Ich schlurfte ins Bad und wäre beinahe in einer Wasserlache ausgerutscht. Mein Vater war anscheinend schon hier gewesen. Ach du liebe Zeit! Was hatte er veranstaltet? *Wasserspiele?* Was Basti wohl dazu sagen würde, dass wir einen neuen Mitbewohner hatten, der im Wohnzimmer schnarchte und das Badezimmer in einen Ort des Schreckens verwandelte. Ich seufzte. Und während ich mir kaltes Wasser ins Gesicht spritzte, wurde mir klar, dass mein Vater aus dem Wohnzimmer rausmusste, sonst würde ich durchdrehen. Und Basti würde auch durchdrehen. Und deswegen musste ich, bevor ich ihn mit Simon abholen gehen würde, mein kleines Lesezimmer räumen.

Da Simon sowieso erfahren würde, dass mein Vater vorübergehend bei uns wohnte, bat ich ihn, beim Umräumen mit anzupacken. Er kam tatsächlich gleich, was ich jedoch schon nach kürzester Zeit bereute. Denn Simon hatte zwar immer schon gern den Ton angegeben, aber körperliche Arbeit war keine seiner Kernkompetenzen.

»Wie soll der denn durch die Tür?«, fragte Simon mürrisch angesichts der Ausmaße meines Lesesessels.

»Indem man ihn hindurchträgt?«, gab ich zuckersüß zurück.

»Und wo soll er dann hin?« Simon starrte in mein Schlafzimmer, das mal unser Schlafzimmer gewesen war, und schüttelte den Kopf. »Da ist es doch viel zu eng.«

Tja, wir wohnen eben nicht in einem Luftschloss auf Wolke sieben, hätte ich am liebsten geantwortet, sagte aber entschlossen: »Das passt. Er kommt zwischen Bett und Wand.«

»Braucht ihr Hilfe?«, rief mein Vater vom Sofa aus.

»Nein«, erwiderte ich alarmiert.

Das hätte mir gerade noch gefehlt, dass er uns vor den Füßen rumwuselt.

»Simon, was sagst du denn zum FC?«, fragte mein Vater.

Natürlich nutzte Simon wie immer die Gelegenheit, sich vor der körperlichen Anstrengung zu drücken, und ging ins Wohnzimmer, um mit meinem Vater eine laienhafte Fachdiskussion zu führen. Auch wenn die beiden sonst keine Gemeinsamkeiten hatten, über Fußball konnten sie stundenlang reden. Besonders, wenn es darum ging, den Tisch abzuräumen oder Gläser zu spülen, hielten sie es für ihre Pflicht, sämtliche Spielverläufe, Ergebnisse und die Bewegungen auf dem Transfermarkt zu analysieren.

Währenddessen wuchtete ich den Sessel auf die Seite und schob ihn weiter. Ich brauchte ihn ganz einfach. Er war rund und petrolfarben und mein Verbündeter, meine Trutzburg, meine Insel der Glückseligkeit. Wenn ich mich in ihn setzte, fühlte ich mich so geborgen, als könnte mir niemand etwas anhaben. Ohne den Sessel hätte ich die Scheidung vermutlich niemals verkraftet. Und die tausendfünfhundert Seiten *Krieg und Frieden* schon gar nicht.

Der Sessel steckte jetzt schräg im Türrahmen fest, allein konnte ich ihn nicht mehr bewegen.

»Simon!«, rief ich.

»Ja, komme gleich«, sagte er und redete weiter. Und mir fiel wieder ein, dass ich schon in unserer Ehe überlegt hatte, mir eine Trillerpfeife anzuschaffen, um ihm bei der Zeiteinteilung zu helfen. Schließlich schlenderte er doch heran, die Hände in den Hosentaschen. »Ich hab doch gesagt, der passt nicht durch!«

Genervt gab ich ihm ein Zeichen, wo er anheben sollte.

»So schade, dass du gestern nicht kommen konntest«, behauptete Simon, während er den Sessel umständlich anpackte. »Doreen hätte dich gern mal richtig kennengelernt.«

»Ja, tut mir auch leid«, log ich, »aber ich hatte ein Date.«

»Doreen hat so lecker gekocht«, schwadronierte er weiter. »Sie kann wirklich gut kochen.«

Na bravo. Jetzt machte er auch noch im Nachhinein meine Kochkünste schlecht!

Wir wuchteten den Sessel schräg durch den Türrahmen.

»Mit einem sehr interessanten Mann. Er sieht aus wie …«

… wie Heinz Rühmann.

»… George Clooney in *Ocean's 12!*«

Als wir den Sessel schließlich in mein Schlafzimmer gewuchtet hatten, wirkte er gleich doppelt so groß. Simon machte sein spöttisch-arrogantes Hättest-du-mal-auf-mich-gehört-Gesicht, was mich anfeuerte, meinen Verbündeten zwischen Bett und Wand zu schieben. Es sah ziemlich bescheuert aus. Aber das war nicht das, was mich ärgerte. Ich meine, da erzählte ich Simon, dass ich vielleicht bald auch einen neuen Partner hatte – und es interessierte ihn nicht die Bohne!

Wir stellten noch das aufblasbare Gästebett ins Lesezimmer, das Simon mir netterweise geliehen hatte. Es war eine amtliche Luxusversion von Bett, mit der mein Vater eine Weile zurechtkommen würde.

»Den Rest schaffe ich allein«, sagte ich schnell.

Simon guckte auf die Uhr. »Wir müssen auch gleich los. Bastis Zug kommt in einer halben Stunde.«

»Die Bahn braucht ja nur fünfzehn Minuten zum Hauptbahnhof«, sagte ich.

Simon zog eine Grimasse. »Ich fahre doch nicht mit öffentlichen Verkehrsmitteln.«

»Aber es ist bescheuert, mit dem Auto zum Kölner Hauptbahnhof zu fahren«, rutschte es mir raus.

»Wenn du Bahn fahren willst, fahr Bahn. Ich fahr mit dem Auto.«

Eine Stunde mit Simon und ich fragte mich, wie ich mich jemals in ihn verlieben konnte und wie ich es überhaupt geschafft hatte, es so lange mit ihm auszuhalten. Na ja. Ich wusste, warum. Weil ich mir immer wieder eingeredet hatte, dass es das Beste wäre, wenn wir zusammenblieben. Erst nach meinem Bandscheibenvorfall hatte ich auf einmal gewusst, dass es nicht mehr ging. Und gerade hatte ich es ihm sagen wollen, da hatte er mit mir Schluss gemacht, weil er Doreen begegnet war. Und das hatte dann noch mehr wehgetan als die verfluchte Bandscheibe. Weil er mich einfach ersetzt hatte. Weil er nur darauf gewartet hatte, bis er jemand Besseren gefunden hatte. Weil ich mich an die Regeln gehalten hatte und er nicht. Na ja. Wenigstens hatte ich die Gewissheit, dass er schuld an der Trennung war. Und obwohl ich Basti gegenüber nie etwas Gemeines über Simon sagte, war auch ihm schnell klar geworden, dass sein Papa der Schuldige war, derjenige, der ausgezogen war, und ich die verlassene Ehefrau, die jetzt mit ihrem Sohn ganz allein war, was Basti und mich zu einem eingeschworenen Team gemacht hatte.

Der Junge kann nichts dafür, er hat Pubertät.

17

Natürlich fuhren wir mit dem Auto zum Bahnhof.

»Was meinst du, was Basti zu Kurt sagt?«, fragte ich und biss mir auf die Lippe.

»Er wird nicht begeistert sein, das ist doch klar.«

»Natürlich ist das klar«, sagte ich. »Natürlich.«

Ich überlegte die ganze Fahrt, wie ich unserem Sohn schonend beibringen konnte, dass wir einen neuen Mitbewohner hatten, der schnarchte und am liebsten Dokumentationen über den Zweiten Weltkrieg sah. Bis achthundert Meter vor dem Hauptbahnhof nichts mehr ging. Ein Haufen Reisebusse blockierte die Straßen, es gab eine riesige Schlange vor der Einfahrt ins Parkhaus, typisch Kölner Innenstadt. Ich hatte es doch gewusst. Wir waren fast da und würden trotzdem zu spät kommen. Und ich wollte nicht zu spät kommen!

Bastian von einer Klassenfahrt abzuholen war immer eine besondere Überraschung. Bisher hatte ihn noch jede Fahrt verändert. Äußerlich wie innerlich. Ich schaute zum zehnten Mal auf die Uhr und wischte mir die feuchten Hände an der Hose ab. Simon blieb natürlich die Ruhe in Person, was mich kolossal aufregte.

»Bis er sich von seinen Klassenkameraden verabschiedet

hat, sind wir längst da«, sagte er. »Ich hab ihm geschrieben, er soll zum Taxistand kommen.«

»Aber ich wollte ihn auf dem Bahnsteig begrüßen«, rief ich erschrocken. »Das ist doch viel schöner!«

Außerdem konnte ich dann seine Mitschüler in Augenschein nehmen. Die bekam man ja als Mutter von Neuntklässlern nur noch selten zu Gesicht.

»Für dich vielleicht«, sagte Simon und rollte wieder fünf Meter vor. »Für ihn ist das doch nur peinlich.«

»Ich bin ihm nicht peinlich«, widersprach ich und verkniff mir den Kommentar, dass höchstens *er* es war, der Basti peinlich war, mit seinen spießigen Chino-Hosen und den Polohemden.

Endlich kurvten wir zum Taxistand. Ich hielt nach unserem Sohn Ausschau und war erstaunt, als ich ihn erblickte. Handy in der Hand und schon wieder gewachsen. Und schlaksiger. Seit er sich die Seiten beim türkischen Friseur ganz kurz hatte rasieren lassen und die Haare zur Seite gelte, sah er richtig cool aus. Allerdings hatte er jetzt Augenringe in der Größe von Untertassen, der Flaum auf seiner Oberlippe war zu einer Art Schnäuzer geworden, der dringend rasiert werden musste. Und er trug ein T-Shirt mit einem Gorillakopf, der eine Baseballkappe anhatte mit der Aufschrift BEER.

»Oh Gott«, entfuhr es mir.

»Er wird erwachsen«, sagte Simon.

»Nicht, wenn ich ein Wörtchen mitzureden habe«, sagte ich, um mich dann schnell zu korrigieren: »Ich meine das mit dem Bier.«

Ich stieg aus. »Da bist du ja endlich wieder!« Ich wollte ihn umarmen, aber Basti wich mir aus und ging zum Kofferraum, um seine Tasche reinzuschmeißen. Er ließ sich auf die Rückbank fallen. »Tach, meine pelzigen Kollegen.« Er kicherte.

»Äh … ja dir auch hallo«, sagte ich irritiert. *Pelzige Kollegen?*

War das jetzt der neue Code? Bei dieser Jugendsprache konnte man ja nie wissen.

»Und wie war's?«, fragte Simon.

Basti hob den Blick vom Handy, für eine Sekunde etwa. »Massiv cool.«

»Und jetzt bist du ziemlich müde, was?«

»Jou.«

»Was habt ihr gemacht?«

»So Zeug halt. Sachen angeguckt. Tube gefahren. Der Nike-Store war Hammer!«

Er gähnte. Simon beobachtete ihn im Rückspiegel, warf mir dann einen Blick zu, den ich mit »Na ja, so ist es halt« übersetzte.

»Bei uns ist auch was passiert«, sagte ich und drehte mich zu ihm um, um die schlechten Nachrichten wenigstens mit einem Lächeln zu verkaufen. »Dein Opa wohnt vorübergehend bei uns, bis wir für ihn eine Unterkunft gefunden haben.«

Basti runzelte die Stirn. »Wer?«

»Opa Lokomotive.«

»Hä?«

»Mein Vater. *Kurt.*«

»Och nööö!«

»Es ging nicht anders.«

»*Shit.*«

Ich fing an, mich aufzuregen. Die menschliche Kommunikation entwickelte sich gnadenlos zurück. Die Einsilber waren als Erstes aus der Ursuppe der Artikulation gekrochen, jetzt waren sie also wieder da. Die sprachliche Evolution wurde abgewickelt. Aber wenn man seinen geliebten Sohn nach zehn Tagen im Ausland endlich wieder in die Arme schließen durfte (oder auch nicht), fing man nicht sofort mit pädagogischen Vorträgen an, selbst wenn es einem noch so in den Fingern juckte.

»Ist nur ein paar Tage, bis wir einen Platz in irgendeiner Senioreneinrichtung gefunden haben.« Ich wusste, dass das gelogen war, und er wusste das auch.

Schließlich brachte Basti doch einen vollständigen Satz zustande, einen mit Subjekt, Prädikat, Objekt: »Ich dreh am Rad.« Und noch einen längeren hinterher: »Das finde ich so was von scheiße!«

»Natürlich ist es nicht ideal, aber es gab keine andere Lösung, und es ist auch wirklich nur vorübergehend. Für ein paar Tage. Höchstens ein paar Wochen.«

»Ein paar Wochen?«, keifte Basti und gab eine Symphonie von Kotzgeräuschen von sich.

Simon hielt sich natürlich mal wieder bedeckt, als ginge ihn das nichts an. Ging es zwar auch nicht, aber es wäre trotzdem schön gewesen, wenn er was Aufmunterndes gesagt hätte.

»Simon, sag doch auch mal was«, forderte ich.

»Ich, wieso?«

»Das ist doch der letzte Dreck, Alter, echt so ein verfickter Dreck«, fluchte Basti.

Jetzt mischte sich Simon endlich ein. »So lässt du mit dir reden?«, fragte er mich erstaunt.

»Was? Nein! Natürlich nicht. Basti, red nicht so mit mir!«

»Sonst *was?*«

»Äh … sonst … passiert was.« Ich bemühte mich um eine energisch klingende Stimme.

Simon verdrehte die Augen.

»Was soll denn Schlimmeres passieren, als dass Opa bei uns einzieht und uns mit seinen Eisenbahnerstorys ins Koma labert?«, zischte Basti von hinten.

»Manchmal muss man eben Dinge hinnehmen, die sich nicht ändern lassen«, erwiderte ich seufzend. »Aber wir machen das Beste draus, okay?«

»Als ob«, sagte Basti. »Als ob.«

Wir waren vor unserem Haus angekommen. Simon und Basti verabschiedeten sich auf die Coole-Männer-Tour, einmal auf die Schulter schlagen. »Wann kommt ihr denn jetzt zum Essen?«, fragte Simon, schon mit einem Bein wieder im Auto. »Doreen hat mir extra aufgetragen, ich soll nach einem neuen Termin fragen.«

»Ich weiß nicht.« Vielleicht nächstes Jahr. Oder übernächstes Jahrhundert. »Jetzt mit Papa im Haus … Ich sag dir Bescheid.«

Er winkte und fuhr los, Basti und ich schlossen die Haustür auf und stiegen mit seinem Gepäck die Treppe hoch.

»Ich red kein Wort mit dem Alten, damit das klar ist.«

Ich seufzte. Noch so einer in der Familie! An dieser unversöhnlichen Haltung war meine Mutter bestimmt nicht ganz unschuldig.

»Warte mal!« Wir blieben auf dem ersten Treppenabsatz stehen. Basti stand eine Stufe über mir und überragte mich um zwei Köpfe. »Ich weiß, dass Oma immer noch total sauer ist auf ihn. Aber Opa ist echt fertig wegen Lissy. Sei ein bisschen nett.«

»Ich hab aber keinen Bock, nett zu sein. Außerdem wüsste ich eh nicht, was ich mit Opa reden soll.«

»Er hat dir mal zu Weihnachten die elektrische Eisenbahn geschenkt«, erinnerte ich ihn.

»Ach ja, stimmt. Da war ich vier, oder? Und hat er mir damals nicht auch versprochen, mich mal mit der Lok mitzunehmen?«

»Ja.« Eines der vielen Versprechen, die mein Vater nicht gehalten hatte. »Aber er hat dir jedes Jahr ein neues Gladbach-Trikot geschenkt«, fügte ich schnell hinzu.

»Na und? Ich hasse elektrische Eisenbahnen, und ich hasse Fußball.«

Er stapfte weiter. Im ersten Stock hielt ich ihn wieder auf.

»Dann wird es Zeit, dass ihr euch besser kennenlernt. Er ist immerhin dein Opa«, versuchte ich es. »Und zweitens bin ich mir sicher, dass eine neue Playstation dich gnädig stimmen wird.«

Erziehung bestand zu zehn Prozent aus Strenge und zu neunzig aus Bestechung.

»Das neue iPhone pro«, sagte er und verzog keine Miene. »Dann darf er meinetwegen für ein paar Wochen bei uns wohnen.«

Ich musste schlucken. *Bye-bye*, Wellnesswochenende! Dafür hatte ich mir nämlich immer mal Geld beiseitegelegt.

»Okay«, hauchte ich. »Das iPhone pro und du hörst auf, so abfällig über ihn zu sprechen. Und du sagst Oma und Laura nichts davon, dass er bei uns eingezogen ist. Ich will es ihnen selbst erklären.«

Basti funkelte mich aus zusammengekniffenen Augen an, und ich ahnte, dass die Verhandlung noch nicht zu Ende war. Tatsächlich erwies er sich als hartnäckiger als ein Händler auf dem Basar in Marrakesch.

»Dafür krieg ich dann auch noch deinen Sessel.«

»Niemals!«, keuchte ich. »Das neue iPhone muss reichen!«

»Da kann ich mich aber nicht reinsetzen.«

»Du bist wirklich knallhart.«

Er zuckte mit den Achseln. »Dann denkst du vielleicht das nächste Mal dran, mit mir zu reden, *bevor* du so eine bescheuerte Entscheidung triffst.«

Paff.

Natürlich wollte man, dass seine Kinder erwachsen wurden. Und eine eigene Meinung entwickelten. Das hieß allerdings noch lange nicht, dass sie einem widersprechen sollten. Also echt.

»Du warst ja nicht da. Und du hast mich auf Insta rausgeworfen. Sonst hätte ich dich schon vorgewarnt«, gab ich pampig zurück. »Außerdem: Als Familie muss man zusammenhalten.« Er ignorierte mich. »Also gut. Du bekommst den Sessel«, rief ich ihm hinterher.

Bastian drehte sich zu mir um, grinste kurz und fügte hinzu: »Und trotzdem rede ich kein Wort mit dem Alten.«

Und das nächste Mal, dachte ich, schicke ich ihn anstatt auf Klassenfahrt ins Bootcamp. Ein bisschen militärischer Drill konnte nicht schaden. Wirklich. Wann hörte das mit der Erziehung eigentlich mal auf?

Mit Macken ist es wie mit Hüftspeck – im Laufe des Lebens kommen immer mehr dazu.

18

Beim Sortieren der Zeitschriften im Wartezimmer unserer Kanzlei fesselte vier Wochen später eines dieser Glück-durch-Yoga-und-Spinat-Smoothies-Magazine meine Aufmerksamkeit. *Das Beste kommt noch* versprach der Titel, auf dessen Cover eine schick ergraute Dame abgebildet war. Toll, dachte ich. Wobei ich mich fragte, wann? Wie ich mich kannte, wäre ich nicht zu Hause, wenn es käme. Wenn es richtig gut für mich laufen würde, läge vielleicht eine Info im Briefkasten, wo das Beste abgegeben worden war.

Mein Optimismus war offiziell in der Krise. Das desaströse Date mit Heinz Rühmann steckte mir immer noch in den Knochen, vor allem, weil keine anderen Kandidaten in Sicht waren. Basti, der seit seiner Rückkehr total abweisend war. Mein Vater mit seiner *Anwesenheit!*

Beim Abendessen am Tag zuvor hatte ich an ein Weihnachtsfest Jahre zuvor denken müssen, an dem eine üble Mischung aus unausgesprochenen Vorwürfen, zu hoch gesteckten Erwartungen und selbst gemachtem Eierlikör zu einer Verkettung von Missverständnissen geführt hatten, die in großem Schweigen geendet hatten – von stichelnden Bemerkungen in gezischtem Tonfall unterbrochen, der so typisch war für meine

Familie. Stille Nacht, eisige Nacht! Gestern Abend dann auch wieder Kaugeräusche, so laut wie ein Orkan, der an den Fensterläden rüttelte. Je weniger man sprach, desto lauter wirkte das Kauen. Basti hatte sich die Bratkartoffeln mit Speck in Rekordtempo reingeschaufelt, demonstrativ gegähnt und verkündet, er müsse jetzt pennen gehen.

»Nanu, junger Mann«, hatte mein Vater angesetzt.

Seiner Ansprache über die wohltuende Wirkung eines Verdauungsspaziergangs besonders für junge Menschen hatte nur ich lauschen dürfen, da Basti schon in sein Zimmer geschlurft war, als würden seine Fersen magnetisch vom Boden angezogen.

Jetzt gab's also einen Schlurfer und einen Stampfer im Haus. Der eine wollte die Füße nicht heben, der andere konnte nicht.

»Warst du eigentlich mal beim Arzt?«, hatte ich meinen Vater gefragt.

»Nein. Wieso sollte ich?«

»Na ja. Vielleicht kann man da ja was dran machen.« Ich hatte auf seinen Gehstock gedeutet.

»Ich bin alt, Mimi, da kann man nichts dran machen.«

»Eventuell doch.«

»Du hast keine Ahnung, Mimi. Ich kann dir sagen, Altern ist eine Hinrichtung auf Raten. Und die Zeit ist der Henker.«

Was für ein hübscher Kalenderspruch für die Edition *52 Gründe, aus dem Fenster zu springen*. Ich meine, wie sollte man bei so was optimistisch bleiben?

Ich stand noch gedankenversunken mit der Zeitschrift in der Hand da, als Nicki und Lady zur Arbeit kamen.

»Ladys Körbchen sieht übrigens echt gemütlich aus«, sagte ich, als der Hund sich bequemt hatte, dort Platz zu nehmen.

»Das ist ein Hundediwan«, korrigierte Nicki stolz. »Mit echtem Lammfell.«

»Wenn es den in groß gäbe, würde ich mir auch so einen kaufen. Als Ersatz für meinen Lesesessel. Er würde in meinem Schlafzimmer genau zwischen Bett und Fenster passen.«

»Du bist echt bekloppt, Miriam«, stellte Nicki fest und wandte sich wieder ihrem Computer zu. *»Brainjogging-Edition for dogs«*, murmelte sie und kritzelte Notizen auf einen Zettel. »Oder das Intelligenzspielzeug Dog Casino?«

»Dog Casino?«, horchte ich auf. »Was macht der Hund da? Spielt er Blackjack?«

Nicki warf mir einen vernichtenden Blick zu. »Hunde müssen nicht nur körperlich, sondern auch geistig gefordert werden. Und Lady ist wirklich außerordentlich intelligent!«

»Was sagt sie dann zum Nahostkonflikt?«

»Was ist denn mit dir los? Du bist ja richtig gereizt. Immer noch kein Glück bei der Männersuche?«

Ich schüttelte den Kopf. »Es ist einfach so. Die Männer, die noch frei sind in meinem Alter, haben einfach einen an der Klatsche.«

Nicki ließ sich davon gar nicht beeindrucken. »Ich hab einen guten Tipp für dich. Kauf dir einen Hund. Mit Hund ist dein Leben sofort wieder schön!« Sie warf einen verliebten Blick auf Lady in ihrem Diwan.

»Ich will mir keinen Hund kaufen.«

»Dann kauf ich dir einen Hund.«

»Nein. Ich will überhaupt keinen Hund, ich will einen Mann.«

Anke, die gerade die Kanzlei betreten hatte, schaute durch unsere offene Tür und verzog schon wieder das Gesicht.

»Ein Hund ist besser«, beharrte Nicki. »Der ist treu, widerspricht nicht, und du musst mit ihm nicht darüber streiten, wer die Spülmaschine ausräumt.«

Im Vorraum erschien ein Klient. Anke begrüßte ihn und

führte ihn direkt ins Büro von Dr. Gregor. »Das war Herr Jürgens«, flüsterte Nicki, als hätte ich das nicht mitbekommen. »Der sieht gut aus. Der wäre was für dich.«

»Er ist verheiratet«, erinnerte ich Nicki, weil wir den Ehevertrag von Herrn Jürgens aufgesetzt hatten.

»Na und? Wie lange denn schon? Ein Jahr. Da kann er doch schon längst wieder getrennt sein!«

Ich schüttelte resigniert den Kopf. »Vielleicht muss ich mich damit abfinden, dass Liebe für mich wie eine Jeans ist, die ich mit Anfang zwanzig getragen habe. Sie passt nicht mehr und wird nie mehr passen, deswegen muss ich sie aussortieren.«

»Jetzt hör auf mit dem Selbstmitleid«, befahl Nicki und hielt mir eine Akte hin. »So, geh zum Chef rein und lass sie unterschreiben.«

»Geh doch selbst rein, wenn du so scharf auf Herrn Jürgens bist. Vielleicht verlässt er ja für dich seine Frau, und du heiratest ihn, und Lady wird dein Blumenmädchen.«

»Das ist die Idee!« Nickis Augen blitzten, und sie tippte auf ihrer Tastatur rum. »Hund als Blumenmädchen, Achthunderttausend Einträge! Läädiii! Hast du das gehört? Wir werden bald heiraten.«

Ich verdrehte die Augen. Nicki stöckelte mit der Akte in das Büro vom Chef, und ich hörte sie klirrend lachen. Währenddessen klingelte bei mir das Telefon, aber ich leitete den Anruf wieder nach vorne zu Anke. Die Telefonsache war zu so einer Art Kampf geworden. Manchmal verbanden wir die Anrufer so oft hin und her, dass sie entnervt aufgaben. Dieses Mal hob Anke doch ab, doch nur um durch die Tür zu rufen: »Miriam, für dich.«

Es war ein älterer Herr, der sein gesamtes Vermögen seinen beiden Papageien hinterlassen wollte. Den hätte Anke genauso gut abwimmeln können. Sie wusste doch, dass das nicht ging.

Tiere durften nichts erben. Was der Herr am Telefon partout nicht einsehen wollte.

»Sie sind meine Lebensgefährten, schon seit fünfzehn Jahren!«, klagte er.

Ich, wieder total im Therapeutenmodus, sagte, ja, das würde ich verstehen, dass die Vögel emotional für ihn wie Menschen seien, aber juristisch gesehen sei das eben nicht so.

»Katzen dürfen ja auch nicht wählen«, fügte ich hinzu.

»Warum eigentlich nicht?«, fragte der Mann empört. »Das ist doch total ungerecht! Ich glaube, da werde ich gleich mal eine Petition aufsetzen.«

Ich sagte, dass ich das Gespräch beenden müsse, und hatte bald die nächste Anruferin an der Strippe, die gegen die Vorsorgevollmacht vorgehen wollte, die ihre Eltern dem Bruder gegeben hatten und nicht ihr.

»Der wird sich doch alles unter den Nagel reißen«, wetterte die Frau.

Beim Notar arbeiten hieß, immer mit dem Schlimmsten rechnen. Scheidung und Tod und Familienzwist und Gier und Übervorteilung. Man nannte es vielleicht Vorsorgen, was wir da machten, aber eigentlich war unsere Arbeit nur angewandter Pessimismus. Okay, ich hatte ja nur noch zwanzig Jahre bis zur Rente.

Nicki kam zurück und schüttelte ihr voluminöses Haar. »Ich glaube, er hat angebissen«, behauptete sie. »Läädiii, das wird dein großer Auftritt! Dann fangen wir schon mal an zu trainieren. Komm, Läädiii, gib Pfötchen!« Lady zog eine Augenbraue hoch, es sah aus, als wollte sie sagen: *Im Ernst, so was Dämliches fragst du?* Nicki versuchte es ein paar Mal, aber Lady rührte sich nicht. »Warum gibst du denn kein Pfötchen?«, fragte Nicki beleidigt.

»Die Diva auf dem Diwan«, erklärte ich kichernd.

»Das stimmt. Meine Lady ist eine richtige Diva. Sehr charakterstark.«

Nicki steckte ihrem Hund ein Leckerchen zu, kraulte ihn hinter den Ohren und machte irgendwelche seltsamen Geräusche, die an Babysprache erinnerten. Noch zwei Stunden bis zur Mittagspause, wie schon in den letzten Wochen der offizielle Höhepunkt des Tages.

Schmetterlinge im Bauch sind auch eine Zwischenmahlzeit.

19

Als ich in der Schlange vor dem Eiswagen stand und so tat, als würde ich den Eismann nicht beobachten, wie er mit einer dunkelhaarigen Frau flirtete, musste ich an Kai Sievert denken, Stufensprecher und Bassist bei Accidentally Explosive. Du liebe Zeit, was war ich in der achten Klasse in ihn verknallt gewesen. Ich hatte ihn heimlich beobachtet, wie er durch die Schule schritt, den Rucksack über einer Schulter und sich immer wieder seine Haare aus dem Gesicht strich. Es war die perfekte Beziehung gewesen – in meinem Kopf, wo ich alle möglichen Liebesschmachtfetzen entworfen hatte, in denen wir beide die Hauptrollen spielten. In echt hatte ich nie auch nur ein Wort mit ihm gewechselt. Niemand hatte etwas von meiner hoffnungslosen Schwärmerei geahnt, bis mich die fiese Angela Pott dabei erwischt hatte, wie ich gerade Kai Sieverts Namen mit ungefähr einer Million Herzchen drum herum in mein Matheheft gekritzelt hatte. Sie hatte verächtlich geprustet, bevor sie mit wehenden Haaren davonstolziert war.

Der Rest des Schultags war mir vorgekommen wie eine Ewigkeit. Ich hatte mich furchtbar geschämt und ungefähr eine Woche den Blick nicht vom Boden gehoben, weil ich gewusst hatte, dass Angela Pott es weitertratschen würde. Aber die Katastrophe war ausgeblieben, Kai Sievert hatte mich genauso weiter ignoriert wie ich ihn, woraus ich schloss, dass es ihm sogar noch zu peinlich war, auch nur zu erwähnen, dass ich in ihn verknallt war, weswegen ich die Beziehung dann beendete. (Wovon er natürlich ebenfalls nichts mitbekam.)

War es nicht seltsam, dass das Leben meistens nur in der Rückschau einfach erschien? Damals kam es mir so vor, als ob überall um mich herum Gefahren lauerten, Fettnäpfchen von Schwimmbadgröße. Weswegen ich ja auch nur aus der Entfernung Jungs angehimmelt und nie im Leben einen Schritt auf sie zugemacht hatte. Ich hatte mir so sehr gewünscht, schnell erwachsen zu werden, weil ich fest damit gerechnet hatte, dass ich dann wissen würde, was zu tun war. Weil ich dachte, dass Erwachsene sich so vernünftig verhalten würden, dass Blamagen ausgeschlossen waren – und sie die echte Liebe, die wahre Liebe einfach so finden würden, völlig komplikationslos, als wäre es ein Gesetz des Lebens.

Tja. Falsch gedacht!

Auch in meinem Alter war es die sicherste Variante, nur aus der Entfernung für irgendwen zu schwärmen, zumindest, wenn man wie ich herzensblind war. Damit waren Enttäuschungen und Trennungen ausgeschlossen – aber nicht das Hochgefühl der Liebe. Und das konnte ich dann sogar mit dem Eismann ausleben. Genau. Ich konnte mit ihm meine eigene Wolke sieben erklimmen, die Wolke sieben^3 sogar, jedenfalls in der Fantasie. In der Schulzeit war einer meiner klassischen Tagträume ein Gewitter gewesen, vor dem der Schwarm und ich in eine kleine Hütte flüchten mussten, wo wir uns dann aneinanderdrängten und an den Händen hielten, bis der Sturm vorüber war. Oder ein plötzlicher Wintereinbruch, bei dem wir von meterhohen Wehen eingeschneit würden, weswegen wir uns zusammen unter die Wolldecke kuscheln mussten. Wenn jetzt zum Beispiel ein Gewitter aufziehen würde, tagträumte ich, wenn es blitzte und donnerte und der Regen prasselte, würde der Eismann mich in seinen Eiswagen bitten und mir ein Handtuch reichen, da meine Bluse schon durchweicht war und mir am Körper klebte. Ein Wassertropfen hinge wie eine Perle in meinen Wimpern, meine Wangen wären sanft gerötet, und er wäre ganz besorgt um mich und würde mich an seine breiten Schultern drücken und dann …

»*Ciao bella. Tutto bene?*«

»Huch!«

Ich war so versunken gewesen, dass ich gar nicht mitbekommen hatte, dass ich an der Reihe war. »Äh … ja klar.« Ich räusperte mich, vergewisserte mich noch einmal, dass es so etwas wie Gedankenlesen nicht gab (alter Reflex aus Schulzeiten), und legte direkt das Geld auf den Verkaufstisch. »Hier«, sagte ich schnell. »Ich bezahle lieber im Voraus. Damit ich nicht wieder Schulden anhäufe!«

»Ich habe heute was Besonderes für Sie!«, sagte der Eismann und tauchte nach hinten ab. Ich linste in den Wagen hinein, an dessen gegenüberliegender Wand eine Postkarte von einem sonnenbeschienenen italienischen Dorf auf einem bewaldeten Hügel hing. Vielleicht sollte ich Basti überreden, doch in den Sommerferien mit mir wegzufahren. Ich hatte ja ab meinem Geburtstag Urlaub genommen. Drei Wochen immerhin! Aber dann fiel mir mein Vater ein. Den konnten wir nicht allein lassen. Mist. Der Eismann stellte einen neuen silbernen Behälter in die Kühltheke und öffnete den Deckel. »Sie müssen meine neue Sorte probieren. Ich habe dabei an Sie gedacht. Weil Sie gesagt haben, Crunch sei wichtig.« Er schaufelte eine hellgelbe, mit grünen Streifen durchzogene Mischung in meine Waffel. »Sette Peccati hab ich sie getauft«, sagte er. »Sieben Sünden.«

Sieben Sünden?

»Eine Pfirsich-Pistazien-Schokosplitter-Waffel-Knuspermischung.«

Er hatte an mich gedacht und eine Pfirsich-Pistazien-Schokosplitter-Waffel-Knuspermischung kreiert, die Sieben Sünden hieß? Hatte ich's doch gewusst, dass er mit mir flirtete! Und dass nicht nur ich mich jeden Tag auf ihn freute, sondern er sich auch auf mich!

Komisch, wie man selbst Gedanken manchmal schreien konnte.

Dann sammelte ich mich wieder und kam kurzfristig zu Verstand. Mal im Ernst: Vermutlich hatte er die gleiche Story heute schon achtzehn Frauen erzählt. Das war wahrscheinlich eine Verkaufsmasche wie das *Ciao bella*, nur noch etwas origineller. Auf jeden Fall noch lange kein Grund für mich, darauf reinzufallen. Ich räusperte mich.

»Das sind vier Sünden«, korrigierte ich kühl.

Er nickte lachend. »Ja. Sahne und Zucker sind auch noch drin. Und eine geheime Zutat. Die werde ich Ihnen irgendwann verraten.« Er beugte sich vor, und ich musste meine Augen von seinem Gesicht abwenden und mich auf das Eis konzentrieren, das er mir entgegenstreckte. »Sie müssen mir morgen sagen, wie es geschmeckt hat!«

Der Eismann zwinkerte mir zu. Er sollte bloß nicht denken, dass er mich mit seinem Trick irgendwie gefügig gemacht hatte.

»Wir werden sehen, wie mir das schmeckt«, sagte ich so frostig wie möglich und verdrückte mich schnellstmöglich, wobei ich nur fast über meinen Fuß stolperte. Puh! Wenigstens einmal keine peinliche Aktion hingelegt.

Als ich das Eis probierte, haute es mich ein bisschen von den Socken. Es war so unfassbar lecker, mit den verschiedenen Geschmacksrichtungen und den Knusperstücken drin! Mit derart umnebelten Geschmacksnerven kam ich für einen Moment doch ins Schwanken während der Überlegung, ob ich sein Märchen glauben sollte. Mein Herz flatterte vor Aufregung bei der Vorstellung, wie er in seiner Küche (oder wo immer er sein Eis machte) vor sich hin probierte und mit ganz viel Liebe an seinen Kreationen werkelte, während er an mich dachte. Was mochte die geheime Zutat sein? Vanille? Limettenschale? Oder Kardamom?

Die Sonne schien durch die Astgabel eines Baumes, ich blieb kurz stehen und schloss die Augen, konzentrierte mich ganz auf mein Eis und dachte an nichts. Nicht mal an meinen Vater, der in unserer Wohnung hockte wie Golem in seiner Höhle. Wobei ich gar nicht wusste, ob ein Golem eine Höhle hatte. Und was ein Golem überhaupt war. Hm. Blödes Beispiel. Egal. Auf jeden Fall dachte ich an gar nichts. Als mein Handy vibrierte, ignorierte ich es. Eiserne Regel: In der Mittagspause nicht rangehen. Wobei ich sowieso nicht mehr gern ans Handy ging, weil ich Angst hatte, dass es Laura sein könnte, die noch nichts wusste von meiner neuen Wohngemeinschaft.

Plötzlich durchbrach eine Stimme die Ruhe. »Ist das nicht Hammer, das Eis?« Ich zuckte unmerklich zusammen und öffnete die Augen wieder. »Sieht das nicht mega aus? Ich sag nur: Gönn dir! Hmmm!« Es war diese blonde Trulla mit dem Nasenring, die neben mir dümmlich vor sich hin quasselte. Du meine Güte. Ich wollte ihr gerade klarmachen, dass ich die falsche Adresse für ein Gespräch war, da stellte ich fest, dass sie gar nicht mit mir sprach, sondern ihrem Smartphone einen Vortrag hielt. Oh, grausame digitale Welt! Selbst wenn einem in der Wirklichkeit keiner zuhörte, irgendwo im World Wide Web fand sich immer ein Trottel als Publikum. »Aber das hier ist wirklich ein super Eis!«, plapperte sie weiter in ihre Kamera. »Diese Sorte heißt Sette Peccati. Sieben Sünden!« Aha! Meine Lauscher stellten sich sofort auf Empfang, ob sie noch mehr dazu sagte, wie zum Beispiel, dass es eine Kreation nur für sie sei, aber das blieb aus. »Bis morgen dann und likt meinen Clip, wenn ihr mögt.« Sie schüttelte ihr Haar, gab ein paar Schmatzer in Richtung Kamera und ließ das Handy sinken. »Ist was?«, schnauzte sie mich an.

»Nein!«, widersprach ich ertappt, und als mein Handy erneut vibrierte, ging ich vor lauter Schreck ran.

»Das Paket ist nicht gekommen!«

Mein Vater hielt sich neuerdings nie mehr mit einer Begrüßung auf, sondern quatschte einfach drauflos – Punkt 11 seiner nervigsten Angewohnheiten.

»Hallo, Papa«, sagte ich gepresst.

»Es sollte heute kommen, aber jetzt ist es fast eins und …«

»Ist Basti schon zu Hause?«, unterbrach ich ihn.

»Wer?«

»Dein Enkel.«

»Woher soll ich das wissen?«

»Äh … weil du bei uns *wohnst?*«

Und zwar schon einen Monat lang! Weil ich Riesenhirni ja meine Klappe nicht hatte halten können und mal wieder viel zu nett gewesen war.

»Na und? Ich bekomme den Jungen nie zu Gesicht. Und wenn, spricht er kein Wort. Ist er Autist?«

»Er ist doch kein Autist! Er ist *fünfzehn*, Papa.«

»*Fünfzehn?* Er sieht viel älter aus. Wahrscheinlich, weil er nie an die frische Luft geht und sich dieses Zeug in die Haare schmiert. Ich will mich ja nicht einmischen …«, dieser Spruch war Platz 3 auf der Liste seiner nervigsten Angewohnheiten, »… aber du solltest ihm dringend mal beibringen, wie man …«

Ungebetene Erziehungstipps: Platz 2. Bevor er den unangefochtenen Spitzenplatz an schrecklichen Angewohnheiten erreichte, unterbrach ich ihn.

»Frag im Erdgeschoss. Die Mur… äh … der Nachbar ganz unten nimmt schon mal Pakete für mich entgegen.«

»Aber die Treppe …« Mein Vater stöhnte.

»Dann mach ich das nachher. Also, bis später … Mist!« Ich hatte auf meine hellgrüne Bluse gekleckert. Das kam davon, wenn man sich beim Eisessen ablenken ließ. Die Nasenpiercingfrau neben mir grinste hämisch. »Was ist?«, blaffte ich und wischte mit einem Papiertaschentuch an dem Fleck rum, was nicht wirklich half.

»Nichts, nichts.« Sie kicherte.

Grimmig stapfte ich zurück in die Notarkanzlei. Wirklich, ich konnte viel vertragen, aber bei Störungen während der Mittagspause hörte der Spaß auf. Und was wusste mein Vater eigentlich über Erziehung von Jungs in der Pubertät? *Gar nichts* wusste er! Als mein Handy noch mal klingelte, ging ich sofort ran. Jetzt werde ich ihm sagen, was ich von seinen Anschuldigungen halte, dachte ich.

»Gut, dass du noch mal anrufst«, fing ich an.

»Wie bist du denn drauf?«, fragte Laura. »Hat dich dein sonnenverbrannter Chef auf die Palme gebracht?«

»Nein, ich … egal.«

Ich versuchte, sie so schnell wie möglich abzuwimmeln, weil ich ja ins Büro musste, aber vor dem Beenden des Gesprächs erinnerte sie mich an meinen Geburtstag in zwei Wochen. Oh nein. Das hatte ich völlig verdrängt! Mein Geburtstag. Zu dem Laura und Helge und meine Mutter kommen würden. Und Simon, weil ich Idiot ja gesagt hatte, dass wir Freunde bleiben sollten. Was bedeutete, dass Mrs Wolke sieben auch mitkommen würde, die schwangere Doreen, die mir ihre Badeperlengunst schenken wollte. Und das alles in meiner Wohnung, in der der Golem hauste, was noch niemand wusste.

Als hätte ich noch nicht genug Probleme, entdeckte ich auf

einmal auf der Wiese einen Jungen, der mir bekannt vorkam. Groß, schlaksig, schwarzes T-Shirt mit rotem Aufdruck, dunkelblonde Haare … War das Basti? Aber wieso war er hier? Im nächsten Moment bekam ich die Antwort. Jemand lief auf ihn zu. Ein Jemand in kurzem Rock. Die beiden begrüßten sich vertraulich.

Und dann küssten sie sich.

Glück ist wie ein Kern im Kirschkuchen.
Man weiß nie, wann man draufbeißt.

20

Alle Welt entwickelte sich weiter. Knüpfte neue Verbindungen, begann neue Lebensabschnitte. Sogar meine Mutter hatte einen Haufen neuer Bekannter, mit denen sie im Sommer sogar nach Barcelona fahren wollte, wie sie mir vor Kurzem am Telefon erzählt hatte. Und ich? Ich schwärmte für einen unerreichbar schönen Eismann wie ein Teenager im Hormonrausch und würde vermutlich wieder den ganzen Sommer allein auf dem Balkon verbringen, von kurzen Stippvisiten meines Sohnes und der nervtötenden Anwesenheit meines Vaters mal abgesehen. Es schien, als würde mir nichts anderes übrig bleiben, als mich in die Selbstverwirklichung durch Kerzenziehen zu stürzen. Oder Töpfern zu lernen und mich auf sämtlichen Kreativmärkten zu präsentieren. Sogar Marathonlaufen würde ich in Erwägung ziehen, wenn das nicht so furchtbar anstrengend wäre.

Du liebes bisschen – Basti hatte eine Freundin! Kein Wunder, dass er mich aus seinem Instagram-Account entfernt hatte und mir so gut wie nichts mehr erzählte. Aber so war das im Leben. Was man halten wollte, glitt einem aus den Fingern. Was man loswerden wollte, hatte sich festgezeckt. Damit meinte ich natürlich meinen Vater. Meine Versuche, eine andere Unterkunft für ihn zu finden, waren ins Stocken geraten. Die paar Einrichtungen, die schön und bezahlbar waren, hatten jahrelange Wartelisten. Keine Ahnung, wie das mit ihm weitergehen sollte. Basti verkrümelte sich in sein Zimmer, und wenn ich wissen wollte, was er so machte, musste ich mich mit den Informationsbrocken begnügen, die er mir zwischen Tür und Angel hinwarf.

Wenn ich *nicht* wissen wollte, was mein Vater den ganzen Tag gemacht hatte, ging ich am besten nicht nach Hause. Erstens konnte ich mittlerweile an der Schneise der Verwüstung seinen Tagesablauf ziemlich gut rekonstruieren. (Hatte der Mann denn niemals gelernt aufzuräumen?) Zweitens redete er ständig auf mich ein, als wollte er in kürzester Zeit aufholen, was wir in den letzten Jahren verpasst hatten. Ich war umzingelt von Gerede und musste mich in mein Schlafzimmer zurückziehen, wo ich mich aufs Bett legte und neuerdings meine alten CDs hörte, die ich beim Aufräumen des Lesezimmers gefunden hatte. *I should be so lucky, lucky, lucky, lucky, I should be so lucky in love …*

Ich schloss die Tür auf und betrat den nüchternen Flur unseres Hauses. Bevor ich hoch in unsere Wohnung ging, klingelte ich bei Maik der Muräne wegen des Pakets. Dieser peinliche St.-Pauli-Aufkleber auf der Tür, als wäre er irgendein Sozialwissenschaftsstudent. Und dann wieder dieser Berg Schuhe! Außerdem hatte ich noch ein ernstes Wörtchen mit ihm zu reden, weil er seine Schrottkarre zum wiederholten Mal halb auf meinen Stellplatz im Hof geparkt hatte. Als ob die Regeln der Hausordnung für ihn nicht gälten!

In Bastis Kinderbuch nahm die Geschichte von Muräne Maik übrigens ein Happy End. Eines Tages geriet ein Seepferdchen in Not, und Maik verließ seine Felsspalte und rettete es, woraus eine wunderbare Freundschaft entstand. Fortan war Maik ein gern gesehener Gast in der Gesellschaft der anderen

Meeresbewohner und überhaupt nicht mehr grummelig. Für unsere Muräne war diese positive Entwicklung eher nicht zu erwarten. Ich klingelte wie immer ein zweites Mal, weil sie niemals beim ersten Klingeln reagierte. Auch so eine Sache, die mich auf die Palme brachte. Die Tür wurde geöffnet, ich nahm einen würzigen Geruch wahr, er streckte den Kopf raus und sah so verwirrt aus, als wäre er gerade erst aufgestanden. Rasiert hatte er sich vermutlich vor einer Woche das letzte Mal, auf jeden Fall war sein Kinn mit Stoppeln übersät.

»Hallo«, sagte ich so höflich wie möglich. »Haben Sie ein Paket für uns angenommen?«

»Nö.« Die Muräne kratzte sich unter der Kappe. »Der Kerl oben muss es haben.«

»Der Kerl oben?«, fragte ich verdutzt. »Hat Ashram-… hat Frau Schlüter wieder einen neuen Untermieter?«

»Und was für ein Freak das ist!«

Oh Gott, wenn die Muräne den Untermieter schon für einen Freak hielt, dann durfte man gespannt sein.

»Übrigens, stellen Sie bitte Ihr Auto nicht auf meinen Stellplatz.«

Mein unverschämter Nachbar deutete auf meinen Fahrradhelm, den ich in der Hand hielt. »Warum nicht? Du hast doch keins.«

»Das heißt aber noch lange nicht, dass Sie meinen Parkplatz benutzen dürfen.«

Er schüttelte den Kopf, seine braunen Augen blitzten. »Wo ist denn das Problem?«

»Das Problem ist, dass Sie ja nicht wissen, ob ich Besuch bekomme …«, an der Stelle guckte er total spöttisch, weswegen ich meine Stimme hob, »… oder ob ich mir demnächst ein Auto kaufe oder aus irgendeinem anderen Grund den Parkplatz brauche, den ich Ihnen ganz sicher nicht erklären muss.«

»Zum Beispiel, wenn du dort grillen willst«, schlug die Muräne vor. »Oder ein Planschbecken aufstellen. Oder mit Kreide aufs Pflaster malen.« Er grinste.

Ich funkelte ihn wütend an. Dieser Mann machte mich rasend. »Wie dem auch sei«, fuhr ich eisig fort. »Stellen Sie Ihren Wagen auf Ihren Platz und nicht auf meinen.«

»Kann ich sonst noch was für dich tun?« An dieser Stelle hob er anzüglich die Augenbrauen, wie ich fand.

»Ja. Die Schuhe. Zum hundertsten Mal!«

»Jawoll, Chef«, sagte er und tauchte zurück in seine grünlich schimmernde Wohnung, natürlich ohne auch nur ein Paar seiner Treter mitzunehmen.

Ich stapfte nach oben. Dieses Haus verwandelte sich langsam, aber sicher, in ein Irrenhaus. Mal sehen, wem Ashram-Ruth diesmal wieder leichtsinnig ihr Vertrauen geschenkt hat, dachte ich.

Das Klingelschild war fein säuberlich überklebt worden. Anstatt Ruth stand da Dr. Eduard Kaperski. Ich lockerte die Schultern und die Kiefermuskulatur, um mich bereit zu machen für den nächsten Schock. Die Tür wurde geöffnet. Von einem Mann in meinem Alter. Der Schnellcheck ergab folgendes Bild: Geheimratsecken, dunkelblondes Haar, randlose Brille, markante Nase, hellblaues Hemd unter dunkelblauem Pullunder. Vielleicht war es dieses Bekleidungsstück, das die Muräne zum Urteil »Freak« gebracht hatte? Ein Pullunder war das Markenzeichen des seriösen Mannes. Ein Statement für Zuverlässigkeit und vorausschauendes Denken. Falls das Wetter umschlug, war sein Nierenbecken vor gefährlichem Auskühlen gefeit. Wurde es wärmer, drohten dennoch keine Schweißattacken, weil ärmellos. Ich war überzeugt, Männer mit Pullunder hatten statistisch gesehen viel öfter eine Berufsunfähigkeitsversicherung als Männer, die in Hardrock-Café-T-Shirts oder mit großflächigen

Tattoos rumliefen, obwohl mittlerweile bewiesen war, dass die Farbpigmentierung der Haut nicht aufsehen-, sondern vielmehr krebserregend war.

Der Mann, der jetzt vor mir stand, dieser Dr. Eduard Kaperski, gehörte definitiv nicht zu der Gruppe dieser unklugen Kerle. Im Gegenteil! Ein warmes Gefühl überkam mich. Restlos begeisterte mich der Anblick, als ich ein weiteres Detail entdeckte. Er hielt ein Buch in seinen Händen. Ein echtes Buch aus Papier! Mit einem Finger zwischen den Seiten eingeklemmt als Übergangslesezeichen.

Ein Buch war die intellektuelle Version eines Welpen an der Leine – ein absoluter Magnet für Frauen. Dabei war es fast unerheblich, ob es der Roman eines russischen Denkers oder ein bayerischer Krimi war – ein Mann mit Buch gewann sofort an Tiefgründigkeit. Mit anderen Worten: Der neue Untermieter war in meinen Augen ziemlich attraktiv.

»Guten Tag«, sagte ich und stellte mich lächelnd vor, was er liebenswürdig erwiderte.

Als er mir das Paket überreichte, konnte ich keinen Ehering an seiner rechten Hand sehen, und dann hatte er auch noch diesen kapriziösen Namen. Dr. Eduard Kaperski. Also bitte. Das Universum hatte doch einen Sinn für Gerechtigkeit, dass es mir hier etwas anderes vorsetzte als einen professionellen Casanova wie den Eismann oder einen humoristischen Rohrkrepierer wie Heinz Rühmann oder einen ignoranten Egoisten wie meinen Ex-Mann.

Ich entschuldigte mich sofort für den Lärm, den mein Vater fabrizierte, aber er winkte ab und sagte, er sei ein Freund der Ohrstöpsel. Pullunder und Ohrstöpsel! Ich war sicher, er wusste auch über die reinigende Kraft der Zitronensäure und über die Technik, einen Hemdkragen zu bügeln, Bescheid. Und er würde einer Frau ganz sicher nicht vorgaukeln, er hätte eine Süßspeise mit dem Namen Sieben Sünden für sie kreiert. Für so was war er viel zu solide und charakterfest.

Ein kurzer Wortwechsel brachte neue interessante Details zutage: Er war für drei Monate eingezogen, um sich eine Wohnung zu suchen, da er eine Stelle an der Universität Köln angetreten hatte – im Fachbereich Psychologie. Ein promovierter Psychologe! Meine Mutter und Laura wären beeindruckt. Außerdem würde dieser Dr. Eduard Kaperski sofort durchschauen, was mit meiner bekloppten Familie nicht stimmte, und mir helfen, sie wieder zu versöhnen. Und ansonsten könnten wir auf der Terrasse sitzen und bei einer Weißweinschorle über Literatur philosophieren. Dr. Eduard Kaperski hatte sich also im Handumdrehen auf den vordersten Rang meines amourösen Interesses geschoben. Mein Optimismus meldete sich auf der Stelle zurück und bot Eduard an, ihm die Stadt zu zeigen.

Er lächelte und nickte. »Das wäre nett.«

Na also. Geht doch. Auf dem Weg die Treppe nach oben war ich schon wieder voller Zuversicht, bald eine eigene Adresse im siebten Himmel anmelden zu können.

Natürlich will man mit seiner Familie eine enge Verbindung haben. Aber doch nicht jeden Tag!

21

»Was gibt es denn heute Schönes zu essen?«, rief mein Vater, kaum dass ich in der Wohnung war.

Gute Frage. Ich hatte mal zu den Frauen gehört, die am Anfang der Woche schon genau wussten, was sie am Ende der Woche kochen würden. Aber seit mein Vater völlig anarchistisch meine Vorräte dezimierte, indem er sich entscheidende Zutaten für einen Eintopf, den ich für freitags gedacht hatte, schon mittwochs genehmigte, nur weil er auf einmal Lust darauf hatte, war alles durcheinander. Meine Essensplanung war seit seinem Einzug urplötzlich auf Spontaneität angewiesen, was mich wirklich nervte, und ich musste bei geöffneter Kühlschranktür (aus der in unverantwortlichem Maße die Kälte entwich) jeden Abend neu überlegen. Das fing mit der Frage an: Was muss weg?

Da waren noch Nudeln von vor drei Tagen in einer Frischhaltedose. Ein paar Zucchini im Gemüsefach – die waren als gesunde Beilage für die Spaghetti mit Parmaschinken vorgesehen gewesen, aber mein Vater hatte den Schinken einfach so verputzt. Ein, zwei Druckstellen hatten sie bereits, das würde noch gehen. Die Joghurts hatten dagegen ihr Haltbarkeitsdatum weit hinter sich gebracht. Das kam ja noch dazu: In der einen Woche verschwanden Lebensmittel im Nullkommanix, dann kaufte man neue, und plötzlich rührte sie keiner mehr an, und sie gammelten vor sich hin. Genau wie die Leberwurst.

»Soll ich dir ein Brot mit Leberwurst machen?«, fragte ich, »oder Nudeln mit Butter?«

»Könnte ich vielleicht einen strammen Max bekommen? Lissy hat den immer so schön gemacht.«

Mir lief ein Schauer über den Rücken. Lissy hat mir immer so schön die Anziehsachen rausgelegt. Lissy hat immer so schön die Gurken in feine Scheiben geschnitten. Lissy hat immer so schön alles sauber gehalten.

Der unangefochtene Spitzenreiter auf der Liste seiner nervigen Angewohnheiten!

Basti kam rein. Sofort hatte ich das Bild aus dem Volksgarten vor Augen, wie er mit diesem Minirockmädchen geknutscht hatte. Ich platzte natürlich vor Wissbegier, aber jetzt war es wichtig, sich unauffällig zu verhalten. Nichts wirkte abschreckender auf einen jungen Menschen am zarten Anfang seiner Beziehungskarriere als eine überneugierige Mutter.

»Aha«, sagte ich. »Da ist er ja.«

»Ist was?« Basti beäugte mich misstrauisch.

»Sag du es mir.« Ich lächelte.

Er zog die Augenbraue hoch und schüttelte irritiert den Kopf.

Ruhig, gute Frau, ruhig, mahnte ich mich. Immer schön langsam mit den jungen Hengsten. Ich räusperte mich. »Du isst aber Nudeln mit mir, oder?«, fragte ich.

»Nö. Ich will Pfannkuchen«, verkündete Basti.

Willkommen im Restaurant *Das Beste für dich, die Reste für mich!* Zum Glück gab es im Kühlschrank noch eine angebrochene Flasche Wein. Der musste auch weg.

Eine halbe Stunde später saßen wir am Esstisch im Wohnzimmer. Der Ficus, der meinem Lesezimmer fast ein bisschen

Wintergartenatmosphäre verliehen hatte, mickerte in einer Ecke vor sich hin. Eine trübselige Ansammlung vertrockneter Blätter lag rund um den Topf. Ich ignorierte es und setzte ein fröhliches Lächeln auf. Gute Stimmung fängt immer bei einem selbst an.

»Und, wie war es in der Schule, Basti?«, fragte ich unverfänglich. Wenn man jemanden aushorchen wollte, musste man das schon geschickt anstellen. Den Boden bereiten. Und dann sehen, welche Früchte die Aussaat trug.

Leider hatte ich nicht mit meinem Vater gerechnet. Noch bevor Basti irgendwas antworten konnte, preschte mein Vater vor: »Wie sieht's eigentlich aus mit Mädchen? Schon irgendwas am Start, wie ihr jungen Leute so sagt?«

»Im Büro war's heute vielleicht heiß«, warf ich ein.

»Du bist ein gut aussehender Bursche. Da sind doch sicher Mädchen hinter dir her.«

»Das Fenster konnten wir nicht öffnen, weil draußen ein Presslufthammer am Werk war.«

»Gundula. So hieß meine erste Freundin«, posaunte mein Vater, »die war toll. Wirklich gut entwickelt!« Er machte eine Handbewegung in Brusthöhe.

»Du meine Güte, das reicht!« Ich knallte mein Weinglas auf den Tisch.

»Was denn? Ist doch nicht so, als ob er nicht wüsste, wovon ich spreche. Oder, Basti?«

Bastian, der die ganze Zeit keine Miene verzogen hatte, schlang den Rest des Pfannkuchens in sich rein und war blitzartig verschwunden. Ohne seinen Teller mit in die Küche zu nehmen.

»Hab ich was falsch gemacht?«, fragte mein Vater verdutzt.

»Na ja«, erwiderte ich seufzend. »Mädchen sind natürlich ein sensibles Thema in dem Alter.«

»Ja, das stimmt natürlich. Da hast du recht.« Er wirkte zerknirscht. »Aber er redet auch sonst nicht.«

»Lass ihm etwas Zeit«, sagte ich ermattet.

»Ich meine, es ist so, als ob er mich gar nicht hierhaben wollte. Und das tut mir so leid. Ich wollte euch ja nicht stören.«

Nee, ist klar, dachte ich.

Basti tauchte doch wieder auf und guckte zur Tür herein. Gerade, als ich dachte, wir könnten reden, verkündete er: »Bin noch mal weg.«

»Wohin?«

»Volksgarten.«

»Um zehn bist du wieder hier!«, rief ich.

»Ich will mich ja nicht einmischen, aber das ist doch viel zu früh«, sagte mein Vater.

»Also gut, halb elf. Und du trinkst kein Bier!«

»Wieso das denn nicht? Mit fünfzehn darf er ja wohl ein Bier trinken.«

Mit wem diskutierte ich hier eigentlich? Verwirrt sah ich meinen Vater an, die kurze Pause nutzte Basti, um zu verschwinden. Hatte er jetzt bestätigt, wann er nach Hause kam? Ich war so erschöpft.

»Papa, für die Erziehung bin hier immer noch ich zuständig«, sagte ich mit aller Selbstbeherrschung, die ich aufbringen konnte.

»Was soll das heißen?«

»Das heißt, dass ich die Regeln aufstelle, wann er zu Hause sein soll und wann nicht.«

»Also darf ich hier nicht meine Meinung sagen?«

»Wie gesagt. Für Erziehungsfragen bin ich zuständig.«

Er brummelte irgendwas vor sich hin. Ich fing an, den Tisch abzuräumen.

»Du musst unter Leute«, sagte ich. »Geh doch mal was raus.

Hier gibt es so Seniorentreffs in der Nähe. Und Gymnastikangebote.«

»Mal sehen. Du weißt doch, die Treppe.«

»Du musst einfach trainieren«, sagte ich. »Außerdem müssen wir dir einen Gummipfropfen an den Stock machen, damit er nicht so klackert.« Auch wenn es den Nachbarn nicht störte, es machte mich rasend. »Oder wir kaufen dir einen Rollator, der macht keinen Krach.«

»Einen …«, er schnappte nach Luft, »… Rollator? Das ist doch nun wirklich was für alte Knacker!«

»Du bist ein alter Knacker!«

»Aber ich fühl mich nicht so. Solange ich mich nicht bücken muss jedenfalls.« Er erhob sich ächzend. »Und das willst du mir doch wohl nicht wegnehmen? Meine Lissy hat immer gesagt, man ist so alt, wie man sich fühlt.«

Ich weiß, man darf nichts Gemeines über Tote sagen, die heilige Lissy indes regte mich posthum unglaublich auf mit ihrer Einmischerei. Das konnte ja heiter werden an meinem Geburtstag. Ich meine, wenn er in der Anwesenheit meiner Mutter und meiner Schwester nur Lissys Namen erwähnen würde, gäbe es vermutlich eine Explosion, und dann wäre jede Hoffnung auf Versöhnung zunichtegemacht. Vielleicht sollte ich besser ohne ihn feiern, dachte ich. In einem Café. Am besten in einem dieser Szenecafés, die das Sammelsurium aus Sperrmüllmöbeln als Kultinterieur vermarkteten und auf einer Speisekartentafel in krakeliger Kreideschrift veganes Porridge und Hirsefrikadellen anboten. Meine Mutter würde sich hip fühlen und wäre zufrieden, weil sie ihrem Museumszirkel wieder was erzählen konnte. Meinen Vater würde ich zu Hause lassen und ihn einfach nicht erwähnen. Andere Familien verschwiegen auch alles Mögliche. Jahrhundertelang war man gut damit gefahren, verrückte Tanten auf den Dachboden zu sperren und missratene Sprösslinge zu verheimlichen. Etwas unter den Teppich zu kehren war der Kitt jeder Familienharmonie.

Andererseits wollte ich ja, dass meine Mutter und mein Vater sich wieder verstanden. Dafür durften sie sich nur nicht begegnen. Wie sollte das gehen? Manchmal schwirrte mir wirklich der Kopf vor lauter Problemen, mit denen ich irgendwie klarkommen musste. Wie eine Jongleurin, der ständig neue Bälle zugeworfen wurden, die man in der Luft halten musste, bevor sie zu Boden knallten.

Liebe ist die beste Medizin und dazu kostenlos. Man muss nur den richtigen Doktor kennen!

22

Samstags darauf war ich mit Dr. Eduard Kaperski im Kölner Dom, wo sich herausstellte, dass er viel mehr darüber wusste als ich. Während ich nur die Basics kannte (längstes Kirchenschiff Deutschlands, über sechshundert Jahre Bauzeit), erklärte er mir, was es im Innenraum tatsächlich alles zu sehen gab, samt den Zusammenhängen von Architektur und religiöser Bedeutung. Ich bewunderte abwechselnd die Baukunst und sein enormes Wissen. Immerhin konnte ich ihn danach in mein Lieblingscafé führen, wo wir hervorragende Törtchen aßen. Auch in Sachen Kuchen war er bewandert, er kannte sogar den Unterschied zwischen Ganache und Glasur.

»Bist du in einer Bibliothek geboren worden?«, fragte ich kopfschüttelnd.

»Alles gefährliches Halbwissen«, gab er lachend zurück. »Außerdem war ich neulich im Schokoladenmuseum. Da hab ich mir einiges an Wissen angeeignet.« Während er darüber referierte, dass der Holländer van Houten das Kakaopulver erfunden hatte, fiel mir die Eistheke des Cafés auf. Sie war neu. Auf einem Ständer waren die Waffelhörnchen gestapelt. Auf einmal fiel mir Lorenzo wieder ein. Was wohl die geheime Zutat von Sette Peccati war? Wahrscheinlich gab es gar keine, und der

Eismann hatte das nur gesagt, damit ich an ihn dachte. Genau. Das gehörte alles zu seiner Masche, mit der er Frauen um den Finger wickelte. »Mit van Houtens Erfindung war der Grundstein für solche Köstlichkeiten gelegt«, beendete Dr. Kaperski seine Ausführungen und schob sich eine Gabel Espresso-Nougat-Törtchen in den Mund. Er schloss genießerisch die Augen.

Simon hatte immer alles in sich reingeschlungen, Erdnüsse in Portionen von einer Handvoll in den Mund geschüttet, Brötchenhälften mit zwei Bissen zermalmt. Das, was ich in zwei Stunden in der Küche fabriziert hatte, war bei ihm nach einer Viertelstunde Vergangenheit gewesen, vergessen und halb verdaut. Dr. Eduard Kaperski dagegen war ein Genießer! Als zwei junge Frauen in kurzen Röcken sich an unserem Tisch vorbeischoben, beachtete er sie nicht. Nicht mal ein zufälliger Seitenblick streifte ihre makellose Haut. Außerdem nahm er während unseres gesamten Treffens nicht einmal sein Smartphone in die Hand. Du meine Güte, Simon hätte man zeitweise nur mit der Flex von seinem Gerät trennen können – und die Beine anderer Frauen hatte er immer registriert.

Eduards Aufmerksamkeit musste ich mir nur mit dem Zuckerbackwerk teilen. Ich war so hingerissen, dass ich ihm vorschlug, noch ein Törtchen zu teilen – unter der Bedingung, dass wir zum Du übergingen. Er nickte, und wir einigten uns auf eine Johannisbeer-Mascarpone-Kreation. Ich fragte ihn nach seiner Arbeit an der Uni, und er erzählte, dass es wirklich spannend sei, die jungen Menschen auf ihrem Weg ins Berufsleben zu begleiten. Er holte ein bisschen aus, um mir einen Überblick über die Studieninhalte zu geben, von der Diagnostik psychischer Störungen bis zur Forensischen Psychologie.

»Gefährlich«, sagte ich lächelnd, »da wirst du mich sicher gleich analysieren.«

»Das tue ich«, sagte er ernst und fügte hinzu: »Ich diagnostiziere eine ausgeprägte Vorliebe für Törtchen und nach deinem dritten Cappuccino auch eine leichte Koffeinsucht.«

Ich lachte. Was für ein interessanter Mann, lustig, gebildet, gesprächig – und genau im richtigen Moment, nämlich rechtzeitig zu meinem Geburtstag. Mit einem Doktor der Psychologie an meiner Seite könnte ich nicht nur Mr und Mrs Wolke sieben Paroli bieten, sondern mit seinen therapeutischen Erfahrungen vielleicht meine Familie versöhnen und darüber hinaus sogar mein persönliches Glück finden. Ja, dieser Mann war einen Versuch wert. Für den nächsten Tag lud ich Eduard zu mir nach Hause ein. Zu einem leichten Mittagessen auf der Terrasse. Meine beiden Mitbewohner würde ich vorwarnen, damit sie uns Privatsphäre gönnten.

Als ich von dem schönen Ausflug zum Dom und ins Café zurückkam, klopfte ich bei Basti, der an diesem Wochenendnachmittag ausnahmsweise einmal zu Hause war. Kurzer Smalltalk. Was geht? (Sagte ich, weil Einsilbigkeit Regel Nr. 1!) – Nix. – Heute noch Pläne? – Mal sehen. – Bist du zum Abendessen zu Hause? – Hab doch gesagt: mal sehen. – Was machst du denn eventuell? – Grimasse/Augenverdrehen/genervtes Stöhnen. – Na gut. Dann eben nicht.

Ich setzte ihn ins Bild, dass ich für Sonntag Herrenbesuch erwartete, nämlich den neuen Nachbarn aus dem ersten Stock.

Bastian runzelte die Stirn. »Den Pfarrer?«

»Das ist doch kein Pfarrer«, widersprach ich entrüstet. »Wie kommst du darauf?«

»Der hat so Pastorenklamotten an.«

Oh! Komplette Sätze registrierte ich seit seiner Rückkehr von der Klassenfahrt bewusst und markierte sie im Geiste mit Sternchen. Ungeachtet ihres Inhalts!

»Du solltest dringend mal wieder in die Kirche gehen, wenn du den Unterschied zwischen einem Pullunder und einem Kollarhemd nicht kennst. Er ist promovierter Psychologe.« Ein gewisser Stolz schwang mit. Ich hörte mich das schon meiner Mutter und Laura gegenüber sagen und ahnte ihre anerkennenden Blicke. Bastian dagegen prustete nur. »Was?«, fragte ich ärgerlich.

Er schaute auf sein Smartphone und fing an, darauf herumzuwischen. »Nichts, nichts«, murmelte er.

»Was denn? Sag schon.«

»Du hast das nur so seltsam gesagt. Als ob er der Megachecker wäre.« (Längster Satz seit Langem! Einsilbigkeit meinerseits hatte also doch Vorteile.)

»Ist er auch. Glaub ich jedenfalls.«

Ich überlegte, ob ich Basti nach seiner Freundin fragen sollte, aber da sagte er schon: »Mach beim Rausgehen die Tür zu.«

Auch meinen Vater wollte ich vorwarnen. Er saß in seinem Zimmer, das mal meines gewesen war, und packte einen seiner verbeulten Kartons aus. Es waren alte Briefe darin, die seine Mutter ihm hinterlassen hatte.

»Feldpost von meinem Vater!«, rief er und wedelte mit einem vergilbten Umschlag mit dem Wehrmachtsadler vorne drauf. »Da kommen bestimmt jede Menge spannender Informationen zutage. Muss das nur übersetzen können. Dieses altdeutsche Gekrakel sieht aus wie Hieroglyphen. Ist das hier ein E oder ein N? Heißt das *unter* oder *über?*«, rätselte er.

»Ja, interessant«, kommentierte ich abgelenkt und informierte auch ihn über den bevorstehenden sonntäglichen Besuch. »Wir setzen uns dann auf die Terrasse. Und es wäre schön, wenn wir uns ein bisschen in Ruhe unterhalten könnten.«

Er starrte mich an. »Du willst nicht, dass ich dabei bin?«

»Du kannst natürlich mitessen, wenn du möchtest, aber es gibt nur Salat, den magst du ja nicht so gern«, fügte ich schnell hinzu. Seit er bei uns wohnte, war er froh, nicht mehr nur Gemüse vorgesetzt zu bekommen. Wobei ich natürlich nicht nur einen einfachen Salat machen würde, sondern einen mit gebratenen Shrimps und Avocado und einem Wasabi-Mayonnaise-Dressing. Ich wollte Eduard ja präsentieren, was in mir für Talente steckten. Für die Partnerwahl nicht unerheblich war ja, wie der andere einen selbst fand. Er sollte das Wesentliche in mir entdecken, dazu war es schon wichtig, ihm das ganze Spektrum meiner Persönlichkeit darzustellen. Und dazu hatte ich jede Menge schöner Rezepte auf Lager.

»Das heißt also, ich soll nicht dabei sein«, wiederholte mein Vater. »Sag es doch einfach, dann bleibe ich in meinem stillen Kämmerlein.«

»Wenn du meinst.«

»Aber wenn ich aufs Klo muss, darf ich raus?«

»Ja, sicher.«

»Und wenn ich Durst habe?«

»Herrjemine, Papa, natürlich.«

Es wäre vielleicht sowieso ganz gut, wenn sich Eduard ein Bild von seinen neuen Patienten machen würde, dachte ich. Dann hätte er mehr Material, um therapeutisch gezielt anzusetzen, wenn die Familie an meinem Geburtstag versammelt wäre und sich vermutlich erst einmal beharken würde. Natürlich sollte mein Vater bei dem Date mit Eduard nur kurz auftauchen, den Rest der Informationen würde ich ihm schon selbst geben.

Doch mein Vater hatte andere Pläne, wie sich herausstellte.

Als ich am nächsten Tag meinen Rock glattstrich und die Tür öffnete, um Eduard hereinzubitten, kam mein aufdringlicher Mitbewohner so hastig herausgestürzt, als hätte er uns aufgelauert. Natürlich behauptete er, er wollte sich was zu trinken holen, aber er beäugte Eduard mit seinem Blumenstrauß neugierig. Kaum hatte er unseren Nachbarn begrüßt, brachte mein Vater das Thema mit seiner dusseligen Feldpost auf, und Eduard war Feuer und Flamme, weil er sich auch mit der Entschlüsselung alter Handschriften beschäftigte. (Was machte der Mann eigentlich nicht?) Ich war mal wieder beeindruckt. Doch das durfte ich nicht zeigen, denn mein Vater war drauf und dran, mir meinen Besuch auszuspannen. Da musste ich dazwischengehen!

»Papa, du musst noch dein Training absolvieren. Das hatten wir so ausgemacht.« Er schaute mich mit zusammengekniffenen Augen an. »Du wolltest die Treppe ins Erdgeschoss runtersteigen und wieder rauf. Damit du im Training bleibst.«

Ich warf Eduard einen verschwörerischen Blick zu, und er nickte sofort. »Körperliche Aktivität ist sehr wichtig. Egal, in welchem Alter«, pflichtete er mir bei.

Mein Vater hatte aber keine Lust, das sah ich ihm an. Jetzt, wo er einen Gesprächspartner gefunden zu haben schien, mit dem er sinnlose Handschriftengespräche führen konnte.

»Das ist doch Schikane«, murrte er. »Außerdem, was soll ich denn im Erdgeschoss?«

»Kann sein, dass die Mu… dass der Mieter unten noch ein Paket von uns hat. Geh ihn doch mal fragen.«

»Ich könnte schnell gehen«, bot Eduard an, was ich äußerst zuvorkommend, aber kontraproduktiv fand.

Ich winkte dankend ab und stellte es als therapeutische Maßnahme dar, dass mein Vater mal die Treppe in Angriff nehmen sollte. Was es ja auch war. Der Mann musste unbedingt unter Leute. Wenn er die Treppe bewältigen kann, hatte ich mir überlegt, ist uns schon viel geholfen. Mein Vater moserte noch ein bisschen rum, aber mit etwas Zuspruch von Eduard, der ihn bekräftigte, sich fit zu halten, willigte er ein und verschwand endlich. Ich bat meinen Gast auf die Terrasse, wo ich den Sonnenschirm über dem Tisch aufgespannt und uns den Salat und einen kühlen Weißwein serviert hatte. Auf das Date hatte ich mich ein wenig vorbereitet, akribisch *Spiegel online* gelesen und mir notiert, welche Bücher ich zuletzt besonders interessant gefunden hatte. Eduard sollte ja merken, dass ich auch einen bunten Strauß an Themen vorweisen konnte. Und es lief sehr gut.

Wir unterhielten uns angeregt über T.C. Boyle, da fragte er auf einmal: »Wo bleibt denn dein Vater?«

Stimmt. Das war merkwürdig. Wenn er nun auf der Treppe hingefallen war und nicht mehr hochkam?

»Bin gleich wieder da«, sagte ich und sauste ins Treppenhaus. »Papa?« Keine Antwort. Aber auch kein Wimmern oder Ähnliches. Vielleicht war er vor die Tür gegangen und drehte eine Runde an der frischen Luft? Ich fragte Basti, ob er mal nach seinem Opa sehen konnte, Basti war nur gerade nicht abkömmlich.

»Ich chille«, sagte er mit einer derartigen Vehemenz, dass ich ohne zweiten Versuch aufgab.

Wenn ich mich jetzt mit ihm anlegte, würde ich mich nur aufregen und mein schöner entspannter Nachmittag wäre vorbei. Ich beschloss, meinem Vater einfach noch ein bisschen Zeit zu geben, bevor ich nach ihm suchen würde.

Zurück bei Eduard erklärte ich ihm die Familiensituation an meinem bevorstehenden Geburtstag. Ich erklärte ihm das Dilemma, in dem ich steckte. Nämlich, dass meine Mutter vermutlich gar nicht käme, wenn ich ihr vorher sagen würde, dass mein Vater zurzeit bei mir wohnte. Und dann würde auch Laura nicht kommen, und dann könnte sich niemand vertragen. Wenn ich meine Mutter allerdings überraschte, könnte es sein, dass sie doppelt sauer war, weil sie Überraschungen hasste, besonders Überraschungsbesuche oder Überraschungsgäste, speziell die, die sie nicht leiden konnte.

»Also, was soll ich tun?«, fragte ich.

Und – was soll ich sagen – ich hatte mich in Eduard nicht getäuscht. Er hatte einen sehr guten Ratschlag: Nämlich, dass ein Mediator anwesend sein sollte. Jemand, der zwischen den Parteien vermittelte und verhinderte, dass die Situation eskalierte.

»Oh, Eduard«, rief ich begeistert und legte unwillkürlich meine Hand auf seinen Arm. »Das ist wirklich eine gute Idee! Vor Fremden streitet man nicht. Also, würdest du kommen?«

»Natürlich«, sagte er. »Da helf ich doch gern.«

Mein Plan, ihn zu meinem Geburtstag meinen Gästen präsentieren zu können, war also perfekt aufgegangen. Ich würde nicht mehr die bemitleidenswerte Singlefrau sein, der die Schwester diktierte, wo es langging, sondern mit Eduard an meiner Seite selbst das Heft in die Hand nehmen und meine Familie in die Versöhnung führen. Und außerdem nicht dazu verdammt sein, von unten Simon und Doreen auf Wolke sieben zu beneiden. Es fügte sich also alles so, wie ich es mir gewünscht hatte.

Zufrieden trank ich meinen Wein aus, als Eduard auf die Uhr schaute und mich damit erneut an meinen Vater erinnerte. Da er noch zu arbeiten hatte, verabschiedeten wir uns. Indem wir uns umarmten. Er roch gut. Waschmaschinenfrisch! Freundlich bedankte er sich für den schönen Tag. Ich dankte ihm auch. Vor seiner Wohnung lächelten wir uns zu.

»Wir sehen uns!«, versprach er. Es klang so vielsagend, dass ich noch breiter lächelte und zum Abschied seine Schulter berührte. »Bis dann!«

Ich stieg beschwingt die Treppe hinunter. Dann fokussierte ich mich auf die bevorstehende Aufgabe – meinen Vater einzufangen, wo immer er hin war. Ich würde erst mal die Straße runter nach links gehen, in Richtung Kirche und Geschäfte. Wahrscheinlich fand ich ihn dort irgendwo. Im Erdgeschoss, vor der Tür der Muräne, roch es deutlich nach indischem Essen. Immer noch besser, als wenn es nach ollen Turnschuhen müffelt, dachte ich. Dann stutzte ich. Im Gegensatz zu sonst, da man nur Gitarrengeschraddel oder elektronische Kampfgeräusche von irgendwelchen Computerspielen hörte, drangen Stimmen aus seiner Wohnung. Und eine Stimme kam mir bekannt vor. Das war doch mein Vater! Da hatte sich die Suche also schon erledigt. Wobei es mich fast mehr beunruhigte, dass er in die Höhle der Muräne eingedrungen war, als wenn ich ihn irgendwo in der Stadt hätte auflesen müssen. Denn es bedeutete zwangsläufig einen erneuten Kontakt mit meinem nervtötenden Nachbarn.

Ich drückte gleich zweimal auf die Klingel. Die Muräne öffnete. Sie trug knielange Shorts, ein verwaschenes Batman-T-Shirt, Adiletten und natürlich eine Baseballkappe. Auf ihrem sonst so trübseligen Gesicht lag ein fettes Grinsen.

»Aha«, sagte sie. Mehr nicht.

»Guten Tag. Ich suche meinen Vater.«

»Haha«, hörte ich ihn da schon aus dem grünlichen Zwielicht irgendwo am Ende des Flures rufen. »Ein gewonnener Dollar ist doppelt so süß wie ein verdienter Dollar, hat Paul Newman schon gewusst.«

»Pech für dich, dass du nicht gewinnst«, rief die Muräne ihm zu und ließ mich einfach vor der Tür stehen.

War das jetzt eine Einladung reinzukommen? Oder würde er meinen Vater rausschicken? Etwa zehn Sekunden wartete ich unschlüssig, weil ich wirklich keine Lust hatte, auch nur einen Fuß in die Miefbude zu setzen.

»Papa?«, rief ich, aber meine Stimme versickerte im Flur, in dem lauter Filmplakate an den Wänden hingen.

»Jetzt kannst du einpacken«, hörte ich ihn sagen.

»Zeig, was du hast«, antwortete die Muräne. »Los, zeig her! Ha! Zackbumm!«

»Das gibt's doch nicht. Zwei Könige, verdammt!«

Gemurmel, Knallen, Kühlschranktür, eine Flasche wurde mit einem Zischen geöffnet, dann rülpste jemand laut und vernehmlich. Ach du liebes bisschen! Zeit, einzugreifen. Ich atmete noch mal tief durch wie vor einem Tauchgang und ging rein. Zwei, drei Schritte, rechts die Tür war offen, ich sah einen ungemachten Futon. Auf der anderen Seite des Flurs eine Art Wohnzimmer, das beherrscht wurde von einem gigantischen Flachbildschirm und einer Ansammlung Computerkram. Weiter geradeaus schien die Küche zu sein. Dort saß mein Vater am Tisch, vor sich ein Haufen Karten. Stapel von Münzen. Bierflaschen. Auf dem Herd leere Kartons von Ranjids Lieferservice. Der Duft nach indischem Essen mischte sich mit dem Geruch von Bier und vermutlich von alten Socken, jedenfalls sah es hier so aus, als würden in allen Ecken alte Socken lauern. Kurzum: eine Zockerhöhle der schlimmsten Sorte und mein leicht beeinflussbarer Vater mittendrin.

»Hallo, Mimi«, sagte mein Vater, während er die Karten entgegennahm, die die Muräne austeilte. »Wir pokern.«

»Und ihr trinkt Bier«, stellte ich mit missbilligendem Unterton fest.

»Willst du auch eins?«, fragte die Muräne, was vermutlich schon der Gipfel der Höflichkeit war, den er zu erklimmen imstande war.

»Nein, danke«, wehrte ich ab.

Bier. Und das an einem Sonntagmittag! Ich meine, Weißwein zum Mittagessen, das hat Stil, das ist Kultur. Aber sich einfach ein Bier reinzuziehen am Tag des Herrn, also bitte.

»Das Bier brauchten wir wegen dem Essen«, verkündete mein Vater stolz. »Das wäre sonst zu scharf gewesen. Wir haben Chicken Vindalho gegessen.« Er skandierte »Vindalho, Vindalho, Vindalho« wie ein englischer Hooligan.

»Chicken Vindalho?«, fragte ich entsetzt und wandte mich an die Muräne. »Sind Sie verrückt? Sie können meinem Vater doch nicht Chicken Vindalho vorsetzen!«

»Wieso darf er mir kein Chicken Vindalho vorsetzen?«, fragte mein Vater irritiert.

»Genau«, sagte die Muräne. »Wieso darf ich das nicht?«

»Das war sehr lecker«, sagte mein Vater.

Die Muräne nickte mir spöttisch zu. »Da hörst du es. Es war sehr lecker.«

»Ich weiß. Aber seine …«

»Seine was?«

»Meine was?«

Ich fühlte mich wie im Papageiencallcenter. Die beiden zusammen waren jetzt schon eine Landplage.

»Seine Verdauung!«, rief ich heftig.

»Was meinst du damit?«, fragte mein Vater.

»Ja, weißt du denn nicht, was indisches Essen anrichten kann?«

»Papperlapapp. Alles Schwarzmalerei.«

Und Maik die Muräne beendete diesen abstrusen Dialog mit: »Scheiß auf die Verdauung.«

Mein Vater kicherte und nahm sich eine Karte vom Stapel. Wirklich, ich hatte gewollt, dass er mal vor die Tür ging, aber so war das ganz sicher nicht gemeint gewesen. Ich meine, warum konnte er sich nicht vernünftige Gesellschaft suchen? Warum hatte es entweder eine Hobbygärtnerin aus Düsseldorf sein müssen, die ihn von seiner Familie entfremdete, oder ein beknackter Einsiedler, der ihn mit allerhand Lastern köderte?

Mein Vater schob eine Handvoll Münzen als Einsatz vor. »Diesmal gewinn ich.«

»Entweder du setzt dich«, sagte die Muräne zu mir, »oder du gehst.«

»Zu reizend«, gab ich schnippisch zurück, »wir gehen jetzt beide. Komm, Papa.«

Aber mein Vater wollte nicht, und natürlich stänkerte die Muräne gegen mich und bootete mich aus, indem sie mein Argument mit der schwierigen Treppenbesteigung, die mein Vater nicht allein angehen sollte, wegfegte und sagte, sie würde schon dafür sorgen, dass er heil wieder nach Hause käme.

Ich konnte nichts mehr ausrichten und ging nach oben. Also wirklich! Mein Vater musste aus diesem Haus raus und in eine angemessene Umgebung. Die Versöhnung mit meiner Mutter wurde dringender denn je.

Kaum macht man mal alles richtig,
ist es auch wieder falsch.

23

Meine Mutter sagt immer: Mit vorausschauendem Denken kann man fast jede Katastrophe vermeiden. Aber eben nur fast. Denn egal, wie gut man etwas plant, ist das Dumme, dass andere Leute sich nicht unbedingt an die Pläne, die man selbst gemacht hat, halten. Besonders meine Familie nicht. Mein Leben war in der Woche vor meinem Geburtstag schon auf der Zielgeraden in die Katastrophe. Davon ahnte ich natürlich noch nichts, als ich montags wie immer zur Arbeit ging. Stolz erzählte ich Nicki davon, dass ich jemanden kennengelernt hätte. »Ich weiß, den Eismann«, erwiderte sie abgelenkt.

»Nein, den doch nicht!«

Ich zupfte am Kragen der Bluse, der aus meinem leichten Kaschmirpullover herausschaute. Es war am Morgen erfreulich kühl gewesen.

»Aha!«, sagte Nicki, aber sie war nicht bei der Sache. Sie zog eine Schnute und musterte Lady in ihrem Diwan irgendwie … feindselig.

»Was ist los?«, fragte ich.

»Lady hat meine Handtasche angefressen! Dabei bekommt sie das beste Futter, das es auf dem Markt gibt. Wie kann sie da meine schöne Desigual-Handtasche ruinieren!«

»Vielleicht steht sie auf Markenlabels?«

»Haha. Nein, im Ernst. Ich glaube, sie mag mich nicht. Ich hab sie echt gern und tue alles für sie, und trotzdem beachtet sie mich nicht.« Sie sog erschrocken die Luft ein. Dann starrte sie mich an, als hätte sie ein Gespenst gesehen. »Du meine Güte«, stieß sie keuchend aus, »mit Lady ist es auch nicht anders als mit Ulf! Ich tue alles für sie, aber sie beachtet mich nicht und zieht einfach nur ihr Ding durch! Vielleicht hab ich sie deswegen ausgesucht. Weil ich es brauche, dass mich jemand so mies behandelt.«

»Blödsinn.«

Aber Nicki war nicht zu beruhigen, so sehr war sie auf einmal davon überzeugt, dass sie jemand war, der sich immer die falschen Partner aussuchte, und wenn es nur die vierbeinigen waren.

Das alarmierte mich natürlich, denn auch ich war ja bisher nicht gerade erfolgreich gewesen mit meiner Partnerwahl. Obwohl es gerade ziemlich vielversprechend lief, wallte in mir ebenfalls wieder die Panik auf, dass ich für alle Zeiten danebenliegen könnte und die nächste Scheidung schon wieder gebucht hatte. Emotionale Hypochondrie nannte man das wohl. Ich musste mal Eduard fragen, ob das auch eine klinische Diagnose war. Schon bei dem Gedanken, dass ich ihn jetzt in solchen Fragen zurate ziehen konnte, beruhigte ich mich. Ich wollte mich endlich mal auf das Wesentliche konzentrieren und mit dem Herzen sehen. Dann wird es schon klappen, dachte ich. Vielleicht sogar mit Eduard.

Um auch Nicki zu beruhigen, sagte ich so überzeugend wie möglich: »Das kannst du doch nicht miteinander vergleichen. Einen Mann musst du nehmen, wie er ist, einen Hund kannst du erziehen.«

»Aber da macht sie doch auch nicht mit«, jammerte Nicki.

»Ich hab schon hundertmal versucht, ihr Pfötchengeben beizubringen, es interessiert sie kein bisschen.«

»Vielleicht musst du ihr eine Pediküre anbieten, damit sie die Pfote hebt.«

»Hör doch mal mit deinen doofen Sprüchen auf und sag was Konstruktives.«

Ich seufzte. »Geh in die Hundeschule«, empfahl ich und dachte sofort: Eine Herzensschule wäre auch eine gute Sache, in der Lehrer unterrichten, mit dem Herzen zu sehen.

Nicki schaute missmutig drein. »Da bringen sie ihr vielleicht Pfötchengeben bei, aber doch nicht, mich zu mögen.«

In dem Moment kam Anke herein. »Ich muss mit euch über …«

Lady sprang auf und rannte zu ihr, wobei sie erstaunlicherweise mit dem Schwanz wedelte. Anke bekam Schnappatmung, aber Nicki war diesmal auf Zack und fing den Hund ein, bevor er Anke erreicht hatte. Lady starrte Anke mit feuchten Augen an und wedelte zaghaft weiter. Anke verfolgte mit missmutigem Blick, wie Nicki den Hund zurück zu seinem Diwan brachte. Dann kam sie zu mir und knallte mir einen Umschlag auf den Schreibtisch, der für mich gekommen war.

»Danke«, sagte ich übertrieben freundlich. Sie drehte schon wieder ab. »Was wolltest du denn mit uns besprechen?«, fragte ich.

»Gar nichts«, zischte Anke und verschwand auf ihrem Platz am Empfang.

»Hast du das gesehen?«, sagte Nicki mürrisch. »Wie freundlich Lady zu ihr war, obwohl sie zu mir so ein Biest ist? Die Welt ist einfach hart und ungerecht. Aber jetzt genug davon und auf zu erfreulichen Themen. Wen hast du kennengelernt?«

»Meinen neuen Nachbarn«, sagte ich. »Er heißt Dr. Eduard Kaperski.«

»Eduard?«, verkündete Nicki. »Vergiss es.«

»Wie, vergiss es?«

»Männer namens Eduard kannst du vergessen. Die sind so langweilig, dass man beim Vögeln Strümpfe stopfen könnte.«

»Aha. Und woher stammt diese Weisheit?«

»Das ist Allgemeinwissen. Außerdem gibt es den Vornamenliebestest.« Sie tippte auf ihrer Tastatur rum. »Da siehst du es, Miriam und Eduard nur achtundfünfzig Prozent Liebesglück.«

»Das ist doch Quatsch!«, sagte ich und rief mir selbst die Seite auf. »Dieser Test ist völliger Blödsinn. Guck mal, ich gebe hier Miriam und Pflaume ein und bekomme als Ergebnis, dass wir zu siebenundachtzig Prozent Liebesglück haben.«

»Das heißt gar nichts«, behauptete Nicki.

Dr. Gregor kam herein. Lady lag entspannt mit der Schnauze auf dem Fellrand ihres Diwans und betrachtete ihn aufmerksam.

»Das ist ein braver Hund«, befand Dr. Gregor. »Was kann er eigentlich für Kunststücke?«

»Äh … Platz?«

Lady zuckte nicht mit der Wimper.

»Also, ich sehe schon, bei der Dressur ist noch Luft nach oben. Nun zu den wichtigen Themen. Hat der Redakteur der *Rheinischen Notar-Zeitschrift* angerufen?«

»Nein«, sagte ich. »Aber fragen Sie das besser Anke, die ist doch die Telefonzentrale.«

»Gut, gut«, gab er zurück und ging nach vorne. Kurz darauf kam Dr. Gregor wieder zu mir, Anke im Schlepptau und einen Tick weniger fröhlich. Anke sagte, dass wir den Anruf entgegengenommen hätten, da sie wegen Überlastung ihr Telefon umgestellt hatte. »Was denn nun?«, fragte unser Chef ungeduldig.

»Ich hab keinen Anruf entgegengenommen«, sagte ich, und auch Nicki winkte ab.

Dr. Gregor massierte sich die Nasenwurzel. »Dann kümmern Sie sich jetzt drum, Miriam«, sagte er gepresst. »Holen Sie den Redakteur an die Strippe, und machen Sie einen Termin mit ihm!«

»Aber ich hab hier gerade ehrlich gesagt sehr viel zu tun mit den Urteilen zu Rückübertragungen von Schenkungen, die Sie haben wollten.«

»Wollen Sie nun meine rechte Hand werden, oder nicht?«

»Ja, äh …«

»Also. Sie kümmern sich jetzt um die *Rheinische Notar-Zeitschrift.*« Damit verschwand er in seinem Büro.

Ich warf Anke einen bitterbösen Blick zu, aber sie drehte sich nur zufrieden um und blätterte in einem Frauenmagazin.

»Doofe Kuh«, flüsterte Nicki. »Demnächst lass ich Lady unter ihren Stuhl pullern.«

Leider nützte mir das jetzt nichts. Ich versuchte also, den zuständigen Redakteur zu erreichen, vergeblich. Er war den ganzen Tag nicht da. Eine Mail von mir an die Redaktion blieb unbeantwortet.

Auch am nächsten Tag hatte ich kein Glück. Erst am Mittwoch erreichte ich ihn. Und dann stellte sich raus, dass er das Interview mittlerweile mit Alfons Sperling gehalten hatte, einem Notar, den Dr. Gregor verabscheute. Damit war der Ärger da. Denn Dr. Gregor war unheimlich sauer – und zwar auf mich.

»Sie hatten die Aufgabe, sich drum zu kümmern«, klagte er. »Wirklich, ich bin sehr enttäuscht. Sehr enttäuscht!«

»Aber Anke stellt ihr Telefon einfach immer um, obwohl wir auch viel zu tun haben«, rechtfertigte ich mich. »Sie trägt die Verantwortung dafür.«

»Ha!«, rief Anke entrüstet. »Du kannst ruhig deinen Fehler zugeben.«

»Das meine ich aber auch«, pflichtete Dr. Gregor ihr bei. »Schließlich hatte ich Sie damit beauftragt.«

»Aber erst, als es zu spät war«, verteidigte ich mich.

Davon wollte niemand etwas hören. Dr. Gregor war und blieb sauer, Anke lächelte zufrieden, Nicki tat so, als ginge sie das nichts an, und ich hätte platzen können vor Wut. In dem Moment hatte ich einfach nur die Nase voll und tat das, was man als vernünftige Frau machte: Ich haute ab. Es war zwar erst halb zwölf, aber ich beschloss, dass ich meine Mittagspause etwas früher machen würde. Ich ging in den Park, um mal durchzuatmen. Als ich den Eiswagen sah, milderte sich mein Ärger ein bisschen ab. Er sah einfach so idyllisch aus, dieser nostalgische Wagen unter der Kastanie, dass ich gleich wieder besserer Stimmung war.

Meine Laune hob sich noch, als ich den Eismann sah. Ich hatte ihm auch die letzten beiden Tage in der Mittagspause einen Besuch abgestattet und war um einige Lieblingseissorten reicher (Nougat Crisp, Cookie Cream und Cherry-Krokant). Wir hatten immer ein bisschen gesprochen, aber, weil so viel los war, nie länger als die Zeitspanne, die er brauchte, um mein Eishörnchen zu füllen. Jetzt war noch keine Mittagspausenzeit, es war noch nicht viel los im Volksgarten. Der Eismann saß neben seinem Wagen auf einem Klappstuhl im Schatten und telefonierte. Als ich näher kam, steckte er sein Handy weg.

»Bin ich zu spät dran oder Sie zu früh?«, fragte er.

»Kann es für Eis zu früh sein?«, fragte ich zurück.

Er lächelte. »Nein. Natürlich nicht.«

»Wie alt ist der Wagen eigentlich?«

»Oh, der ist über fünfzig Jahre alt! Noch aus der Zeit, als mein Vater das Familiengeschäft ausgebaut hat.«

Er erzählte von seiner schönen Heimat Italien, wo sein Vater eine Gelateria besaß, aber dass er in Deutschland aufgewachsen sei, weil seine Mutter hier eine Eisdiele aufgemacht hatte, und dass er selbst wieder in Italien wohnte, jedoch nach Deutschland gekommen war, um wieder Kontakt zum echten Leben zu bekommen. Ich verstand genau, was er meinte. Er war ausgebrochen aus seinem Leben, um etwas Neues zu wagen. Ich konnte ihn so gut verstehen! Zurück zu den Wurzeln, nannte er es. Hochwertiges Eis für gute Kunden mit Geschmack.

Ich fühlte mich natürlich angesprochen und geschmeichelt. »Wann fahren Sie denn zurück?«, fragte ich. Mein Mund war auf einmal ein bisschen trocken.

»Nach dem Sommer«, erwiderte er und fügte nach einer kurzen Pause hinzu: »Falls mich nicht irgendwelche wichtigen Angelegenheiten hier halten.«

Er sah mich wieder so eindringlich an, als meinte er mich. Wirklich, es war seltsam. Ich fühlte mich so zu ihm hingezogen. Er gab mir das Gefühl, schon den ganzen Tag auf mich gewartet zu haben – oder vielleicht schon sein ganzes Leben.

»Man weiß nie, was passiert«, sagte ich und wandte den Blick ab zu dem Wagen, als müsste ich ihn eingehender untersuchen. Und dann lud er mich ein, ihn von innen anzusehen. Ich schluckte. Am Himmel war keine einzige Wolke zu sehen. Es würde also kein Gewitter geben. Und dennoch bat er mich hinein. Ich zögerte einen Moment. Dann dachte ich mir: Warum nicht? So ein Eiswagen von innen war bestimmt interessant. Und wann bekam man schon mal so eine Gelegenheit? Ich meine, da es weder blitzte noch donnerte, fühlte sich das Ganze auch nicht an wie in meinem Tagtraum. Nein, es war ein rein sachlicher Besuch. Wie eine Museumsbesichtigung.

»Okay«, sagte ich und stieg hinter dem Eismann durch die schmale Hecktür.

Den Autoschlüssel hängte er an ein Schlüsselbrett aus Blech.

»Das Innere ist vor ein paar Jahren modernisiert worden, damit das Aggregat für die Kühlung länger hält.«

Er erklärte etwas über Stromanschluss und Kältetechnik, zeigte mir die Sahnemaschine und wo die Becher und Waffeln aufbewahrt wurden. Ich hörte zu, aber ganz ehrlich, er hätte mir auch das Telefonbuch vorlesen können, das hätte ich fast genauso interessant gefunden. Er sah so gut aus. Obwohl er Eismann war, hatte er kein Pfund zu viel auf den Rippen. Und diese Lippen! Und diese Augen! Weil es so eng hinten im Wagen war, standen wir dicht beieinander. Wenn er nach links ging, wich ich aus. So drehten wir uns zusammen durch das Innere des Eiswagens. Es war wie ein Tanz. Ich kam ins Schwitzen, als er schließlich zum Heiligsten des Eiswagens kam: der Kühltheke.

»Sehen Sie, hier kommen die Eisbehälter rein.« Er berührte meinen Arm, während er einen Silberdeckel hob. Auf einmal tagträumte ich, dass er mich jetzt packen und küssen würde. War das nicht eine Frechheit, dass einem bei so einem Kerl wie dem Eismann schwummerig wurde, und bei einem soliden Mann wie Dr. Eduard Kaperski nicht, weil man erst mal gar nicht ans Küssen dachte, sondern an eine sichere Zukunft samt Berufsunfähigkeitsversicherung? Aber wo war das Wesentliche? War die Begierde nach Küssen und Kleider-vom-Leib-Reißen wesentlicher als das warme Gefühl, einen Seelenpartner gefunden zu haben? Und was genau wollte mir mein Herz damit sagen, dass es mir jetzt einen Tagtraum schickte? Oder war ich einfach nur von Hormonen umnachtet und wieder mal herzensblind? Die Liebe ist auf jeden Fall ein sehr kompliziertes Geschäft, dachte ich. Der Eismann ging über zur Entwicklung von Eissorten und nannte mir die Ingredienzen der beliebtesten. Dann tippte er auf ein altes Schwarz-Weiß-Foto von zwei Männern vor einem Handkarren, der wohl ein vorsintflutliches

Eiswägelchen war. »Das sind mein Großvater Angelo und sein Bruder Ludovico. Sie haben vor bald achtzig Jahren mit dem Eismachen angefangen.«

Er öffnete die Verkaufsklappe, und frische Luft strömte herein. Zwei Schuljungen kamen und wollten das erste Eis haben.

»Soll ich gehen?«, fragte ich. »Ich will nicht bei der Arbeit stören.«

»Sie stören mich nicht.« Er füllte die Waffeln, die Jungs bezahlten und zogen lachend davon. Der Eismann wandte sich mir zu. »Haben Sie denn nun herausgefunden, was die geheime Zutat ist?« Seine Stimme ließ meinen Magen vibrieren. Er schaute mich wieder mit diesem Blick an, der so voller Sehnsucht war. Bleib sachlich, mahnte ich mich. »Zimt?«, riet ich.

Er schüttelte den Kopf und kam ein Stück näher.

»Kardamom?«

Wieder das Kopfschütteln, wieder rückte er näher, sah mich an, meine Knie fingen an zu zittern. Aber ich war ja zum Glück vernünftig. Unvernunft war eine andere Bezeichnung von Sich-nicht-im-Griff-haben. Ich hatte mich im Griff, und ich wusste, dass ich keinen Unsinn in einem Eiswagen veranstalten würde, den ich hinterher bereuen müsste. Mit anderen Worten: Ich würde nicht auf so einen Typen reinfallen, auf einen Katalogitaliener mit Dreitagebart und grau melierten Schläfen wie vom Planeten Clooney, der jede anflirtete, die nicht bei drei auf den Bäumen war. Ich meine, diese ganzen Herzensbrecher, diese arroganten Typen, die dachten, ein Dreitagebart und ein Schmachtblick würden ausreichen, um einen um den Finger zu wickeln. Nein, danke.

»Schon wärmer. Hier, probieren Sie noch mal.«

Er holte mit einem Löffelchen einen Klecks Eis heraus und hielt ihn mir hin. Ich leckte den Löffel ab. Auf einmal stand er ganz dicht vor mir. Unsere Münder nur wenige Zentimeter voneinander entfernt. Die Luft war wie elektrostatisch aufgeladen. Er beugte sich vor. Er wollte mich küssen. Er würde mich küssen! Ich war wie paralysiert. In meinem Hirn – totale Leere. Ich konnte mich nicht bewegen. Der einzige Ausweg wäre, wenn meine Beine nachgeben würden und ich wie ein nasser Sack in mich zusammenfiele. Ich würde mich küssen lassen, so viel stand fest.

Dann trafen seine Lippen meine, und ich hatte das Gefühl, in Ohnmacht zu fallen und gleichzeitig einen Stromschlag zu bekommen. Als er sich von mir löste, atmete ich heftig und musste mich an der Kühltheke festklammern.

Hör auf damit. Lass es für immer so sein.

Ich war komplett durcheinander. Der Eismann sah mich schmunzelnd an, wollte was sagen, aber da wurde sein Blick abgelenkt von zwei Männern in dunkelblauen Anzügen, die sich dem Wagen näherten.

»Madonna«, entfuhr es dem Eismann. Und dann ließ er einen Schwall Italienisch folgen.

»Was ist? Schwierige Kundschaft?«, fragte ich neckisch und fuhr mir durch die Haare.

Er blickte finster nach draußen. »Kannst du einen Moment auf den Wagen aufpassen? Bin gleich wieder da.«

Damit stieg er aus und ging den Männern entgegen. Sie verschwanden aus meinem Blickfeld. Ich wartete. Seine Lippen brannten noch auf meinen, in meinem Körper kribbelte es. Ich fühlte mich wie eine Wunderkerze, die Funken sprühte. Nach fünf Minuten war er immer noch nicht wieder da. Dafür tauchte die alte Dame auf.

»Nanu«, wunderte sie sich. »Was machen Sie denn da drin?« Die Wunderkerze flackerte noch einmal kurz auf, dann erlosch sie. Gott sei Dank! Also wirklich. Keine Ahnung, was da eben in mich gefahren war, dass ich mich doch um den Finger hatte wickeln lassen. Ein klassischer Aussetzer. *A moment of madness.* Nichts weiter.

»Aushelfen«, sagte ich entschlossen. »Amarena-Becher?«

Sie nickte. Ich musste eine Menge Deckel aufmachen, um das richtige Eis zu finden. Aber ich bekam es irgendwie hin, den Amarena-Becher so zu füllen wie auf dem Bild an der Innenseite des Wagens. In der Zwischenzeit strömte die Kundschaft von allen Seiten herbei. Plötzlich war ich richtig im Stress. Eis-Rushhour! Vanille, Stracciatella, Mango, Sette Peccati, Schokolade, Chocolate Chips und so weiter und so weiter. Die ganze Zeit hoffte ich, dass der Eismann wiederauftauchte. Erstens, weil ich nicht den ganzen Tag Zeit hatte, und zweitens, um ihm klarzumachen, dass das eben nur ein Versehen war. Ein Kuss ohne jede Bedeutung. Doch er kam nicht.

In einer kurzen Verkaufspause suchte ich nach einem Hinweis auf eine Telefonnummer, wo ich ihn erreichen konnte. Kramte mich durch drei Schubladen im Einbauschrank an der gegenüberliegenden Wand vom Verkaufstresen. Einige Zettel kamen da zutage, aber keiner, wo eine Adresse oder Telefonnummer draufstand.

»Was machst du denn da?«, hörte ich eine schneidende Stimme. »Und wo ist Lorenzo?«

Es war die Tussi mit dem Nasenpiercing. Sie starrte zu mir rauf, als hätte sie ein Monster gesichtet, und in mir wallte eine alberne Eifersucht auf. Lorenzo! Wieso kannte sie seinen Namen? Na ja. Egal. Ich war hier drin, und mich hatte er geküsst, und mich hatte er gebeten, auf den Wagen aufzupassen, bis er wieder da war. Nicht diese nervtötende Frau.

»Er kommt gleich wieder«, sagte ich knapp. »Was hätten Sie gern?«

»Ich warte auf Lorenzo«, erwiderte sie nur, drehte sich um und setzte sich auf eine Bank, mit Blick auf mich.

Mein Handy klingelte. Es war Nicki. »Wo bleibst du denn? Du musst unbedingt herkommen, hier ist die Hölle los. Der …«

»Es gab einen kleinen Notfall«, unterbrach ich sie.

Und weil ich keine Lust hatte, die Situation zu erklären, und ich sowieso sauer war, weil sie nicht für mich Partei ergriffen hatte, legte ich auf. Dennoch wurde mir klar, dass ich hier nicht den ganzen Tag warten wollte. Was sollte ich also tun?

In einer kurzen Verschnaufpause vom Eisverkaufen rief ich Laura an und erklärte ihr, dass ich vorübergehend in den Besitz eines Eiswagens gekommen sei und nicht wüsste, was ich jetzt damit machen sollte. Anstatt sich auf die entscheidenden Fragen zu konzentrieren, fing sie an, mich auszuquetschen. Wieso ich den Eiswagen hätte und wieso ich mit dem Eismann im Inneren des Wagens gewesen sei und das sei ja nun wohl sehr merkwürdig, weil man das ja wohl nicht mit einem x-beliebigen Kunden machen würde.

»Oder läuft da was zwischen euch?«, fragte sie.

»Nein!«, rief ich sofort und dachte an seine weichen Lippen auf meinen. »Er wollte auch wiederkommen, aber jetzt ist er schon seit zwei Stunden weg. Was soll ich denn machen, wenn er nicht wiederkommt?«

»Hm«, sagte Laura. »Entweder du sattelst um und ziehst als Eisnomadin durch das Land, oder du rufst das Ordnungsamt an, die schleppen den Wagen ab und informieren den Halter.«

In dem Moment brachte eine aufgeregte Mutter ihren Sohn mit einer Handverletzung in die Praxis, sodass Laura das Gespräch beenden musste. Das Ordnungsamt. Hm. Das war natürlich vernünftig, alles von dort regeln zu lassen. Dennoch würde das meine Notlösung bleiben, schließlich hatte ich Lorenzo ein Versprechen gegeben. So dachte ich gerade, als der Wagen plötzlich schwankte und die Blonde sich einfach zu mir reinquetschte.

»Was machen Sie hier drin? Gehen Sie raus!«, rief ich und versuchte, sie mit einer Handbewegung zu verscheuchen.

Aber sie reagierte gar nicht, sondern schaute sich neugierig im Wagen um. »Hier muss doch irgendwo eine Adresse sein von ihm. Oder eine Telefonnummer«, murmelte sie, als wäre das ihr Problem. Ihr Blick blieb an der Postkarte hängen, die an die Rückwand gepinnt war. Sie zeigte einen Ort in Italien namens Montecchio. »Da kommt er her«, sagte sie.

»Ich weiß«, antwortete ich schnippisch.

»Vielleicht ist er dahin zurück.«

»Blödsinn«, schnaubte ich. »Er hat gesagt, er kommt gleich wieder und mich gebeten, solange auf den Wagen aufzupassen.«

»Und wie lange?«

»Solange es eben dauert. Und wenn er nicht wiederauftaucht, dann rufe ich das Ordnungsamt an. Dann sollen die sich darum kümmern.«

»Wirklich? Das Ordnungsamt?« Sie ließ den Blick an mir runtergleiten. »Na, das passt ja.«

»Was soll das denn heißen?«

»Spießig ist spießig. Und ich bin sicher, Lorenzo fände das gar nicht gut. Deswegen übernehme ich jetzt den Wagen!« Sie fing an, sich genauer umzugucken. Als sie den Autoschlüssel an seinem Haken entdeckte, wollte sie danach grabschen, aber ich kam ihr zuvor und steckte ihn schnell ein. »Gib mir die Schlüssel«, forderte sie.

»Nein! Der Eismann …«

Sie schnaubte verächtlich. »Er heißt Lorenzo.«

»Meinetwegen. Lorenzo hat *mich* gebeten, auf den Wagen aufzupassen, also passe *ich* auch auf den Wagen auf.«

»Wir können ja zusammen auf den Wagen aufpassen«, schlug sie vor.

»Nein! Auf keinen Fall. Gehen Sie weg!«

Entschlossen drängte ich sie zur Tür raus. Doch ein paar Sekunden später erschien sie an der Verkaufsklappe. »Dann gib mir noch ein Eis.«

Ich schaufelte ihr drei Bällchen in eine Waffel, dann schloss ich die Klappe. Und überlegte. Ich konnte den Wagen nicht über Nacht hierlassen, also würde ich ihn mitnehmen. Aus meiner Handtasche holte ich einen Notizzettel, in einer Schublade fand ich Klebestreifen. Damit heftete ich den Zettel an den Baum. *Der Eiswagen ist bei mir. Halte mein Versprechen, auf ihn aufzupassen. Komme morgen wieder*, schrieb ich. Und darunter noch meine Nummer.

In der Ruhe vor dem Sturm sollte man keine Bäume pflanzen.

24

Der Eiswagen war zu groß und ragte ein ganzes Stück auf den Stellplatz der Muräne. Wenn er mit seinem Klapperbus nach Hause kommen würde, würde das unangenehm. Es war zwar nur für eine Nacht, aber trotzdem. Dann fiel mir ein, dass ich den Wagen an den Strom anschließen musste, damit das Eis über Nacht nicht wegschmolz. Das Kabel konnte ich natürlich schlecht mit in den zweiten Stock hochnehmen. Vielleicht reichte es bis in Eduards Wohnung? Als ich die Trommel abrollte, hatte ich allerdings nur noch zehn Meter übrig, das würde nicht hinhauen. Na gut. Dafür kann ich mir später was überlegen, dachte ich.

Im Hausflur angekommen beschloss ich, der Muräne einen Zettel zu schreiben, damit sie Bescheid wusste, wenn sie nach Hause kam. Als Schreibunterlage benutzte ich die Tür mit dem St.-Pauli-Aufkleber.

Hallo, Herr Schwanke, wie Sie sehen, brauche ich meinen Stellplatz doch oft spontan. Ich bin zufällig mit der Beaufsichtigung eines Eiswagens betraut worden und muss ihn über Nacht hierbehalten. Dass ich teilweise auf Ihrem Stellplatz stehe, tut mir leid, und ich entschuldige mich für die Verletzung der Hausordnung. Was Sie zwar auch schon sehr oft ...

In dem Moment wurde die Tür aufgerissen, und ich fiel der Muräne fast in ihr verschlafenes Gesicht. Im letzten Augenblick wich sie mir aus, und weil ich noch über einen Schuh stolperte, knallte ich der Länge nach in den Wohnungsflur. Da lag ich nun wie ein Fisch auf dem Trockenen und starrte auf die nackten Zehen meines Nachbarn, die vorne aus den Adiletten ragten. Halleluja. Ich blinzelte nach oben. Er guckte auf mich runter.

»*Wenn du in Ordnung bist, dann sag etwas.*«

»*Etwas*«, antwortete ich spontan und räusperte mich. »Wobei das hier wirklich nicht der Anlass sein sollte, schon wieder irgendwelche Filme zu zitieren.«

»Um *Pulp Fiction* zu zitieren, braucht man keinen Anlass«, antwortete die Muräne und grinste. Ich rappelte mich hoch. Natürlich kam mein Nachbar nicht auf die Idee, mir beim Aufstehen zu helfen. Nur den Zettel hob er auf, der mir aus der Hand gefallen war. »Oha, ein Eiswagen«, sagte er lesend. »Das nenne ich eine Überraschung. Und eine schlimme Verletzung der Hausordnung!«

»Ja«, räumte ich schnell ein. »Aber die Überschreitung der Grenzlinie zwischen Ihrem und meinem Stellplatz ist natürlich eine einmalige Ausnahme, denn die Hausordnung sollte doch …«

»*Der Pfad der Gerechten*«, deklamierte die Muräne mit verstellter Stimme, »*ist zu beiden Seiten gesäumt mit den Freveleien der Selbstsüchtigen und der Tyrannei böser Männer.*«

»Hören Sie schon damit auf!«, herrschte ich ihn an.

»Aber du weißt doch, *Pulp-Fiction*-Zitate sind wie Chips. Einmal damit angefangen, kann man nicht mehr aufhören.«

Er zwinkerte mir komplizenhaft zu, als ob wir irgendetwas gemeinsam hätten. Ich wurde sehr, sehr ungeduldig. Ich hatte nun wirklich schon genug Irrsinn gehabt für einen Tag. Leider würde jetzt noch mehr dazukommen, denn ich musste die Muräne um einen Gefallen bitten, was ich wirklich schwierig fand.

»Äh … der Wagen muss an den Strom angeschlossen werden, das Kabel reicht nur nicht bis zu uns hoch in den zweiten Stock und … Äh … wäre es eventuell möglich, dass ich, also, dass ich Ihnen das Kabel … äh … zum Beispiel durch das kleine Fenster von Ihrem WC reiche und Sie es anschließen?«

Er schaute mich ungerührt an, bis ich zu Ende gestammelt hatte. Dann sagte er: *»Mein Name ist Mr Wolf. Ich löse Probleme.«*

»Und was soll das jetzt schon wieder heißen?«

»Soll heißen, geht fit.«

Geht fit! Konnte ein Mann von Ende dreißig nicht reden wie ein Mann von Ende dreißig? Aber immerhin. Kurz darauf hatte ich ihm das Kabel reingereicht, und er steckte es tatsächlich in eine Steckdose, wie ich kurz darauf an dem roten Blinklicht des Kühlaggregats erkennen konnte.

»Ich bezahle Ihnen auch den Strom«, versprach ich.

»Das will ich doch hoffen«, antwortete er. »Die Rechnung wird saftig!«

»Ja«, sagte ich, »das denke ich mir.«

Ich machte, dass ich davonkam. Trotzdem rief er mir noch hinterher: *»Ein Big Mac ist ein Big Mac, aber die nennen ihn Le Big Macke.«*

Big Macke? Meinte er damit mich? Also echt. Selber Big Macke!

Der Eiswagen war natürlich eine kleine Sensation. Sogar Basti bekam ich dazu, aus seinem Zimmer zu kommen und mir einige Minuten seiner wertvollen Zeit zu schenken. Er schaute sich den Wagen ebenso an wie mein Vater, der sich extra dafür die Treppe runterschleppte. Eduard war leider nicht dabei, er war in der Uni. Er hatte diese Woche irgendein wichtiges

Projekt. Als ich meinem Vater und Basti zwei Eistüten fertigmachte, überkam mich ein bisschen Besitzerstolz. So ein Eiswagen war eine feine Sache. Und wo ich gerade dabei war, füllte ich mir auch noch eine Waffel. Wir hockten auf der Mauer von unserem Innenhof und schleckten das Eis. Und ich nutzte die Gunst der Stunde.

»Am Samstag hab ich ja Geburtstag«, sagte ich. »Und dazu hab ich auch Mama und Laura eingeladen.«

»Oh«, erwiderte mein Vater, »das ist ja toll. Ich freu mich darauf, endlich mal wieder mit Ursel zu sprechen.«

Basti schaute mich an, als ob ich durchgedreht wäre. »Ursel und Opa in einem Raum? Verteil schon mal die kugelsicheren Westen.«

»Ach was«, sagte mein Vater. »Das wird schon. Im Herzen ist deine Großmutter ein Lämmchen.«

Basti prustete los, und ich verschluckte mich an dieser seltsamen Aussage meines Vaters. Er wurde doch wohl nicht langsam senil?

»Auch Papa kommt übrigens«, sagte ich zu Basti und fügte betont beiläufig hinzu: »Mit Doreen.«

»Och nööö«, maulte er. »Muss das sein?«

Ich zuckte mit den Achseln. »Ja. Leider.«

»Ich kann die nicht leiden.«

Ich doch auch nicht, hätte ich am liebsten gerufen, aber so was tat man ja nicht, wenn man vernünftig und erwachsen war. »Ist halt Papas neue Frau. Da müssen wir uns dran gewöhnen und nett zu ihr sein.«

»Nö«, sagte er kategorisch. »Muss ich nicht. Und bin ich nicht.«

Ich beneidete ihn um seine jugendliche Radikalität, die die Welt klar einteilte in Dinge, die man befürwortete, und Dinge, die man ablehnte, und die einen mit dem Selbstverständnis ausstattete, seinen Impulsen konsequent nachgeben zu dürfen. Schade, dass man das mit dem Erwachsenenalter ablegte. Jedenfalls die Vernünftigen unter uns. Zu denen ich meine Mutter und Laura nicht zählte, die waren in der Beziehung immer noch radikal.

»Du kannst auch jemanden mitbringen, Basti«, fiel mir da ein, und kurz keimte die Hoffnung in mir auf, er würde mir von seiner Freundin erzählen. Aber nichts da.

»Wen sollte ich denn mitbringen?«, knurrte mein Sohn.

Ich zuckte mit den Achseln. »War nur so eine Idee.«

»Kann ich auch jemanden mitbringen?«, wollte mein Vater wissen.

»Nein«, rief ich entsetzt, dann runzelte ich skeptisch die Stirn. »Wen willst du denn einladen?«

»Na, Pit.«

»Wen?«

Er deutete auf die Erdgeschosswohnung. »Unseren Nachbarn.«

»Um Gottes willen«, entfuhr es mir.

Wahrscheinlich zog die Muräne noch den Enkeltrick ab oder was mittellose Rockmusiker sonst so machten, um über die Runden zu kommen.

»Aber ein Nachbar kommt tatsächlich, nämlich Eduard«, informierte ich sie, was Basti zu einer Grimasse und meinen Vater zu einem anerkennenden Nicken brachte.

Am nächsten Tag meldete ich mich krank, weil ich einfach mal keine Lust mehr hatte, mich für Sachen, für die ich nichts konnte, anschnauzen zu lassen. Außerdem fühlte ich mich tatsächlich ein bisschen unwohl. Vermutlich die Aufregung vor meinem Geburtstag. Den Freitag hatte ich mir sowieso schon freigenommen, wegen der Vorbereitungen meiner kleinen Familienfeier, und danach erwarteten mich drei ganze Wochen Urlaub. Die Kanzlei musste halt mal ohne mich auskommen.

An beiden Tagen fuhr ich mittags mit dem Eiswagen in den Volksgarten, aber Lorenzo blieb verschwunden. Ich verkaufte jeweils für etwa eine Stunde Eis. Was für ein herrlich überschaubarer Job, bei dem man immer nur bis zur aktuellen Bestellung denken musste. Schokolade und Pistazie waren besonders beliebt und schon fast alle. Das Geld sammelte ich in Lorenzos Kasse, die er ja auch einfach zurückgelassen hatte. Ich schätzte, dass dort an die dreihundert Euro drin waren.

Blondie bezog stets ihren Beobachtungsposten und wartete ebenso sehnlich auf die Rückkehr des Eismannes. Sie saß auf ihrer Bank und beschäftigte sich mit ihrem Handy. Freitagnachmittag kam sie zu mir rüber und machte eine wichtige Miene.

»Ich habe mit der Eisdiele Angelo in Montecchio telefoniert. Lorenzo ist dort.«

»Wie bitte?«

»Ja, er ist nach Hause gefahren.«

Das war wirklich eine überraschende Neuigkeit.

»Sie haben mit Lorenzo in Italien telefoniert?«

Sie nickte.

»Mit ihm persönlich?«

»Sag ich doch.« Und dann fügte sie hinzu: »Er hat gesagt, du sollst mir den Wagen übergeben, damit ich ihn nach Italien fahren kann.«

»Blödsinn«, rief ich sofort. »Das glaub ich nicht.«

»Dann ruf doch selbst an und frag«, blaffte sie und fuchtelte mit ihrem Handy herum. Sie fing an, mir entschieden auf die Nerven zu gehen. Ich schloss die Verkaufsklappe. Sie klopfte dagegen. »Ruf ihn an! Er wird das bestätigen«, rief sie noch mal. »Ich soll den Wagen nach Italien fahren!«

Ich bin sehr vernünftig. Um Probleme mache ich immer einen großen Regenbogen.

25

Am Morgen meines fünfundvierzigsten Geburtstages probte ich noch im Bett diverse Monologe, mit denen ich meine Mutter und Laura auf die Versöhnung einstimmen wollte. Bisher hatte ich das ja erfolgreich vermieden. Zum Glück waren die beiden immer so furchtbar beschäftigt mit sich selbst. Ich hatte entschieden, dass es die cleverste Taktik war, sie auch jetzt noch nicht über Kurt zu informieren. Wenn sie erst einmal in meiner Wohnung sind und ich sie vorsichtig vorbereite und auch noch Eduard als Ruhepol dabei ist, dachte ich, dann wird das schon hinhauen, dass sie wenigstens miteinander sprechen. Mit seiner abgeklärten Art würde Eduard die Atmosphäre auf eine Wohlfühltemperatur bringen und hitzige Debatten verhindern. Außerdem wären meine Mutter und Laura neugierig und beeindruckt von ihm und würden allein deswegen versuchen, einen guten Eindruck bei ihm zu machen. Ich meine, ein Psychologe verbreitete zwangsläufig Respekt, sodass man sich zusammenriss. Schließlich wollte man von ihm nicht als gestört abgestempelt werden.

Ich war also voller Zuversicht, während ich Lasagne vorbereitete und Johannisbeerkuchen backte und den Sekt kaltstellte. Die Lasagne kann ich später einfach in den Ofen schieben, dachte ich. Im Gegensatz zu den Gästen bestand bei ihr nicht die Gefahr, dass sie überkochen würde.

Ich besprach mit meinem Vater den Plan. Er sollte erst einmal in seinem Zimmer bleiben, bis ich ihn holen würde. Damit hätte ich Zeit, meine Mutter und Laura auf die Begegnung vorzubereiten.

Eduard kam, wie verabredet, ein paar Minuten früher. Er überreichte mir einen Strauß rosa Rosen mit lila Nelken. Ein Kavalier, wie er im Buche stand! Und keiner, der einen in einem engen Eiswagen mit Schmachtblick überrumpelte.

»Alles Gute«, wünschte er mir und drückte mich an sich. Sein Pullunder war weich und kuschelig und beruhigend.

»Ich bin so froh, dass du gekommen bist«, sagte ich. »Du kennst sie noch nicht, aber meine Mutter und meine Schwester sind wirklich speziell.«

»Das sind sie in der Tat«, mischte sich mein Vater durch die Tür seines Zimmers ein.

»Du bist auch speziell«, antwortete ich dem Eichenfurnierholz, »und denk dran, dass du da drin bleibst, bis ich klopfe und dich hole.«

»Mach ich.«

»Und bis dahin bist du still, bitte«, mahnte ich ihn. Keine Antwort. »Hast du verstanden?«

»Ich dachte, ich soll still sein.«

Ich verdrehte die Augen und führte Eduard ins Wohnzimmer, wo ich den Tisch für neun Leute gedeckt hatte. Es sah sehr schön aus. Das fand Eduard ebenfalls. Wir setzten uns.

»Ach, was mach ich mir einen Kopf«, sagte ich. »Das Schlimmste, was passieren kann, ist doch, dass es schiefgeht und meine Eltern sich nicht vertragen. Das wäre aber auch nicht schlimmer, als es jetzt gerade ist.«

Ich nickte mir zur Bestätigung zu und sprang auf. Da Eduard schon da war, konnte die Party beginnen, und zwar mit Sekt, den ich aus dem Kühlschrank holte.

Als der Korken ploppte, hörte ich meinen Vater rufen: »War das mein Zeichen?«

»Nein«, brüllte ich. »Ich klopfe an deine Tür. Schon vergessen?«

Basti war noch unterwegs, ich vermutete, dass er noch ein Last-minute-Geschenk kaufte. Aber er hatte versprochen, pünktlich zu sein. Er wollte die Freakshow nicht verpassen, wie er grinsend verkündet hatte. Simon und Doreen hatte ich eine Stunde später eingeladen, sodass sie keinen Livekampf geboten bekommen würden. Die schmutzige Wäsche der Familie Kramer ging Simon nichts mehr an. Eigentlich ging ihn gar nichts mehr was an, außer Bastian natürlich, was der Grund war, aus dem ich so tat, als ob er noch dazugehörte. Ich musste ja für meinen Sohn ein gutes Vorbild sein, damit er sich auch mit seinem Papa gut verstand, obwohl der mit so einer Knallcharge von Frau zusammen war.

Was für ein Chaos das ist, dachte ich auf einmal. Sobald nur ein bisschen gepatchworkt wird, ist so eine Familie gleich viel komplizierter. Und das Konfliktpotenzial steigt mit jedem, der von außen dazukommt, exponentiell an. Außer mit Eduard, er war so ruhig und besonnen. Nachdem wir den ersten Schluck genommen hatten, referierte ich in kurzen Zügen, wie ich das Gespräch mit meiner Mutter beginnen wollte.

»Meinst du, das ist gut so?«, fragte ich.

»Das klingt wirklich prima«, lobte er mich. »Der Punkt mit der Offenheit gegenüber Veränderungen im Leben und der positiven Einstellung wird ihnen sicher zu denken geben. Außerdem hast du Geburtstag und siehst bezaubernd aus, wenn ich das mal so sagen darf.«

»Darfst du.« Ich lächelte geschmeichelt. »Na, wenn ich bezaubernd aussehe, kann ich den Zauber hoffentlich auch auf meine Familie wirken lassen.«

In diesem Augenblick klingelte es, und Aufregung wallte in mir auf. Ich drückte auf die Gegensprechanlage.

»Da fragt man sich doch, warum es keine Schluckimpfung gegen Dummheit gibt!«, schepperte Lauras Stimme durch den Lautsprecher.

»Was du immer auf den Arzthelferinnen rumhackst«, sagte Helge.

»Ich hacke nicht auf ihnen rum, sie sind einfach dämlich«, widersprach Laura.

»Hallo, wir sind's«, rief meine Mutter, als ob ich das nicht längst kapiert hätte. Sie ließ ein knackendes Atmen folgen, weil sie wie immer viel zu nah ins Mikro sprach.

»Ich weiß. Und ich drücke schon seit einer halben Minute auf den Türöffner.«

Laura kam als Erste die Treppe hoch, die Haare frisch kastanienrot getönt, hellblau-weiß gestreifte Bluse, weiße Jeans. Dahinter meine Mutter in erdfarbener Leinen-Tunika und schwarzer Hose, ein buntes Tuch um den Hals, eine große Lederhandtasche unter dem Arm.

Als Letztes kam ein Geschenkkorb mit großer Schleife, gefolgt von Helge, meinem Schwager. Er war fast eins neunzig groß und von massiger Gestalt. Wie immer trug er ein Tweed-Jackett, das von Farbe und Muster her an die strapazierfähigen Teppichböden öffentlicher Gebäude erinnerte. Obwohl er radikaler Nichtraucher war, stellte er für mich den Prototyp des Pfeifenrauchers dar. Nicht nur wegen seiner Zeitlupengestik. Er sprach auch so bedächtig und mit großen Pausen, als ob er zwischen zwei Wörtern einen Zug aus seiner Pfeife nehmen wollte, die aus dem Gestrüpp seines Vollbartes herausragen würde.

»Hallo, Schatz«, sagte meine Mutter. »Herzlichen Glückwunsch!«

Laura stieß Helge an, damit er mir das Geschenk überreichte, einen Korb voller Leckereien – Trüffelöl aus dem Piemont, Pasta aus der Toskana, Tomaten aus San Marzano, Grüntee aus China und Pfeffer aus Kambodscha.

»Kleine Überraschung«, sagte Laura.

Ich versuchte, sie schnell aus dem Flur zu bugsieren, damit mein Vater hinter seiner Tür nicht irgendwelchen Unsinn veranstaltete.

»Ich hab auch eine für euch«, verkündete ich, womit ich zunächst Eduard meinte.

Ihn würde ich als Erstes präsentieren, damit er die Atmosphäre für die eigentliche Überraschung des Tages vorbereiten konnte. Ich schob den Besuch in Richtung Wohnzimmer, da blieb meine Mutter im Flur stehen. Vor der Tür von meinem ehemaligen Lesezimmer schnupperte sie in die Luft.

»Wonach riecht es hier?«

»Äh … Lasagne?«

»Nein. Es riecht irgendwie … vergammelt. Hast du irgendwo einen Kadaver versteckt?«

»Hahahaha!«, machte Laura. »Das ist wahrscheinlich Bastis Zimmer, das so riecht. Teenager sollen ja geruchsmäßig mit Gorillas verwandt sein.«

Ich war froh über die Ablenkung, denn wenn es um Basti ging, war meine Mutter sofort dabei. »Wo ist eigentlich mein Lieblingsenkel?«

»Er müsste gleich kommen«, sagte ich, »aber dafür ist jemand anderes da, den ich euch vorstellen möchte.«

Auf diesen Moment hatte ich mich ehrlich gesagt schon die ganze Zeit gefreut. Es war, wie eine Trumpfkarte auszuspielen. Eine Trumpfkarte namens Dr. Eduard Kaperski. Wenn meine

Familie erfuhr, dass ich mich mit einem promovierten Psychologen traf, würde ich sofort in ihrer Achtung steigen, was mir den nötigen Respekt einbringen würde, um die Versöhnung mit meinem Vater einzuläuten.

»Nanu«, entfuhr es meiner Mutter, als sie das Wohnzimmer betrat, wo Eduard saß.

Laura und Helge blieben ebenfalls erstaunt stehen. Da saß Eduard am Tisch und lächelte alle an. Er sieht unheimlich groß aus, dachte ich auf einmal. Ein Sitzriese war er.

An diesem Tag trug er einen schwarzen Pullunder über einem weißen Hemd, die Sonne schien durch das Fenster auf seinen Hinterkopf und ließ seine hellen Haare strahlen, wobei es auf einmal wirkte, als ob er einen Heiligenschein hätte. Oder eine Glatze bekäme. Ich schüttelte mich. Blödsinn. Er sah aus wie immer. Das war nur die Aufregung, weil ich nervös war wegen dem, was meine Familie zu meiner neuen Bekanntschaft sagen würde.

»Das ist nicht Simon«, sagte Laura kokett.

»Sehr aufmerksam, Laura. Nein. Das ist Eduard«, erklärte ich, »mein neuer Nachbar. Er ist …«

In dem Augenblick klingelte es erneut.

»Mach auf, wir können uns selbst vorstellen«, kommandierte Laura, und ich eilte zur Tür.

Hoffentlich ist es Basti, der seinen Schlüssel vergessen hat, dachte ich. Aber es waren Simon und Doreen. Sie waren viel zu früh. Verdammt! Das war der erste Moment, in dem ich ahnte, dass mir meine schöne Planung entgleiten würde. Ich atmete tief ein und setzte mein schönstes Ich-ruhe-in-mir-und-dass-du-eine-Neue-hast-macht-mir-gar-nichts-aus-Lächeln auf.

»Hallo«, sagte Simon. »Herzlichen Glückwunsch.«

Er drückte mir ein Päckchen in die Hand. Auch Doreen gratulierte mir. Mit ihrem Pferdeschwanz sah sie unheimlich jung aus. Sie wirkte sehr zierlich, bis auf den enormen Babybauch natürlich.

»Vielen Dank für die Einladung und auch noch einmal für das Geschenk«, sagte sie. »Die Badeperlen waren richtig toll. Die haben voll gut gerochen. Irgendwie nach … Blumen.«

»Gern geschehen. Danke ebenso.«

Ich grinste so freundlich, wie ich konnte, und eilte dann vor ihnen her ins Wohnzimmer, wo meine Mutter gerade sagte: »Alles wird immer schlimmer. Das Klima und die Gesellschaft auch. Leute, die man als nett kennenlernt, entpuppen sich auf einmal als überhebliche, ignorante Spinner. So wie meine Museumsleute, wirklich. In denen hab ich mich gründlich getäuscht.«

»Ich finde das wirklich unglaublich«, sagte Laura erbost und schüttelte den Kopf. »Was die sich einbilden.«

»Ja, Menschen gehen, Menschen kommen«, sagte Eduard. »Aber die Dinge können sich auch zum Positiven ändern, wenn man nur zuversichtlich ist.«

Ich war beeindruckt. Er hatte eben gut aufgepasst, als ich ihm von meiner geplanten Einleitungsrede erzählt hatte.

»Das Märchen vom positiven Denken«, rief meine Mutter unbeeindruckt. »Entschuldigen Sie, Herr Pfarrer, dass ich das so unverblümt sage.«

»Pfarrer?«, fragte er verdutzt.

»Er ist kein Pfarrer«, sagte ich schnell.

»Nicht?«, wunderte sich Laura.

Auch Helge schaute aufmerksam hoch, aber nur, um zu einem Referat anzusetzen. »Optimismus ist lediglich eine Spielart des Schwachsinns«, fing er an zu schwadronieren. »Der Optimist sieht selbst den Weltuntergang durch eine rosa Brille. Aber schützt ihn das davor, in den Abgrund zu stürzen?«

Er machte seine Superwichtig-Miene, als wären wir alle seine

Schüler, die von ihm erleuchtet werden wollten. Zeit, um ihn in die Schranken zu verweisen, schließlich war hier noch ein Doktor anwesend. Zeit, endlich meinen Freund mit seinem Status einzuführen und diesen Pfarrerquatsch vom Tisch zu wischen.

»Eduard ist Psychologe«, verkündete ich stolz. »Genauer gesagt, Doktor der Psychologie.« Sofort schwang die Stimmung um, ich sah verblüffte und beeindruckte Gesichter, genau wie ich es geahnt hatte. Sogar Simon schaute ihn mit etwas mehr Respekt an. Doreen straffte sich sogleich und beugte sich vor, als ob sie ihn um Rat fragen wollte. »Er arbeitet an der Uni«, fügte ich hinzu.

»Ach ja?« Helge hob seinen schweren Kopf und fixierte seinen Kollegen mit neu erwachtem Interesse.

»Ja.« Eduard nickte ein bisschen langsamer, als ich es erwartet hätte. »Ich arbeite in der Uni. Im Psychologischen Institut.«

Der Satz floss schwerfällig aus ihm heraus wie heiße Lava. Er wirkte für einen Moment unsicher. Langsam bekam ich Zweifel, ob er mit der geballten Masse meiner Familie klarkommen würde. Die größte Herausforderung stand ihm ja noch bevor, wenn ich nämlich die Bombe alias Papa platzen ließ, und Eduard den Therapeuten und Mediator spielen müsste. Deswegen musste ich seine Position stärken.

»Und er hat promoviert«, betonte ich noch einmal. »Er kennt sich mit allen Neurosen aus, die man so haben kann.« Eduard hüstelte und verzog das Gesicht, was ich als Geste der Bescheidenheit fehldeutete. »Stimmt's, Eduard?«, forderte ich grienend eine Antwort, was sich langsam schon wieder nach Gesichtslähmung anfühlte. »Sag es ihnen.«

Eduard schnalzte mit der Zunge und lächelte. »Ich bin doch kein Doktor! Wie kommst du darauf?«

»Äh … Es steht auf dem Klingelschild.« Ich merkte, wie meine Wangen anfingen zu brennen.

»Mein Vorname ist *Dirk*«, sagte er gespreizt. »Dirk Eduard. Das Dr. ist die Abkürzung von Dirk.«

Man sagt, es gebe im Leben keine Stopptasten. Aber dieser Augenblick fühlte sich verdammt noch mal so an. Als ob alles ins Stocken geriete und eine Sekunde eine Ewigkeit dauerte.

»Du kürzt Dirk mit Dr. ab auf deinem Klingelschild?«, hauchte ich.

Er nickte. »Und auf meinen Visitenkarten.« Er trank einen Schluck Sekt. »Eduard ist ja mein Rufname.«

»Aber Psychologe bist du?«, fragte ich langsam.

»Natürlich! So wie wir alle.« Er hob beide Hände, als ob er seine Gemeinde umarmen wollte. »Jeder Mensch hat eine Psyche, also sind wir alle Psychologen.«

Immer noch herrschte Stille im Raum. In meinem Kopf tat sich ein schwarzes Loch auf, das alle Gedanken einsaugte und nur ein Vakuum hinterließ. Simon und Doreen schauten sich an, und ich sah genau, wie Simon die Lippen aufeinanderpresste, um nicht zu lachen, während Doreen Kulleraugen machte.

Doch als Laura und meine Mutter losprusteten und auch Helge mit seinem gemächlichen He, he, he einfiel, was bei ihm Lachflash bedeutete, da dröhnten Simon und Doreen ebenfalls los. Sie alle lachten mich aus, sogar Eduard lachte, als wäre ich diejenige, die Schuld hatte an dem Missverständnis, weil ich nämlich plemplem war und nicht mal das kleine Einmaleins der Abkürzungen kannte. Und gerade als ich dachte, dass es nicht mehr schlimmer kommen konnte, hörte ich das Tock-tock-tock im Flur.

»Stopp«, kreischte ich. »Ich muss euch was sagen.«

Aber keiner hörte auf mich, Laura schnappte ruckartig nach Luft und wischte sich Tränen ab, Helge hatte die Augen geschlossen, als genösse er diesen besonderen Moment wie einen guten Wein, und meine Mutter schüttelte immer wieder den Kopf und lachte wie eine verrückt gewordene Hyäne.

»Hallo, alle miteinander«, sagte mein Vater.

Er stand mitten im Raum wie ein böser Geist aus der Flasche, und das Lachen erstarb.

Wenn ich alles könnte, könnten mich alle mal.

26

Wie viele Dramen fangen mit dem Satz an: Ich hab es doch nur gut gemeint. Und das hatte ich wirklich! Ich hatte die Familie versöhnen wollen, damit wir endlich alle wieder friedlich miteinander leben konnten, besonders Basti und ich, die sich wirklich eingeschränkt hatten in letzter Zeit. Aber auch meine Eltern und Laura. Und wir alle gemeinsam. Daraus wurde natürlich nichts. Laura hielt mitten im Japsen inne, meine Mutter schaute auf meinen Vater wie auf ein expressionistisches Gemälde, bei dem die Farben und Formen besonders grell waren, dann zu mir.

»Wo kommt der denn her?«, wollte sie wissen.

Sie zog ihre linke Augenbraue hoch, was sie nur tat, wenn sie wirklich außer sich war.

»Na, ich wohne doch hier bei Mimi«, sagte mein Vater, als wäre das das Selbstverständlichste der Welt.

Meine Mutter reagierte nicht auf ihn, also wiederholte ich matt: »Er wohnt hier.«

»Das glaub ich jetzt nicht«, rief Laura mit sich überschlagender Stimme und funkelte mich wütend an.

Da mischte sich Simon ein, verwundert und wahrscheinlich amüsiert darüber, Doreen beweisen zu können, dass er recht gehabt hatte damit, dass meine Familie bescheuert war und ich erst recht.

»Wusstet ihr das etwa nicht?«

Alle starrten mich an, die Empörung wuchs wie eine Hüpfburg unter dem Kompressor.

»Miriam, ich muss sagen, ich bin enttäuscht. Sehr enttäuscht«, fing meine Mutter an. »Wie konntest du mir das nur antun?«

»Und mir«, fügte Laura hinzu.

»Ich … ich«, stammelte ich.

Da hob Eduard beschwichtigend die Hände. »Wie ich eben schon sagte: Verzeihen gehört zum Wesen der Familie …«

»Halt die Klappe«, brüllte ich.

»Oha! Apropos Neurosen.«

Eduard zwinkerte Simon zu und guckte dann Helge verschwörerisch an, der sich auf den Tisch stützte und vor lauter Begeisterung über das Schauspiel nicht merkte, dass sein Ellenbogen im Johannisbeerkuchen von Doreen steckte.

»Raus!«, schrie ich und meinte Eduard, der das aber als Einziger nicht auf sich bezog.

»Wir wollten sowieso gerade gehen«, sagte meine Mutter und raffte ihre Tasche an sich. »In diesem Haus, wo man belogen und betrogen wird, bleibe ich keine Sekunde länger.«

Laura stand auf.

»Nun hört euch doch erst einmal an, was Miriam euch zu sagen hat«, mischte sich Eduard wieder ein. Er hatte noch nicht kapiert, dass seine Meinung überhaupt nicht mehr gefragt war.

»Euch meinte ich gar nicht«, sagte ich. »Ich meinte ihn!« Ich zeigte auf Eduard, aber das ging irgendwie unter.

»Das bringt nichts«, antwortete Helge auf Eduards Schlichtungsversuch. »Diese Familie hat sich entschieden, entzweit zu sein und das Unglück zu konservieren.«

»Das muss doch nicht sein«, rief ich kläglich.

»Wir haben uns für gar nichts entschieden«, fauchte Laura Helge an. »Der da ist an allem schuld!« Sie zeigte auf meinen Vater. »Und die ist auch schuld«, damit meinte sie mich, »weil sie uns nichts gesagt hat von diesem Komplott. Wirklich, Miriam, mit dir rede ich nie wieder.«

»Mensch, Laura, jetzt fahr mal einen Gang runter«, sagte Helge.

»Ich rede auch nie wieder mit dir«, fügte meine Mutter hinzu. »Dass du dich hinterrücks auf seine Seite gestellt hast, bricht mir das Herz.«

»Ich hab's nur gut gemeint«, flüsterte ich.

»Das hilft leider nicht.« Sie schüttelte den Kopf, sichtlich enttäuscht. »Du bist und bleibst einfach naiv und manipulierbar.«

»Ursel, sei nicht so hart zu ihr. Miriam hat ein gutes Herz«, sagte mein Vater.

»Miriam«, sagte meine Mutter, »erinnere deinen Vater daran, dass ich niemals mehr mit ihm reden werde.«

»Ich weiß gar nicht, was in letzter Zeit mit dir los ist!«, rief Helge und meinte Laura.

»Wir gehen dann mal«, verkündete Simon und stand ebenfalls auf. Er musste Doreen, die mit aufgeklapptem Mund unsere Auseinandersetzung verfolgte, am Arm hochziehen.

»Ja, genau, du verdrückst dich ja sowieso immer, wenn es schwierig wird, nicht?«, höhnte Laura.

Das ließ sich Simon nicht gefallen. Er motzte zurück, und Helge fuhr Laura an, sie solle jetzt mal aufhören, hier alle anzukeifen, was bei meiner Schwester natürlich nichts brachte. Kurzum: Es war ein einziger Tumult, in dessen Mitte Eduard saß wie der Herr Pfarrer beim Trauerschmaus und sich den letzten Rest aus der Sektflasche einschenkte. Eine gefühlte Ewigkeit von etwa zehn Minuten später hatten sich alle verzogen. In meinen Ohren klingelte es vor lauter Geschrei. Ich hatte keine Kraft mehr gehabt, mich zu verteidigen oder zur Vernunft aufzurufen. Aus Reflex trank ich einen Schluck Kaffee, aber der war natürlich kalt.

»Hi, Mama«, sagte Basti, der mit einem kleinen Päckchen in der Hand in der Tür stand.

»Hi«, flüsterte ich. »Die Party ist schon zu Ende.«

»Ich weiß. Ich hab Papa unten getroffen.« Er runzelte die Stirn. »Was habe ich gesagt? Das gibt Stress. Na ja. Herzlichen Glückwunsch noch!« Er überreichte mir ein Geschenk in einem kleinen Karton. »Das sind Kopfhörer für dein Handy. Ich dachte, die könntest du gut gebrauchen.«

»Wie lieb von dir«, sagte ich gerührt. »Willst du ein Stück Kuchen?«

»Okay.« Er schlang in vier Bissen das Stück Johannisbeerenkuchen herunter. Ganz der Papa. »Ich muss noch was mit dir besprechen«, sagte er dann.

Wenn's um die Wurst geht, nimm dir ein Eis.

27

Ich saß im Eiswagen und schleckte mich durch die dritte Portion. Bisher hatte ich Chocolate Chips, Kokos, Himbeer, Pistazie und Nocciola gegessen, gerade arbeitete ich mich zu Sette Peccati vor. Eiscreme sollte eigentlich dringend unter Antidepressiva und Stimmungsaufheller geführt werden. Mir ging es jedenfalls schon bedeutend besser, denn ich hatte einige grundlegende Dinge erkannt.

Ich hatte tatsächlich Probleme. Das erste Problem war ich. Auch wenn es mich schmerzte zuzugeben, dass meine Mutter recht gehabt hatte, war ich wirklich naiv. Wie hatte ich nur glauben können, dass einen die Lebenserfahrung auf den Weg der Weisheit bringen würde und man als Erwachsene im mittleren Alter zwangsläufig keine Fehler mehr machte, wenn man nur vernünftig nachdachte? Was für ein Schwachsinn! Ich hatte bisher sehr gründlich nachgedacht und trotzdem alles falsch gemacht. Und jetzt hockte ich an meinem Geburtstag allein in einem Eiswagen, der nicht mir gehörte, und stopfte mich mit Eiscreme voll wie ein liebeskranker Teenager.

Das zweite Problem war meine Familie. Auch das hatte ich grundsätzlich falsch angepackt, weil ich immer noch die naive Hoffnung gehabt hatte, dass Versöhnen möglich wäre.

Und das dritte Problem war die Liebe. Wobei das auch mit Problem 1, mit mir und meiner dämlichen Nachdenkerei, zusammenhing. Und mit Punkt 2, meiner Familie, vor der ich unbedingt mit dem richtigen Mann hatte glänzen wollen, weswegen ich auf diesen Betrüger Dirk Eduard Kaperski reingefallen war, obwohl mich doch eigentlich jemand ganz anderes zum Schwärmen brachte.

Und als ich den letzten Rest Sette Peccati unten aus der Spitze der Waffel in mich reingeknuspert und dabei das Bild von Lorenzos Großvater Angelo und seines Bruders Ludovico betrachtet hatte, wurde mir klar, wo mein Fehler gewesen war. Obwohl Lorenzo meine Knie zum Wackeln und mein Herz zum Flattern gebracht hatte, hatte ich ihn als Mann ausgeschlossen. Weil er zu gut aussah. Weil er zu schön war. Aber das war genauso ein Schwachsinn, wie einen hässlichen Mann auszuschließen. Wenn man mit dem Herzen sehen wollte, durfte man sich nicht von Äußerlichkeiten ablenken lassen – weder von Makeln noch von blendender Schönheit.

Ich meine, ich hatte schon einmal einen Mann geheiratet, weil *es* das Richtige gewesen war und nicht, weil *er* der Richtige war. Weswegen der nächste Mann zu hundert Prozent der Richtige sein sollte. Und was geschieht, dachte ich, wenn Lorenzo der Richtige ist und ich mich wieder mit all meinen kruden Gedanken davon abhalten lasse, es zu probieren?

Auf einmal wusste ich, was ich zu tun hatte. Es war eine simple Rechnung. Ich zählte eins und eins zusammen und heraus kam: Worauf wartest du noch?

UNTERWEGS NACH ITALIEN

Wer eine Wundertüte bestellt, muss sich auch überraschen lassen.

In der falschen Gesellschaft schmeckt der prächtigste Eisbecher langweilig.

28

»Bist du irre?«, schreie ich, als ich den Wagen im letzten Moment unter Kontrolle gebracht und wieder auf die Abbiegespur gelenkt habe, die uns von der Autobahn runterführt. »Wie kannst du mir so ins Steuer greifen!«

»Hahahaha«, kreischt Laura völlig übergeschnappt und stolz auf ihren Coup, während ich versuche, meinen Puls und den Wagen weiter zu verlangsamen.

»Du hättest uns beinahe umgebracht«, resümiere ich keuchend.

»Den sind wir los«, freut sie sich, denn der schwarze Wagen ist tatsächlich geradeaus gefahren, wir sehen ihn auf der Autobahn verschwinden.

Ich würde ja aufatmen, weil wir nicht an der Leitplanke zerschellt sind, aber dafür hab ich mich viel zu sehr aufgeregt. Nicht nur ich.

»Himmel«, sagt meine Mutter und fasst sich an die Brust. »Das war ja vielleicht was, Mädchen.«

Als wir um die Kurve sind, wird es besser. Mein Herz rast nicht mehr so, die Geräusche im Inneren des Wagens haben sich auf ein erträgliches Maß reduziert. Ich wische meine schweißnassen Hände an der Hose ab.

»Na, seht ihr. Hat doch alles geklappt«, sagt Laura.

Das würde ich zwar nicht so sagen, und ich hätte auch immer noch Lust auf eine Standpauke, aber mein Adrenalinspiegel sinkt mit der Tachonadel und lässt alle Energie aus mir weichen. Wir tuckern auf eine Kreuzung zu. Bäume rechts und links. Ein gelbes Schild weist die Landstraße zu den Ortschaften Bad Billingen, Knüftach und Schrowinkel aus. Es könnte genauso gut Pampa, Pampa und Pampa heißen. Hier sagen sich wirklich nur Hasen und Wochenendmotorradfahrer gute Nacht. Ich biege nach rechts ab.

»Bei der nächsten Gelegenheit wende ich«, kündige ich an, da kracht es komisch im Motorraum.

»Was war das?«, fragt Laura.

»Das war nichts«, behaupte ich, weil ich nach dieser Wahnsinnsaktion wirklich keine Lust auf eine Panne habe.

»Natürlich war da was.«

»Nö, gar nicht.« Ich weiß, es ist kindisch. Aber ich werde hier ja auch wie ein Kind behandelt, also kann ich mich so benehmen.

»Mama, war da was oder nicht?«, fragt Laura.

Natürlich muss meine Mutter ihr zustimmen. »Da war was. Fragt sich nur was.«

»Das war bestimmt der Keilriemen«, sagt Laura.

Ich pruste. »Was verstehst du denn davon?«

»Mehr als du.«

»Pfff! Dass ich nicht lache.« Ich meine, klar, mehr als ich. Ich bin anerkannte Autolegasthenikerin. Aber ich wüsste wirklich nicht, seit wann Laura Expertin sein sollte.

»Es könnte auch die Kardanwelle gewesen sein«, überlegt Laura weiter.

»Du weißt ja nicht mal, was eine Kardanwelle ist«, entgegne ich.

»Nur weil du keine Ahnung von Autos hast, heißt das nicht, dass ich keine Ahnung von Autos habe. Oder, Mama?«

»Natürlich nicht.«

Ich könnte ins Lenkrad beißen! Aber ich bleibe ruhig. »Wir können hier tausend Theorien aufstellen, was mit dem Motor los ist, das nützt uns trotzdem nichts.«

»Wir fahren zur nächsten Tankstelle«, bestimmt Laura. »Dort lassen wir nachsehen.« Der Wald um uns herum erstreckt sich in allen Grünschattierungen. Sieht mir nicht gerade nach vielversprechender Infrastruktur aus. Laura hat sich ihr Handy geschnappt, um mit GPS nach der kürzesten Route zur nächsten Tanke zu suchen. Sie scrollt sich durch die Seiten. Dann blickt sie auf. »Blöde Idee«, herrscht sie mich an. »Wir können hier keinen Stopp machen. Hier gibt's weit und breit keine Tanke.«

Ich drücke das Gas voll durch, aber keine Chance. »Sag das der Kardanwelle oder dem Keilriemen oder was auch immer«, gebe ich spitz zurück und lenke den Wagen auf den Schotter neben der Straße.

Er rollt aus, dann bleibt er endgültig stehen. Es ist eigentümlich still. Einen Moment sitzen wir nur so da.

»Ich hab ja von Anfang an gesagt, dass die Reiseplanung zu wünschen übrig lässt«, kommentiert meine Mutter.

»Zu deiner Information: In der Reiseplanung war weder eine Verfolgungsjagd mit der Mafia noch eine Panne im Westerwald vorgesehen«, gebe ich schnippisch zurück. »Ganz zu schweigen von der Größe der Reisegruppe, die ganz anders …«

»Jetzt geht das wieder los …« Meine Mutter stöhnt. »Sieh es ein, ohne uns wärst du doch geliefert.«

»*Mit euch* bin ich geliefert! Nur weil Laura mich hier verrückt macht und mir ins Steuer greift, sitzen wir fest und …«

Ich werde immer lauter, da unterbricht mich Laura. »Kein Grund zur Panik. Ich hab gute Kontakte im Westerwald.«

»Wirklich?«, frage ich erstaunt.

»Eine ehemalige Arzthelferin von uns wohnt hier irgendwo.« Sie wedelt unbestimmt in Richtung Wald. »Und ich glaube, ihr Bruder hat eine Autowerkstatt oder einen Schrottplatz oder so was.«

»Toll, Laura«, sagt meine Mutter erleichtert. »Du machst das schon.«

»Man muss sich nur zu helfen wissen«, murmelt sie und durchforstet ihr Telefonbuch. »Mist. Kein Empfang.«

Wir steigen aus. Laura geht ein Stück die Straße rauf, dann wieder runter, den Blick aufs Display geheftet, während meine Mutter und ich sie nicht aus den Augen lassen.

»Da, zwei Balken«, ruft sie. Sie presst das Handy ans Ohr. »Hallo, Gudrun, hier ist Laura Oppenstedt aus der Praxis Oppenstedt. Du wirst es nicht glauben …« Sie bricht ab, guckt verärgert aufs Display.

»Was ist?«

»Die Verbindung ist abgebrochen«, behauptet sie.

Ich werde den Verdacht nicht los, dass ihre ehemalige Angestellte das Gespräch einfach beendet hat. Aber tatsächlich hat keiner von uns mehr Empfang. Wir sind in einem Funkloch.

Oh, Lorenzo, denke ich seufzend. Schade, dass du jetzt nicht hier bist. Mit dem Eismann hätte ich keine Probleme, irgendwo festzustecken, ob im Westerwald oder in einem Aufzug. Hauptsache, allein mit ihm. Eine Welle der Sehnsucht flattert durch meinen Magen.

»Was machen wir denn jetzt, um Gottes willen? Was machen wir denn jetzt?«, jammert meine Mutter.

Laura hat den nächsten Vorschlag parat. »Kein Problem«, verkündet sie. »Wir halten ein Auto an.«

Sie positioniert sich an der Straße. Ein Specht hämmert in den Baumwipfeln, irgendwelche Vögel singen ihr fröhliches

Lied. Ein Eichhörnchen huscht in zwanzig Metern Entfernung über die Landstraße, bleibt auf dem Mittelstreifen hocken und starrt uns verwundert an. Sieht fast so aus, als würde es den Kopf schütteln, bevor es auf der anderen Seite auf einen Baum klettert. Zwei Schmetterlinge tanzen aus dem Grün heraus und flattern in Richtung Wipfel. Es könnte so schön sein, wenn wir freiwillig hier wären.

Na gut. In so einer Situation hilft nur eines: essen. Ich packe meine Brote aus und verteile sie. Gerade überlege ich, ob wir sie rationieren sollten, falls wir hier länger festhängen, da ertönt das verheißungsvolle Brummen eines Motors. Eine blaue Familienkutsche fährt die Straße runter. Laura springt auf und ab und winkt wie eine Irre, auch meine Mutter gesellt sich zu ihr und fuchtelt mit den Armen rum, als stünden wir kurz vor dem Verdurstungstod.

Immerhin hält das Auto an. Es ist, wie der Fahrzeugtyp vermuten ließ, eine Familie. Die halbwüchsigen Kinder auf der Rückbank sind mit Kopfhörern verbunden und starren entrückt vor sich hin, während die Frau auf dem Beifahrersitz die Fensterscheibe hinuntergleiten lässt. Sie hat senffarbenes Drahthaar und grinst uns so gut gelaunt an, als ob sie eine Doppel-Whopper-Bestellung im Drive-in machen wollte.

»Naaaaa, Panne?«

»Ja. Und kein Handyempfang«, sagt Laura. »Können Sie uns vielleicht einen Abschleppwagen schicken von einer Werkstatt in der Nähe?«

»Karl, können wir denen einen Abschleppwagen schicken?«, übersetzt die Frau ihrem Mann, der eine Armlänge von ihr entfernt aus dem Auto späht.

»Nein«, sagt Karl. »Hier gibt es keinen mehr.«

»Was ist denn mit Zillgens?«, fragt seine Frau.

»Zillgens hat doch schon lange dicht, Ramona.«

»Ich dachte, die hätten noch auf.«

»Nee, haben sie nicht. Da gab's doch den Unfall und dann ...«

»Aber ich hab den Abschleppwagen von denen neulich gesehen, als ich durch Atzelgift gefahren bin.«

»Das muss ein anderer gewesen sein.«

»Bist du sicher? Ich glaub wirklich, das war Zillgens.«

Die sinnlose Unterhaltung zieht sich mehrere Minuten hin, in denen Ramona Karls Aussage wiederholt anzweifelt, was er mit Engelsgeduld erträgt. Immer wieder beteuert er, dass Zillgens sein Abschleppunternehmen aufgegeben hat, was mit besagtem Unfall, der mangelnden Zahlungsmoral einer Sippe namens Stinberg und allgemein schwindender Gesundheit zu tun hatte, woraufhin Ramona zu berichten weiß, dass die körperliche Verfassung dieser Familie schon immer unter traditioneller Trunksucht gelitten hat, die ja schon Vater und Großvater Zillgens ins frühe Grab gebracht hat. Was aber auch an der Verheiratung mit Johanna Heibel anno dazumal zu tun hatte, wie Karl einwirft, diese Familienkombination war besonders verhängnisvoll, Trunkenbolde allenthalben. Während die beiden ihr gesammeltes Wissen über Westerwälder Säuferdynastien austauschen, scheinen sie uns komplett vergessen zu haben.

Laura räuspert sich. »Also, können Sie uns einen Abschleppwagen organisieren?«, fragt sie freundlich, aber etwas bestimmter.

Ramona guckt Laura an, als müsste sie überlegen, wer sie ist, dann wendet sich Ramona an ihren Gatten und wiederholt die Frage, als hätten die letzten Minuten niemals stattgefunden.

»Karl, können wir denen einen Abschleppwagen besorgen?«

Das Ganze geht von vorne los. Die beiden tauschen sich über die generationenübergreifenden Erfahrungen von Hinz und Kunz mit der Pannenhilfe im Westerwald aus, da geht es um Schneewehen und die Knüftacher Kirmes und einen Bürgermeister, der Basaltfeuer frühstückt und dazu jedes Mal seinen Witz reißt von der hochprozentigen Dividende, die dieser Kornbrand einbringt.

»Schlimmer als jede Verwechslungskomödie«, murmelt meine Mutter entgeistert. »Titel des Boulevardstücks *Ausgesetzt im Westerwald und gefangen in einer Zeitschleife.*«

Auch Laura scheint mit ihrer Geduld langsam am Ende. Die Unterhaltung von Ramona und Karl schreitet weiter fort, ich schnappe die Wörter »Legebatterie«, »Apfelessigproduktion« und »die arme, arme Gerti« auf. Dieses Paar hat sich wenigstens nach Dutzenden Jahren Ehe noch jede Menge zu sagen, so viel steht mal fest. Schön für sie.

»Sie können doch einfach den ADAC für uns anrufen«, unterbricht Laura die beiden Plaudertaschen.

Ramona sieht Laura verwundert an, dann wendet sie sich an Karl …

Wer Eiscreme will, muss die Kälte ertragen.

29

»Holen die jetzt den ADAC oder nicht?«, fragt meine Mutter verwirrt, als die Familie weiterfährt.

Aber das weiß keiner von uns so genau. Ramona und Karl waren wieder in eine Unterhaltung verstrickt, als sie abgefahren sind. Das Auto biegt um die nächste Kurve, und trotz ihrer seltsamen Art vermisse ich die beiden auf einmal. Jetzt sind wir wieder allein im Wald. Eine Taube gurrt, ein paar Bienen summen. Die Sonne scheint und sprenkelt das schattige Grün unter den Baumwipfeln mit hellen Tupfen. Aus der Entfernung hören wir einen Motor heulen. Er nähert sich. Laura will schon wieder auf Position zum Anhalten, doch der tiefergelegte Golf mit den Rallyestreifen rast so schnell an uns vorbei, dass der Luftzug unsere Haare wehen und den Eiswagen wackeln lässt.

»Dann eben nicht«, sagt Laura und schaut dem Raser hinterher.

Der Tatendrang verpufft. Warten ist angesagt. Mir fallen die beiden Klappstühle ein, die im Eiswagen festgebunden sind. Die hole ich raus. Einen gebe ich natürlich meiner Mutter, den anderen reißt sich Laura unter den Nagel, noch bevor ich mit ihr darüber feilschen kann. Klar doch. Nehmt Platz! Ich kann stehen. Was soll's. Nutze ich eben die Gelegenheit, um mal wichtig unter die Kühlerhaube zu gucken. Frauen, die auf Motoren schauen, haben gleich eine exotisch-interessante Ausstrahlung. Das Charisma der Tatkraft. Lorenzo wäre stolz auf mich. Schade, dass er mich nicht sehen kann, wie ich mich hier zur DIY-Queen aufschwinge. Leider scheitert mein Vorhaben, mein Charisma aufzuhübschen, daran, dass ich nicht mal weiß, wie diese blöde Haube aufgeht.

Na gut. Dann eben Eis.

Ich hole uns drei Portionen aus dem Wagen. Während wir es schlecken, liest meine Mutter uns Sachen aus der Zeitung vor: *Fahrraddieb fällt in frischen Beton. Mann erschießt Ehefrau, weil er sie für einen Einbrecher hält. Joghurtbecher rettet verunglückten Bergsteiger.* Meine Mutter kann es natürlich nicht lassen, bei jeder Nachricht die Blödheit der Leser zu betonen, die so was interessiert. Fühle mich persönlich angegriffen.

»Warum hast du die Zeitung gekauft, wenn du nur darüber meckerst?«, frage ich und kleckere Schokoladeneis auf mein T-Shirt.

»Ich meckere nicht, ich mache Feststellungen«, entgegnet sie und stiert einen Moment auf den Fleck. Ich höre ihr stummes Seufzen.

»Ich glaube nicht, dass da noch einer kommt«, sagt Laura. »Wir sollten uns einen Plan B überlegen.«

»*Haarseife gegessen – Schluckauf!*«, liest meine Mutter weiter vor. »Wer isst denn bitte schön Haarseife?«

»Na, wenn sie doch lecker riecht«, sage ich und muss ein bisschen kichern.

»Wir sollten einen losschicken«, überlegt Laura. »Um Hilfe zu holen.«

»Ja, das ist endlich mal ein guter Vorschlag«, sagt meine Mutter und faltet die Zeitung zusammen. »Anstatt hier nur rumzuhocken und sich vollzufressen, könnten wir was unternehmen.«

Wieso sagt sie immer solche Sachen, die auf mich gemünzt sind?

»Aha«, bemerke ich scharf. »Und wer soll gehen und wohin?«

»Na du«, sagt Laura. »Du bist doch hier die Reiseleiterin.«

»Das stimmt«, bestätigt meine Mutter.

»Ich hab aber den Eiswagen nicht kamikazemäßig über den Grünstreifen gefahren, das warst ja wohl du«, motze ich Laura an.

»Willst du etwa damit sagen, es ist meine Schuld, dass die Schrottkarre eine Schrottkarre ist?«

»Nein.«

»Aber?«

»Aber es hat dem Wagen sicher nicht gutgetan, über den Grünstreifen zu holpern.«

»Du bist so nachtragend, Miriam, wirklich. Ich fasse es nicht.«

Dieser Satz wird in den internationalen Statuten der Eskalation ganz klar unter »Brandbeschleuniger« eingeordnet, weswegen ich gar nichts dafürkann, dass ich total wütend werde. Besonders als meine Mutter einwirft, dass Laura recht hat. Im Nullkommanix fetzen Laura und ich uns vom Allerfeinsten, unsere Erzeugerin tut so, als ob sie beschwichtigen wollte, hetzt uns aber nur noch mehr auf, weil sie wieder von der Reiseplanung anfängt und dass sie bald mal ein Bett brauche, der Klappstuhl sei Gift für ihren Rücken, woraufhin ich schreie: »Du hast wenigstens einen Stuhl!«

»Und selbstsüchtig auch noch«, wirft mir Laura vor.

Ich bekomme Schnappatmung, und da tuckert ein Trecker um die Kurve. Wir halten in unserem Streit inne.

Die modernen Trecker sind ungefähr so hoch wie ein Haus. Mit einem Reifen könnte er einen Kleinwagen plattfahren. Der Trecker hält neben uns an. Ein mittelalter Mann mit Wangen, auf denen die Äderchen rot blühen, springt aus dem Führerhäuschen. Seine Schuhe sind derb und voller Matsch. Er trägt eine Breitcordhose, wie ich sie seit den 1980ern nicht mehr gesehen habe.

Ohne zu lächeln, sagt er: »Hab gehört, ihr habt 'ne Panne.«

Er kratzt sich am Kopf und schwankt ein bisschen. Ein süßlich-scharfer Dunst weht in unsere Richtung. Vielleicht bilde ich mir das auch nur ein, nachdem ich gerade so viel über die promilleträchtige Folklore hierzulande gehört habe. Aber ob besoffen oder nicht, der Mann weiß, was er tut. Fünf Minuten später hat er den Eiswagen mit einem Seil an seinen Trecker gehängt. Er steigt wieder auf den Hochsitz in seiner Führerkabine, wir reihen uns auf unserer Vorderbank ein, ich umklammere das Steuer. Mit einem Ruck fahren wir an, dann geht es mit gemächlichen dreißig Stundenkilometern an endlosen Baumreihen vorbei. Unterwegs überholen uns diverse Autos, na klar, jetzt, wo wir abgeschleppt werden, herrscht hier Rushhour. Trotz unserer Rettung ist die Stimmung eisig, aber das passt ja zu unserem Reisemobil.

Irgendwann endet der Wald und gibt den Blick auf Felder frei, Streuobstwiesen, Kuhweiden. In irgendeinem winzigen Kaff fahren wir schließlich auf einen Hof. Da ist ein verschachteltes Wohnhaus mit einer leukoplastfarbenen Fassade, die aussieht wie aufgeklebt. Daneben eine Scheune, ein Schuppen und ein Hühnerstall. Im Vorgarten stehen eine Windmühle aus Plastik und eine rostige Schaukel.

»Das ist gar keine Werkstatt«, flüstert Laura.

»Was sollen wir denn hier?«, will meine Mutter wissen. »Der versucht bestimmt, uns total abzuzocken.«

»Nun wartet doch erst mal ab«, sage ich. »Immerhin sind wir wieder in der Zivilisation.«

»Ha!«, ruft meine Mutter verächtlich. »Das würde ich nicht Zivilisation nennen.«

Wir steigen aus.

»Wo ist denn die Werkstatt?«, erkundigt sich Laura.

Der Treckerfahrer kratzt sich am Kopf, zieht sich die Breitcordhose hoch und schlurft wortlos ins Haus. Ein Schäferhund taucht im Durchgang zwischen Schuppen und Haus auf und mustert uns mit gereckten Ohren. Wir rücken näher zusammen.

»Unverantwortlich, so einen Hund unangeleint hier rumlaufen zu lassen«, stößt meine Mutter keuchend aus. »Völlig unverantwortlich.«

»Wenn der uns beißt, verklag ich die«, verkündet Laura. »Zivilrechtlich und strafrechtlich. Die werden bereuen, dass sie uns jemals begegnet sind.«

Sie ergeht sich in weiteren Drohungen, bis sie irgendwann zum Thema Selbstjustiz übergeht, zu der man ja quasi gezwungen würde von den verweichlichten Richtern, die jede schlimme Kindheit zum Anlass nähmen, ein Auge zuzudrücken.

»Deine Ansage hat gewirkt«, sage ich, weil der Hund sich jetzt hinsetzt. »Er hat sich auf Recht und Ordnung besonnen.«

»Gut für ihn«, antwortet Laura, völlig ohne Ironie.

»Da kommt jemand!«, ruft meine Mutter.

Es ist ein pummliges Mädchen auf einem rosafarbenen Fahrrad. Das Rad ist ganz neu, es hat weiße Troddeln am Lenker und eine weiß-rosa Fahne, die vom Gepäckträger aufragt. Die Kleine bleibt im Abstand von ein paar Metern stehen, zieht einen Schokoriegel aus der Hosentasche, beißt hinein, während sie den Wagen und uns studiert. Als sie den Schokoriegel verputzt hat, steigt sie ab und lässt das Rad achtlos fallen, genau wie die Verpackung ihrer Süßigkeit.

»Ich will ein Eis«, sagt das Mädchen.

»Der Eiswagen ist geschlossen«, ruft Laura bestimmt.

Ich knuffe sie in die Seite. »Wir sollten ihr ein Eis ausgeben«, flüstere ich. »Uns die Einheimischen gewogen machen.«

»Das stimmt, wir sollten uns ein bisschen beliebt machen«, mischt sich meine Mutter ein. Ich bin erstaunt über ihren Zuspruch, da sagt sie: »Also kriegt das Mädchen auf keinen Fall was.«

»Wie bitte?« Ich schaue sie erstaunt an.

»Na, das Kind ist viel zu dick.« Meine Mutter rollt mit den Augen. »Die Eltern werden heilfroh sein, wenn wir ihm nichts geben.«

Es entspinnt sich eine spekulative Diskussion über den theoretischen Erziehungsstil von uns völlig unbekannten Eltern. Laura ist der Ansicht, dass die Eltern zwangsläufig selbst »dick und nicht besonders helle« sein müssen und deswegen gar nicht merken, dass ihr Kind es auch ist.

»Ergo werden sie nicht kapieren, dass es ein Akt der Barmherzigkeit ist, wenn wir der Kleinen das Eis verweigern.«

»Genau«, werfe ich ein. »Deswegen geben wir dem Kind ein Eis, und es freut sich und dann …«

»Wenn diese Eltern von dem kleinen Klops bisher nicht verstanden haben, dass sie ihr Kind gefährden, wird es aber höchste Eisenbahn. Ich sag nur Volkskrankheit Diabetes«, wirft meine Mutter ein und verschränkt die Arme vor ihrer Museumsdirektorinnen-Tunika.

»Wir sind doch hier nicht auf irgendeiner medizinischen Mission, um die Kinder der Welt vor Übergewicht zu retten«, entfährt es mir. »Wir haben einen *Eiswagen* und keine makrobiotische Imbissbude.«

»Man kann sich doch trotzdem gesellschaftlich verantwortungsbewusst verhalten …«

»Das ist doch diskriminierend!«, rufe ich empört, bemüht, leise zu bleiben. »Da kann man gleich eine Waage aufstellen, und nur wer ein bestimmtes Gewicht nicht überschreitet, bekommt ein Eis.«

Meine Mutter rümpft die Nase. »Das ist nicht mal dein Wagen. Ich weiß gar nicht, warum du dich so aufregst.«

»Ich rege mich auf, weil …«

An der Stelle schießen mir so viele Möglichkeiten durch den Kopf, den Satz zu beenden, dass mir gar nichts mehr einfällt.

»Ich hab ja gleich gesagt: Das Beste ist, der Wagen bleibt geschlossen«, schlussfolgert Laura zufrieden.

Das dicke Mädchen entziffert mit stummen Lippenbewegungen die Sorten, die neben der Verkaufsklappe auf den Lack gepinselt sind. »Ich will Schokolade, Vanille und schwarzer Teller«, ruft sie zu uns.

»Schwarzer Teller?« Meine Mutter zieht verächtlich die Augenbraue hoch. »Was soll das denn sein?«

»Stracciatella«, übersetze ich.

»Genau«, sagt die Kleine.

Plötzlich kommt aus dem Durchgang zum Garten eine Horde Kinder angaloppiert, denen der Wind offenbar die Nachricht zugetragen hat, dass ein Eiswagen gekommen ist. Die Landung eines UFOs könnte nicht mehr Aufsehen erregen, denke ich. Im Nu reihen sie sich vor der Verkaufsklappe auf. Ich seufze. Dann klettere ich in den Wagen.

»Na, Kinder«, rufe ich, als ich die Klappe öffne und in glänzende Augen schaue. »Wer will Eis?«

Eiskaffee wirkt noch besser, wenn er durch Likör ersetzt wird.

30

Während ich also eine Runde Eis ausgebe, erscheinen weitere Personen auf dem Hof, deren Verwandtschaftsverhältnisse auf den ersten Blick nicht auszumachen sind. Das Ensemble besteht aus einem Paar mittleren Alters, einer Oma, einem jungen Mann, einer jungen Frau und einem älteren Mann. Und dem Treckerfahrer natürlich, dessen Gesicht jetzt noch etwas geröteter ist. Er zieht sich die Hose hoch und steuert sein Gefährt an, muss zweimal nach dem Haltegriff haschen, bevor er ihn zu packen bekommt. Dann schwingt er sich auf den Sitz, nickt uns zu und startet den Motor.

»Danke«, rufe ich ihm hinterher, aber ich weiß nicht, ob er das noch gehört hat.

Ich kann nur hoffen, dass die Kinder sich aus der Gefahrenzone halten, wenn er jetzt über den Hof rollt.

Ich habe die Kinder mit Eis versorgt und entsteige dem Wageninneren. Noch ist nicht abzusehen, wie das Ganze hier weitergeht. Ein paar der Einheimischen haben sich auf dem Gelände verteilt. Den Mann mittleren Alters – schütteres Haar, altes Rolling-Stones-T-Shirt, ölverschmierte Arbeitshose – mache ich an der Art, wie er sich bewegt, als Hofherrn aus.

»Na, Kinder, schmeckt's?«, ruft er.

Die Kinder nicken. Der Schäferhund kommt angelaufen, drückt sich an die Beine des Mannes und wird erst mal gekrault. Es scheint für den Hofbesitzer völlig normal, dass wir hier auftauchen. Was mich hoffnungsfroh stimmt. Der Typ sieht aus, als könnte ihn weder die düstere Prophezeiung einer Wahrsagerin noch ein Orkan erschüttern – und schon gar nicht der kaputte Motor eines Eiswagens.

Die Frau in seinem Alter – geblümte Bluse und praktischer Pferdeschwanz –, die mit kräftigen Bewegungen zwei volle Gießkannen über einem Geranienkübel ausleert, ordne ich dem Hofherrn zu. Als sie das Schokopapierchen entdeckt, weiß sie sofort, wer die Übeltäterin ist, und zwingt das pummlige Mädchen (namens Kimberley) zum Aufheben. Sympathiepunkte! Dann kommt sie zu uns und stellt sich und ihren Mann als Biggi und Harry Heibel vor. Laura, meine Mutter und ich werfen uns einen wissenden Blick zu. Heibels. Trunkenbolde. Verhängnisvolle Verbindung mit Zillgens.

Aber wir lassen uns unser Insiderwissen natürlich nicht anmerken. Außerdem scheint Biggi wirklich nett zu sein. Sie lächelt ununterbrochen, als sie uns erzählt, dass Ramona und Karl tatsächlich die Rettung organisiert haben. Trotz ihrer etwas widerspenstigen Art hat die Verständigung mit ihnen also doch geklappt. Wie sich herausstellt, ist Harry genau der richtige Mann. In seiner Scheune stehen diverse alte Autos in verschiedenen Erhaltungszuständen neben einem beeindruckenden Schrottlager.

»Solche Autos können die in den modernen Werkstätten gar nicht mehr«, behauptet er. »Die Autos heute sind ja fahrende Computer. Also, was ist passiert?«

Da ich als vorübergehende Besitzerin des Wagens fungiere, ist diese Frage natürlich an mich gerichtet. Ich bin bereit für eine ausführliche Anamnese.

»Es war so«, fange ich an und überlege, wo genau in der Story ich einsteigen soll.

Da prescht Laura vor. »Es ist vermutlich der Keilriemen.«

Harry schaut zu Laura, unbewegte Miene.

»Das wissen wir nicht genau«, wende ich schnell ein, »wir sind von der Autobahn abgefahren …«

»… mit etwa neunzig km/h und dann gab es da diese scharfe Kurve«, mischt sich Laura erneut ein.

»Jedenfalls haben wir dann von vorne ein Krachen gehört«, übernehme ich wieder, »und …«

»Es war mehr ein Knall«, berichtigt Laura.

»Ich fand, es hörte sich an wie ein Rumpeln«, weiß meine Mutter noch etwas besser.

Harry guckt von einer zur anderen, als würde er den Ball in einem Tennismatch verfolgen, macht aber nicht den Eindruck, als ob er dieser Posse überdrüssig würde. Die Westerwälder haben eindeutig die Ruhe weg.

»Wir sind dann auf die Landstraße eingebogen«, übernehme ich, »und nach ungefähr einem Kilometer…«

»Es waren eher zwei«, korrigiert Laura wieder. »Zwei. Bis zweieinhalb.« Jetzt kann ich nicht anders: Ich stöhne genervt. »Was denn?«, fährt Laura mich an. »Ich helfe hier nur, die Fakten zu sammeln.«

»Es ist doch egal, ob es ein Kilometer war oder ob's zwei waren, halt irgendwann kurz nach dem Krachen.«

»Knallen«, sagt Laura.

Ich werfe frustriert die Arme in die Luft und suche in Harrys gutmütigem Gesicht nach Beistand. Er wird ja wohl merken, wie unfassbar besserwisserisch meine Schwester ist, aber er guckt immer noch so ungerührt wie zuvor, was Laura als Einladung auffasst, noch ihre Theorie »Kardanwelle« zu präsentieren.

Harry sagt: »Ich schau jetzt mal nach.«

Laura klappt den Mund auf, um weitere Weisheiten abzusondern, da ruft Harry nach seiner Frau: »Biggi! Ich glaub, die Damen könnten einen Kaffee vertragen.«

Sehr elegant abgeschmettert. Meine Schwester wirft mir einen triumphierenden Blick zu, weil sie mal wieder nicht rafft, dass sie allen wahnsinnig auf die Nerven geht.

Zum Glück ist Harry schon außer Hörweite, als meine Mutter pikiert feststellt: »Das wurde aber auch Zeit, dass die uns was zu trinken anbieten.«

Da denkt man, wenn man aus dem Pubertätsalter raus ist, könnte einem die Familie nicht mehr peinlich sein – meine belehrt mich immer wieder eines Besseren.

Kurze Zeit später sitzen wir unter einer orange-braun-weiß gestreiften Markise auf der Terrasse mit Blick in den weitläufigen Garten voller wild wachsender Rosensträucher, Apfel- und Kirschbäume und einem vergammelten Sandkasten, in dem diverse ausgeblichene Spielzeuge verrotten. Biggi serviert Kaffee in geblümten Porzellantassen. Die junge Frau, die Annika heißt und die viel jüngere Schwester von Biggi ist (der Nachzügler der Familie, wie wir informiert werden), fläzt sich auf einer Hollywoodschaukel. Meine Mutter inspiziert viel zu lange das fleckige Polster, bevor sie sich auf einem Stuhl niederlässt und dabei den Mund verzieht, als stünde ihr gleich eine Wurzelbehandlung bevor. Vielleicht guckt sie auch nur so pikiert, weil der Kaffee so stark ist, dass er Tote aufwecken könnte. Ich hoffe, sie kann ihre demonstrative Überheblichkeit ablegen, bevor sie uns alle noch mehr blamiert.

Doch unsere Gastgeberinnen achten nicht auf sie, zum Glück. Sie interessiert etwas anderes. Drei Frauen in einem altmodischen Eiswagen mit italienischem Kennzeichen machen neugierig. Schon sind wir einem Kreuzverhör ausgesetzt. Warum wir hier seien und wieso zu dritt und was das Ganze solle. Da ich keine Lust habe, schon wieder mit Laura um die Wortführung zu wetteifern, schlürfe ich meinen Kaffee, während meine Schwester die Ereignisse, die zu unserem Aufbruch geführt haben, mehr oder weniger korrekt zusammenfasst: Besitzer des Eiswagens hat den Wagen meiner Obhut überlassen, ist nicht mehr aufgetaucht, Recherchen haben ergeben, dass er vermutlich zurück ist in Italien und wir den Wagen eben dorthin fahren, weil es eine gute Sache ist, Luftveränderung, Tapetenwechsel und so weiter.

Ich verspüre keinen Ehrgeiz, irgendwelche Kleinigkeiten richtigzustellen, wie zum Beispiel, dass Laura und meine Mutter sich mit unfassbarer Dreistigkeit in meine Unternehmung gedrängt haben. Ich stelle mir nämlich vor, dass ich bald unter Zypressen und Feigenbäumen an meinem Cappuccino nippen und dabei Lorenzo tief in seine graublauen Augen schauen werde.

Im nächsten Augenblick sagt Laura: »Und schließlich hat Miriam sich auch noch in den Eismann verliebt, und deswegen jagen wir ihm hinterher.«

Aufruhr bei Biggi und Annika. »Waaaas? Das ist ja total romantisch! Oh mein Gott! Wie im Film!«

Schon stehe ich im Mittelpunkt, was mir gar nicht passt. »Nein, ist es gar nicht«, winke ich ab. »Ich bringe nur den Wagen zurück, weil …«

»Weil der Typ so gut aussieht!«, ruft Annika. »Ist er so richtig heiß?«

»So heiß, dass das Eis schmilzt bei seinem Anblick«, übertreibt Laura genüsslich, dabei hat sie ihn noch nie gesehen.

Annika gluckst begeistert.

»Nein, also …«, werfe ich ein.

In dem Moment kommt der Perlenvorhang, der im Eingang zum Haus hängt, in Bewegung, als wütete darin ein Poltergeist.

»Also«, sage ich, kurz abgelenkt, »Lorenzo hat mich einfach nur gebeten …«

»Lorenzo …« Annika seufzt. »Was für ein erotischer Name … Und, weil er dir nicht mehr aus dem Kopf geht, fährst du ihm hinterher. Hast du auch so richtig unanständige Träume, in denen er dir die Kleider vom Leib reißt und …«

»Nein.«

»… und dich von oben bis unten mit Sahne …«

»Nein«, rufe ich heftig.

Laura kichert. Meine Mutter tut so, als würde sie die Sonnenblumen in den Beeten studieren und eine Parallele zu van Goghs Schaffensphase in Südfrankreich herstellen, um ihre aktuelle kulturell blutarme Situation auf ein geistig gehaltvolleres Level zu hieven.

Biggi wirft Annika einen vorwurfsvollen Blick zu.

»Was denn?«, fragt Annika. »Oma stört es nicht, wenn wir über Sex reden. Oder, Oma? Stört es dich, wenn wir über Sex reden?«

»Nein«, sagt der raschelnde Perlenvorhang. »Aber nun helft mir doch endlich hier raus.«

Ohne eine Miene zu verziehen, steht Biggi auf und befreit die Oma, die sich samt Tablett in der Tiefe des Perlenvorhangs verfranzt hat.

»Du meine Güte«, sagt die Oma, als sie auf die Terrasse tritt. »Das Ding ist eine Todesfalle! Eines Tages werde ich darin verenden. Ich glaube wirklich, du hast den nur aufgehängt, damit du mich schneller loswirst, Biggi!«

»Ja klar«, sagt Biggi ungerührt. »Ich kann es nämlich nicht erwarten, dass du endlich den Löffel abgibst.«

»Haha. Und frech auch noch!«, beschwert sich die Oma fröhlich. »Wirklich! Wie soll ich das nur ertragen auf meine alten Tage? Der Hubert dreht sich im Grab rum, wenn er das hört.

So, und jetzt was für den Kreislauf.« Sie zieht eine Flasche mit einem rosafarbenen Getränk aus ihrer großen Kittelschürzentasche. Rhabarberlikör steht mit krakeliger Schrift auf dem Diddl-Maus-Etikett. »Das ist ein Familienrezept seit Generationen«, schwärmt sie uns vor, während sie eine Batterie alter Senfgläser füllt. »Meine Großmutter hat schon Rhabarberlikör gebraut.«

»Diese Johanna?«, fragt meine Mutter.

Überraschte Blicke von Biggi und Annika.

»Der Ruf eilt Ihrer Familie voraus«, erkläre ich schnell.

Das scheint zu reichen. In diesen Gegenden ist es wohl normal, dass Familienchroniken über die Dorfgrenzen hinaus bekannt sind. Die Oma setzt mir ein Glas vor.

»Ich kann nicht«, sage ich schnell, »ich muss noch fahren.«

»Nein, ich fahre«, wirft Laura ein. »Du bist ja eben schon, da kann ich gleich übernehmen.«

Ich funkele sie scharf an. »Nein, ich fahre.«

»Wieso das denn?« Laura lässt nicht locker. »Wenn mehrere Fahrer da sind, wechselt man sich …«

Ich sammle Luft, um ihr die Meinung zu sagen, da geht die Oma dazwischen. »Keiner von euch fährt noch«, verkündet sie resolut. »Der Wagen wird nämlich heute nicht mehr fertig.«

Das ist natürlich ein Schock. Lorenzo! Du musst noch geduldig sein! Auch meine Mutter verdreht entsetzt die Augen, und Laura scheint mit der Ankündigung, hier noch länger festzusitzen, ebenfalls nicht einverstanden zu sein. Aber es nützt nichts. Die Oma verteilt die Gläser. Ich überlege, auf welche Art ich mich trotzdem der Verpflichtung entziehen kann, dieses Gesöff zu trinken. Mir fällt nichts ein. Die Diskussionen mit meiner Mutter und Laura haben mich zermürbt, meine Abwehrreihen sind extrem geschwächt. Außerdem muss man bekanntermaßen in fremden Gebieten besonders vorsichtig sein mit dem Ausschlagen von Einladungen. Wenn man in einem Nomadenzelt in der somalischen Wüste Hammelaugen vorgesetzt bekommt, lehnt man ja auch nicht ab, weil man nie weiß, wie dünnhäutig die Gastgeber auf so was reagieren. Also nehme ich das Glas.

Die Oma nickt zufrieden. »Willkommen im Westerwald«, sagt sie und kippt sich das Gebräu in die Kehle. Ich atme tief ein und tue es ihr todesmutig nach. Wenn wir alle erblinden, wissen wir wenigstens, woran es lag. Der Likör schmeckt überraschend lecker. Scharf, aber süß. Auch Biggi, Annika und Laura stellen ihr Glas geleert ab. Nur meine Mutter hat ihres nicht angerührt. Sie sitzt stocksteif am Rand des Stuhls, als wollte sie jederzeit aufspringen. »Was ist mit dir?«, fragt die Oma sie ganz direkt. »Du siehst aus, als wäre dir eine Laus über die Leber gelaufen? Oder bist du als Miesepeter auf die Welt gekommen?«

Ich muss ein Prusten unterdrücken. Laura guckt meine Mutter erschrocken an.

»Oma!«, rügt Biggi.

»Was denn? Man wird doch wohl noch fragen dürfen.«

Meine Mutter reckt ihr Kinn. »Ich ziehe es vor, so etwas nicht gefragt zu werden.«

»Tja«, sagt die Oma. »Dann musst du jetzt trinken.«

Meine Mutter schüttelt sich, als hätte man ihr warmes Ziegenblut in einem Horn angeboten. »Ich trinke doch nichts, was nicht der EU-Hygieneverordnung entspricht.«

Stille. Da ist es passiert. Meine Mutter hat dem Westerwald den Krieg erklärt, gerade, wo es anfing, gemütlich zu werden. Gleich werden wir hier rausgeschmissen und stehen da in weiter Flur und wissen nicht, wohin. Doch plötzlich brechen die Frauen wie auf Kommando in kreischendes Lachen aus.

»Ha! Du bist ja eine Nummer«, ruft die Oma. »Beinahe hätten wir dir das geglaubt! Aber nur beinahe.« Sie schlägt meiner Mutter freundschaftlich auf die Schulter und fügt hinzu: »Und jetzt trink!«

Schnaps ist die Zündschnur zum Pulverfass.

31

Nach drei Gläsern Rhabarberlikör ziehe ich ernsthaft in Erwägung, mich im Westerwald niederzulassen. Fühle mich bereits eingemeindet. Die Gesprächsfetzen ziehen an mir vorbei wie der Duft von frisch gemähtem Gras, und ich stelle mir vor, wie Basti hier Treckerfahren lernen und in gesunder Landluft gedeihen könnte, fernab von Verkehr und Enge und Junkies in Köln. Und Lorenzo würde es sicher auch gefallen. Hier ist alles so entspannt und gemütlich. Als ob die Zeit langsamer liefe. Ein Mann, der in einem so alten Eiswagen durch die Gegend fährt, weiß Gemächlichkeit bestimmt zu schätzen. Ja, ich bin mir auf einmal tausendprozentig sicher, dass Lorenzo und ich hier glücklich werden könnten. Ich würde einen Garten anlegen und Bohnen und Erdbeeren anpflanzen und abends mit Lorenzo auf der Hollywoodschaukel Händchen halten und in den Sonnenuntergang hinter den Windrädern schauen. Alles ist so schön hier!

Auch meine Mutter und Laura sind auf einmal entspannt. Vielleicht wird es doch kein totales Desaster, dass die beiden mitgekommen sind. Oh, alkoholbedingte Seligkeit!

»Ich muss auf jeden Fall das Rezept haben«, ruft Laura mit glühenden Wangen und hebt ihr Glas. »Ich hab auch Rhabarber im Garten.«

»Dann musst du wohl einen von uns heiraten«, erwidert Annika kichernd. »Sonst kriegst du das Rezept nicht.«

»Kein Problem«, ruft Laura glucksend, »wer stellt sich zur Verfügung?«

»Hm, mal überlegen«, sagt die Oma.

Sie beginnt ein Gespräch über die Junggesellen der Familie und das Mindestmaß an Verwandtschaftsgrad, mit dem man sich noch für das Familienrezept qualifiziert. Die Stimmung ist ausgelassen und heiter. Doch wie jeder weiß, dauert so eine Phase nicht lange, wenn Schnaps im Spiel ist. Schon bald zerlegt der Rhabarberlikör die Unterhaltung in Einzelteile. Annika führt ein (vermutlich an mich gerichtetes) Selbstgespräch über »wirklich heiße Kerle und verschiedene Dessoustaktiken, um sie rumzukriegen«. Biggi lächelt vor sich hin, während meine Mutter den Porzellanstempel auf der Unterseite der Kaffeetasse untersucht, ihr gesammeltes Wissen aus *Bares für Rares* referiert und erzählt, wie blöd manche dreinschauen, wenn sie merken, dass ihr angeblicher Familienschatz nur wertloser Plunder ist. Laura und die Oma unterhalten sich über Gartenarbeit, gleiten dabei in allgemeine Diskreditierung von Unkraut ab – was wirklich eine Plage ist, außer Brennnessel und Löwenzahn, wirft die Oma ein, die reinigen das Blut. Und Giersch, den hat man früher gegessen wie Spinat. Überhaupt, findet die Oma, heutzutage weiß man das Unkraut überhaupt nicht genug zu würdigen, da will man einfach immer nur alles rausreißen und auf den Kompost schmeißen.

»Aber du weißt doch, Oma«, sagt Biggi. »Unkraut vergeht nicht. Das sieht man doch an dir!«

»Da hast du auch wieder recht«, sagt die Oma zufrieden und schenkt nach.

Annika versucht jetzt, erotische Details aus meiner Beziehung mit Lorenzo zu erfahren, womit ich natürlich nicht dienen kann. Weil ich nicht anders kann, als dabei zu schmunzeln, bleibt sie am Ball, bis ich gestehe, dass ich Lorenzo geküsst habe und es mich glatt umgehauen hat.

»Du liebe Güte«, sagt meine Mutter und rollt mit den Augen. »Wo bleibt der Anstand, wenn man ihn braucht?«

Laura kichert siegesgewiss. »Wusste ich's doch!«, ruft sie. »Er hat dich um den Finger gewickelt. Dabei ist er gar nichts für dich!«

»Wieso das denn nicht?«, will Annika wissen.

»Das würde mich aber auch interessieren, du kennst ihn doch gar nicht«, rufe ich empört.

»Ich kenne solche Typen«, posaunt Laura. »Ich kenne sie alle!«

Woher?, frage ich mich, wo sie seit ihrem fünfzehnten Lebensjahr mit Helge zusammen ist.

»Ja, so Typen kennt man«, pflichtet auch meine Mutter ihr jetzt bei, und das klingt so ernst, dass die Temperaturen am Tisch um ein paar Grad sinken.

»Was ich aber immer noch nicht verstanden habe«, wirft Biggi ein, »ist Folgendes: Wenn Miriam ihrem Lorenzo hinterherfährt, wieso seid ihr beiden dann mit dabei?« Sie zeigt auf meine Mutter und Laura.

Meine Mutter, die sich ihr Glas vor die Nase hält und die dickflüssige rosa Flüssigkeit studiert, schaut Biggi überrascht an.

»Na, das war doch meine Pflicht als Mutter«, sagt sie. »Egal, wie alt Kinder werden, man hat am liebsten ein Auge auf sie.«

»Wir müssen einfach verhindern, dass Miri Dummheiten macht«, bestätigt Laura und kichert, als ob sie einen Scherz gemacht hätte.

»Also bitte!«, fährt Annika dazwischen. »Es ist doch wohl kein bisschen dumm, einem unglaublich schönen Italiener hinterherzufahren!«

»Da hört ihr es!«, rufe ich. »Wenigstens eine, die auf meiner Seite ist!« Noch ein Grund mehr, in den Westerwald umzusiedeln.

»Bravo«, ruft die Oma und schenkt nach.

»Wir sind doch auf deiner Seite«, beteuert Laura mit schlingernder Zunge, »aber du bist anscheinend nicht auf unserer!«

»Was soll das denn schon wieder heißen?«

»Das soll heißen«, setzt meine Mutter wichtigtuerisch an und richtet sich in ihrer Museumsdirektorinnen-Tunika auf. Ich fürchte, es folgt ein Monolog gespickt mit kulturellen Querverweisen, aber dann passiert etwas Überraschendes, und ich muss an den Kaktus denken, meine erste eigene Topfpflanze in meiner ersten eigenen Wohnung. Es war ein sehr schöner, stacheliger Kaktus, der meiner spärlichen Pflege trotzte. Ich bewunderte monatelang seine Robustheit. Doch eines Tages ist er ganz plötzlich wie ein Luftballon mit Leck zusammengeschnurrt mit seiner stachelübersäten Hülle. Er hatte noch sehr lange den Schein gewahrt, während er sich schon unbemerkt von innen aufgelöst hatte. Und so ähnlich ist es, wenn man mit Rhabarberlikör abgefüllt wird. Die Lesebrille meiner Mutter zittert vor Empörung, die Korallenohrringe schwanken aufgebracht hin und her, als sie hervorstößt: »Das soll heißen: Männer sind alle Schweine!« Sie reißt ihre Hände hoch und schmeißt dabei ihre Kaffeetasse runter.

»Huch«, sagt Biggi und fasst damit perfekt zusammen, was ich denke.

»Darauf trinken wir«, ruft die Oma und schenkt nach – den letzten Rest. Gott sei Dank ist die Flasche mit diesem verhängnisvollen Gesöff jetzt leer.

»Mama«, mahnt Laura mit kreisrunden Augen und bedeutet mir mit einer Handbewegung, dass ich die Scherben aufheben soll, weil sie ja Wichtigeres zu tun hat, nämlich dafür zu sorgen, dass meine Mutter nicht ausrastet. Zu spät, kann ich da nur sagen. Gebannt beobachte ich den Ausbruch.

»Was denn? Stimmt doch wohl! Männer sind alle Schweine«, wiederholt sie mit wellenschlagender Stimme. Laura will ihr das Glas vor der Nase wegschnappen, aber unsere Mutter ist noch erstaunlich flink und grabscht nach ihrer finalen Portion Rhabarberlikör, was die Sache nicht besser macht. Kaum hat sie ihn runtergestürzt, legt sie richtig los. »Erst kriegen sie einen rum, und dann lassen sie einen sitzen und hauen ab mit einer dürren Kuh, die einen Mezzosopran nicht von einem Sopran unterscheiden kann«, donnert sie und schwenkt ihr Glas im Takt, »und dann tun sie auch noch so, als wäre das ihr gutes Recht, dabei hat man alles für sie getan und sie verwöhnt und …«

Und da ist es also passiert: Meine Mutter lässt die Hüllen fallen und entpuppt sich mit drei Jahren Verspätung endlich doch als normale Frau, die das Ende ihrer Ehe in eine Grube voller Hass und Selbstmitleid stürzen lässt, aus der sie selbst nicht mehr rauskommt. Ich bin wie erstarrt von der Verwandlung der dünkelhaften Museumsdirektorin in ein trauriges Wrack, dem die Tränen aus den von Wimperntusche dramatisch verschmierten Augen quellen, während sie auf die Männer im Allgemeinen und ihren Ex-Mann im Speziellen schimpft. Laura, die sonst so zupackend ist, sitzt auf einmal auch zusammengeschrumpft da und starrt fassungslos auf das Spektakel. Meine Mutter redet zunehmend unzusammenhängendes Zeug, jetzt geht es auf einmal scheinbar um einen anderen Typen, einen »werten Herrn«, der sich erst als »Mann von Welt« aufgespielt und sich dann als totaler »Arsch« entpuppt hat, der sich erdreistete, ihr vorzuwerfen, sie sei eine »verbitterte Spaßbremse«. Der ihr verboten hat, mit nach Barcelona zu fahren und sich die Gaudí-Bauwerke anzusehen und sich mit Tapas und Rotwein zu betrinken. Die Oma nickt vielsagend mit dem Kopf.

»Mama«, versuche ich, sie zum Schweigen zu bringen.

»Ach, sei still«, blafft sie mich an, »Simon hat dich doch genauso hintergangen, auch wenn du noch so sehr tust, als wäre alles bestens.«

Ich schnappe nach Luft.

»Wir sollten vielleicht mal was essen«, schlägt Biggi vor.

»Und ich dachte schon, niemand käme hier auf die Idee, uns mal was zu essen anzubieten. Prost!«

Meine Mutter kippt den letzten Schluck Rhabarberschnaps, stellt das Glas ab, ihre Augen verdrehen sich. Laura und ich springen auf, wobei ich mich kurz an der Tischkante festklammern muss, bis mein Gleichgewicht auch mitgekommen ist. Gemeinsam legen wir die Schnapsdrossel auf die Hollywoodschaukel, wo sie umgehend anfängt zu schnarchen.

»Da waren es nur noch fünf«, sagt die Oma und scheint darüber weder erstaunt noch bekümmert.

Für einen Familienbecher braucht man nicht unbedingt eine Familie. Es reicht auch viel Appetit.

32

Ich versuche, das Geschehen irgendwie einzuordnen, aber meine Gedanken sausen mit der Wucht einer Schiffschaukel hin und her, nach links, nach rechts und immer höher, was leichte Übelkeit verursacht. Währenddessen fangen die Westerwälder Damen an, das Kaffeegeschirr abzuräumen. Sie bewegen sich, als wäre nichts geschehen, als hätten wir gerade nicht eine Gallone Rhabarberlikör getrunken und als hätte meine Mutter keinen desaströsen Abgang hingelegt. Die Oma redet was von Zungenwurst, die sie jetzt unbedingt essen möchte, aber schön scharf mit Senf, woraufhin ein Streit zwischen den Frauen ausbricht, ob Brat-, Jagd-, Zungen- oder Blutwurst der Vorzug gegeben werden soll, was sich so anhört, als wäre die Diskussion schon Tradition. Die drei verschwinden hinter dem raschelnden Perlenvorhang. Laura und ich sitzen allein an dem Tisch, auf dem eine hellgrüne Wachsdecke mit abgeschabtem Rosenmuster liegt. Ein paar Fliegen kriechen darauf herum. Meine Mutter schnarcht, die Hollywoodschaukel wackelt im Takt ihres Atems, ein Tropfen Spucke läuft aus ihrem Mundwinkel.

»Wer hätte das gedacht?«, sage ich. Als Laura nicht antwortet, füge ich hinzu: »Ich jedenfalls nicht.«

Ich kichere ein bisschen.

»Lass das«, fährt Laura mich an.

»Was denn?«

»Dich über Mama lustig zu machen.«

»Tu ich doch gar nicht.«

»Tust du wohl.«

»Nein.« Ich muss plötzlich richtig lachen.

»Verstehst du denn nicht?« Laura wird auf einmal fuchsteufelswild und fuchtelt mit den Händen. »Wenn Mama auf einmal in der Öffentlichkeit heult, dann kann man sich auf gar nichts mehr verlassen. Dann ist nichts auf der Welt mehr sicher.« Sie springt auf und rauscht in den Garten hinein, wobei sie fast über einen Hula-Hoop-Reifen fällt, der im Gras rumliegt. »Scheißding«, kreischt sie und tritt nach dem Reifen, was nicht viel Sinn macht und sie ein weiteres Mal fast zu Fall bringt.

Wutentbrannt stapft sie an einem Komposthaufen und dem Sandkasten vorbei und verschwindet hinter einer Reihe Tannen. Meine Mutter im Schnarchkoma, Laura beleidigt, und ich plötzlich allein am Tisch. Was für ein Tag!

Kann kaum glauben, dass ich heute Morgen erst aufgebrochen bin, voller Freude darüber, mein altes Leben mit seiner ganzen lähmenden Vernunft hinter mir zu lassen und nach Italien zu reisen und das Glück zu finden, vielleicht. Jetzt hänge ich hier im Westerwald mit einer betrunkenen Mutter und einer hysterischen Schwester und muss gleich Zungenwurst mit Senf essen. Ich meine, ich wusste natürlich, dass es eine Reise von unbestimmtem Ausgang werden würde. Genau deswegen habe ich sie ja angetreten. Aber jetzt frage ich mich doch: Was sollen mir die Ereignisse der letzten Stunden sagen? Welches Zeichen will das Schicksal mir geben? Und spielt das überhaupt eine Rolle? Nein, vermutlich nicht.

Ich höre ein Klimpern, dann schwere Schritte. Es ist Harry,

der ums Haus auf die Terrasse tritt. Er deutet auf meine schnarchende Mutter. »Omas Rhabarberlikör?« Ich nicke. »Das war zu befürchten.« Er hält etwas Silbernes hoch, das ich nach angemessener Betrachtung als den Schlüssel des Eiswagens identifiziere. »So, alles fertig. Ihr könnt los.«

»Aber … Wie jetzt?«, frage ich eloquent.

»Na, ich sollte den Wagen reparieren, also hab ich den Wagen repariert.«

»Aber… wie? Ich meine, was?« Ich räuspere mich und kratze die Reste meiner Selbstbeherrschung zusammen. »Also, was war es denn jetzt? Der Keilriemen oder die Kardanwelle?«

»Nur ein kaputter Schlauch.«

Es folgt ein Monolog, in dem die Begriffe Zylinderkopfhaubenentlüftung, Abgaskrümmer und Drosselklappe vorkommen, und ich nicke dazu gewichtig, als hätte ich total den Durchblick. Er will ganze zwanzig Euro für die Reparatur haben, das erscheint mir viel zu wenig, und ich gebe ihm fünfzig.

»Wir haben schließlich Ihren Rhabarberlikör ausgetrunken.«

»Ob diese Rechnung aufgeht, weiß ich nicht«, sagt er, steckt das Geld aber ein. Er schiebt den Perlenvorhang zur Seite und verschwindet im Inneren des Hauses. Ich höre Tumult, als Biggi ihn ertappt, weil er mit Arbeitsschuhen durch das Wohnzimmer latscht. Kurzes Wortgefecht, dann erscheint Biggi mit einem Tablett auf der Terrasse.

»Hab gehört, euer Wagen ist doch schon fertig geworden.«

»Ja«, sage ich. »Nur jetzt sind wir überhaupt nicht mehr fahrtüchtig. Entschuldigung.«

»Ach, kein Problem. Ihr könnt das Gästezimmer im Keller haben«, bietet Biggi mir an und deckt mit geübten Handbewegungen den Tisch.

Teller, Gläser, Schälchen mit Oliven, eingelegten Peperoni

und Gewürzgürkchen. Mir läuft das Wasser im Mund zusammen.

»Ihr seid so nett«, entfährt es mir. »Ihr wohnt hier alle zusammen und seid trotzdem so nett zueinander. Wenn ich mit meiner Mutter und meiner Schwester zusammenwohnen würde, das wäre ein totales Desaster.«

»Ach was, man muss nur von Zeit zu Zeit mal Dampf ablassen, dann klappt das schon.«

»Ich hab mich noch nie mit meiner Mutter gestritten, ich meine, so richtig. Ich weiß gar nicht, wie das geht«, sage ich. »Sie zischt mir immer nur Vorwürfe zu. Oder Sätze, die wie Vorwürfe klingen, und ich weiß dann nicht, was ich sagen soll.«

»Einfach das, was du denkst. Und wenn du mal übers Ziel hinausschießt, kannst du dich immer noch entschuldigen.« Sie lacht. »Mit Familie zu streiten, ist doch eigentlich einfach. Wenn man das Gleiche zu Freunden sagen würde, würde man sie nie wiedersehen. Aber die Familie bleibt sowieso an einem kleben, ob man will oder nicht.«

Sie hat ihr Tablett geleert und geht noch mal in die Küche und lässt mich nachdenklich zurück. Ja, so ist das wohl, denke ich und betrachte meine schlafende Mutter. Andererseits haben wir beim Notar schon einiges erlebt, wo es am Anfang hieß, wir einigen uns gütlich und am Ende hat keines der Familienmitglieder mehr mit dem anderen auch nur ein Wort gesprochen, jedenfalls nicht ohne Anwalt. Andererseits – selbst wenn man nicht mehr miteinander spricht oder sich nur streitet, behält man seine Eltern und Geschwister für immer. Es gibt keine Ex-Schwestern, keine Ex-Brüder, Ex-Mütter oder Ex-Väter. Nur Ex-Männer. Und davon jede Menge. Na ja.

Auf der anderen Seite gibt es nur zukünftige Ehemänner. Keine zukünftigen Schwestern. Ablegen kann man die Blutsverwandten nicht. Erwerben oder hinzugewinnen ebenfalls nicht.

Ich würde ja jetzt versuchen, der Sache weiter auf den Grund zu gehen, die Gewürzgürkchen glänzen jedoch so verführerisch in der Sonne, und mir läuft das Wasser im Mund zusammen. Aber nachdem meine Mutter sich hier schon so schräg benommen hat, werde ich jetzt nicht das Büfett plündern, bevor es freigegeben ist.

Um mich abzulenken, gehe ich Laura suchen und finde sie am Ende des Gartens, der ungefähr so lang ist wie ein Fußballfeld. Sie hockt auf einer Kinderschaukel und nestelt an ihrem Handy. Ich setze mich auf die zweite Schaukel.

»Alles okay?«, frage ich.

»Ja«, behauptet sie. »Nur dieser Likör. Der macht einen ja völlig kirre.«

Eine Weile sitzen wir so auf der Schaukel. Es ist eine Ewigkeit her, dass ich mit meiner Schwester mal ein echtes Gespräch geführt habe, nur wir beide allein. Ich kann mich im Moment gar nicht erinnern, wann wir uns das letzte Mal ernsthaft unterhalten haben. Entweder Helge war dabei oder unsere Eltern oder mindestens unsere Mutter.

»Was ist denn los bei euch?«, frage ich. »Irgendwas stimmt doch da nicht.«

»Nee, da stimmt wirklich was nicht. Helge spinnt einfach.« Sie schaukelt zweimal vor und zurück, ohne die Füße vom Boden zu heben. »Das Badezimmer muss renoviert werden, aber Helge meint, das wäre nur unnötiger Stress. Dabei sind unsere Fliesen so hässlich! Ehrlich, ich weiß nicht, warum ich mir die damals ausgesucht hab. Ich dachte, sie wären zeitlos und schön und praktisch. Und ich war mir sicher, dass ich sie niemals satthaben würde. Jetzt kann ich sie nicht mehr sehen.«

»Hm«, mache ich und beobachte eine Biene, die sich über die Blüten eines Sommerflieders hermacht. »Und ihr hattet auch Stress wegen der Arzthelferinnen.«

»Ja, aber nur, weil Helge so bekloppt ist. Er meint, ich würde überall die Kontrolle an mich reißen, und ich sollte mal was lockerer werden. Ha! Was kann ich dafür, dass er so eine Schlafmütze ist. Er weiß einfach nicht, was ich da draußen durchmache mit all den Dummbratzen.«

Die Bienen summen einträchtig um die lila Blüten herum, ganz entfernt hört man ein Auto, und von irgendwoher riecht es ein bisschen nach Schaf.

»Erklär es ihm doch.«

»Hab ich, aber er sieht das anders.«

Wie unverschämt von ihm, eine eigene Meinung zu haben, denke ich.

»Man muss Kompromisse machen«, sage ich vorsichtig.

»Man muss das machen, was am besten ist«, hält Laura dagegen.

»Wer bestimmt denn, was das Beste ist?« Ich finde, meine diplomatischen Fähigkeiten unter diesen rhabarberbeschleunigten Bedingungen mal wieder herausragend. Nur leider bin ich die Einzige.

Laura stöhnt jedenfalls genervt. »Ich weiß, dass du denkst, ich hätte unrecht.«

»Das denke ich gar nicht, nur …«

»Ich sag dir mal was: Zurückstecken ist vielleicht dein Lebensmotto, aber nicht meins.«

»Du meine Güte!«, rufe ich aufgebracht. »Das fängt an, mir gewaltig auf den Keks zu gehen. Jedes Mal, wenn ich nur eine klitzekleine Kritik anbringe, drehst du am Rad.«

»Du drehst selbst am Rad! Einfach mit dieser Schrottkarre loszufahren, also echt. Das ist doch bescheuert!«

»Na und? Keiner hat dich eingeladen«, schreie ich.

»Tja. Pech gehabt, dass ich dir helfen will.«

»Du hilfst mir aber nicht!«

»Dann kann ich ja abhauen«, brüllt Laura.

»Tu das! Bitte, tu das.«

Laura springt wütend auf, hat aber nicht damit gerechnet, dass die Schaukel unter ihr nachgibt, deswegen kippt sie nach hinten und muss sich an den Seilen festklammern, was ziemlich ulkig aussieht, weil sie sich so verrenkt. Meine Mundwinkel zucken verdächtig.

Laura zischt: »Wag es nicht, mich auszulachen! Wag es nicht!«

Sie hat ihr Gleichgewicht wiedergefunden und stapft zurück in Richtung Haus. Nach Biggis Theorie müsste das ja jetzt wohltuendes Dampfablassen gewesen sein. Dennoch fühlt es sich gar nicht so an. Ich sitze noch eine Weile auf der Schaukel und betrachte die Bäume, in deren Blättern sich das Sonnenlicht fängt. Hinter den Tannen steigen Rauchzeichen auf.

Ein vielleicht zehnjähriger Junge kommt mit einem Kettcar über die Wiese geholpert. »Essen ist gleich fertig, soll ich sagen«, sagt er.

Er wendet in drei Zügen und fährt zurück über die Wiese, die linke Hand am Steuer, die rechte lässig auf dem Oberschenkel.

Ich denke an Basti und rufe noch mal zu Hause an, aber niemand nimmt ab. Ich schicke ihm ein Foto mit den Infos, wo wir sind (ungefähr).

Geht wegen einer Panne morgen erst weiter, schreibe ich.

Kurz darauf die Antwort von ihm: *Ok.*

Ich: *Geht's euch gut?*

Er: *Ja.*

Ich stecke das Handy in die Hosentasche, genau wie die aufsteigende Melancholie über das Zerbröckeln der Verbindung zu meinem Sohn.

Jetzt gibt's erst mal Wurst.

Eis in der Sonne ist überflüssig.

33

Die Oma bestreicht mit Genuss Senf auf die violette Wurst, in der blassrosa Querschnitte einer Zunge zu sehen sind, die mich an eine Computertomografie erinnern. Anatomiekurs, Metzgerseminar.

Ich hab mich für Bratwurst entschieden und konzentriere mich darauf. Bei der kann man wenigstens nicht erkennen, was alles darin verarbeitet wurde. Die himmlische Ahnungslosigkeit des Fleischessers. Dazu gibt es Kartoffelsalat und Nudelsalat.

»Die Bratwurst machen wir nach einem alten Hausrezept«, sagt die Oma. »Mit einem schönen Riesling. Ein Schuss Wein in der Wurst macht einfach den Unterschied.«

»Oma, du bist und bleibst eine Suffnase«, neckt Annika.

»Sag das noch mal, und ich hol den Kümmelschnaps«, sagt die Oma und schenkt sich ein Bier ein.

»Das ist so lecker«, lobe ich. »Vielen Dank, dass wir mitessen dürfen.«

»Das ist nicht nur lecker«, sagt Laura, »sondern superköstlich!«

»Sie haben es aber auch so schön hier«, schwärme ich. »Der Garten, der Ausblick, die Luft!«

»Wunderschön«, ereifert sich Laura. »Mein Mann und ich sitzen immer gern im Garten, wenn wir nach einem anstrengenden Tag in unserer Orthopädiepraxis nach Hause kommen.«

»Wer will noch?«, ruft Harry, der mit einem Teller frisch gebräunter Bratwürste vom Grill kommt.

Alle recken ihre Teller.

»Danke, die sind wirklich gut«, sage ich.

»Besonders vorzüglich«, trumpft Laura auf, »und richtig gut gegrillt. Mein Mann grillt ja auch gern. Neulich hat er mit einem Kollegen aus der Radiologie …« Sie ergeht sich in einem Monolog, der sich formal um Grilltricks dreht, dessen einziger Zweck dennoch ist, unseren Gastgebern die Wichtigkeit ihres Doktorengatten unter die Nase zu reiben und seine Großartigkeit zu preisen. (Das Wort Schnarchnase kommt natürlich nicht vor.) Ich versuche ganz dringend, keinen Gedanken an Männer ohne Doktortitel, die Dirk heißen, zu verschwenden. Lauras Geschwafel zieht in den Abendhimmel hinauf, während sich alle andächtig dem Essen widmen.

»Wollt ihr eurer Mutter mal was bringen?«, fragt Biggi. »Die kann sicher einen Happen vertragen.«

Meine Mutter hat sich inzwischen ins Gästezimmer zurückgezogen. Als sie vorhin auf der Hollywoodschaukel wachgeworden ist und sich der Umstände ihres Wegdämmerns bewusst wurde, hat sie geschluckt, ist aufgestanden und sich durch die Haare gefahren.

»Ich muss mich frischmachen«, hat sie gesagt und ist von der Terrasse gestakst, mit unbestimmtem Ziel. Biggi hat uns dann schnell das Gästezimmer im Keller gezeigt, das sogar über ein eigenes Badezimmer verfügt. Dort haben wir unsere Mutter hingebracht. Sie ist erst mal im Bad verschwunden und mit deutlich renoviertem Gesicht wieder rausgekommen. Dann hat sie sich auf die Bettkante gesetzt und sauertöpfisch geguckt.

»Was sind das nur für Barbaren hier«, hat sie geschimpft und sich auf die frisch duftende Bettwäsche sinken lassen.

»Barbaren, die unser Auto reparieren und uns ein Bett und Essen anbieten«, hab ich gesagt.

»Und uns zum Trinken dieses Teufelsgebräus zwingen, also wirklich!«

»Das war wirklich gemeingefährlich«, hat Laura ihr beigepflichtet. »Wer weiß, warum die das gemacht haben. Vielleicht wollten sie uns in eine Falle locken.« Sie sah sich in dem dunklen Raum um, der nur ein kleines Klappfenster hat. »Wenn die uns in diesem Verlies einsperren, kommen wir nie wieder raus.«

»Verschwörungstheorien sind nicht angebracht«, hab ich gesagt. »Es gibt gleich Bratwurst.«

Laura hat verächtlich geschnaubt, als ob ich hier die Verrückte wäre, die ihrer Leichtgläubigkeit zum Opfer fiel. Trotzdem wollte sie sich das Abendessen nicht entgehen lassen. Meine Mutter hat es vorgezogen, auf dem Zimmer zu bleiben. »Bei diesen Leuten werde ich mich nicht noch einmal blicken lassen«, hat sie geunkt und sich ins Bett gelegt.

Biggi hat jetzt einen Teller für sie vorbereitet und reicht ihn mir, aber da springt Laura auf und grabscht danach. »Das ist so nett, wirklich, ihr seid zauberhafte Gastgeber.«

Ich komme nicht dazu, mich über ihre übergriffige Schleimerei aufzuregen, denn jetzt biegen unter großem Hallo Ramona und Karl um die Ecke. Laura starrt sie verdutzt an und verschwindet mit dem Teller die Gartentreppe runter.

»Naaaaaa«, sagt Ramona. »Schon am Essen?«

»Wir wussten nicht genau, wann ihr kommt«, antwortet Biggi mit vollem Mund.

»Siehste Karl, sie wussten nicht, wann wir kommen«, sagt Ramona vorwurfsvoll zu ihrem Mann.

»Aber ich hab es ihnen gesagt am Telefon.«

»Anscheinend ja nicht.«

»Du standst doch neben mir, als ich telefoniert hab.«

»Ich hab aber in meiner Backzeitschrift geblättert, weil ich doch am Wochenende die Holländer Kirschtorte machen will.«

»Ist die mit Baiser?« Karl verzieht erschrocken das Gesicht.

»Nein. Die magst du. Die ist mit Blätterteig.«

»Blätterteig?«, fragt Karl zurück.

»Wollt ihr euch nicht mal setzen?«, unterbricht Biggi das Privatgespräch.

Sie setzen sich und bekommen sogleich all die leckeren Sachen aufgetischt. Es folgt ein weiterer Crashkurs in Sachen *Das Kuriosum Westerwald*, bis die Sonne endgültig untergegangen ist.

Ich fühle mich fremd und doch wieder nicht. Es scheint so selbstverständlich, dass ich hier mit am Tisch sitze, als ob ich nicht einfach nur eine Durchreisende wäre, sondern dazugehören würde. Manchmal ist es einfacher, sich in einer fremden Familie wohlzufühlen als in seiner eigenen. Staunend beobachte ich Ramona und Karl und würde gern wissen, ob sie glücklich sind bei all der Kabbelei. Sie scheinen es jedenfalls zu sein. Wie die beiden sich wohl gefunden haben? Und ob sie von Anfang an wussten, dass sie füreinander bestimmt sind?

Auch Biggi und Harry geben ein nettes Paar ab. Da ist zwar nicht diese überbordende Romantik, kein Geflirte, aber sie wirken so vertraut und zufrieden miteinander, eingespielt. Wieder verspüre ich den Schmerz über die Niederlage in Sachen Liebe. Aber auch die Hoffnung, dass ich bald hinter das Geheimnis komme, wie man mit dem Herzen richtig sieht. Denn vielleicht ist es ja wirklich Lorenzo, und diese Reise endet tatsächlich auf Wolke sieben[3]. Wäre das nicht einfach wunderbar? Endlich ein Happy End für mich. Wäre mal was Neues.

Mit diesem Gedanken verabschiede ich mich von meinen

Gastgebern und gehe zu meiner Mutter und Laura, die auch nicht wiedergekommen ist, seitdem sie das Essen runtergebracht hat. Als ich an der Tür des Gästezimmers klopfe, liegt sie auf der einen Seite des Doppelbetts und tippt auf ihrem Handy herum. Meine Mutter schnarcht neben ihr leise vor sich hin. Laura scheint es nicht zu interessieren, wo ich die Nacht verbringe. Sie macht jedenfalls keine Anstalten, mir die Betthälfte anzubieten. Aber das kommt mir sogar entgegen, denn ich habe Plan B beschlossen.

»Ich schlafe im Eiswagen«, sage ich.

Clevererweise hab ich eine Kuscheldecke mitgenommen und ein Kissen und hab mir das Bett auf der Vorderbank schon eingerichtet, die ja durchgehend ist und damit lang genug. Ich lege meine Jacke und meine Handtasche auf den Tisch und gehe nur mit Zahnbürste bewaffnet in das winzige Bad, das in Orange gekachelt ist. Aus dem Spiegel schaut mir eine Person entgegen, die mir erst einmal fremd vorkommt. Aber sie sieht erstaunlich gut aus. Ich komme mir fast schon erholt vor. Oder es sind das schwummrige Licht und die Nachwehen des Rhabarberlikörs, die alles wie weichgezeichnet wirken lassen? Vielleicht liegt es auch einfach nur daran, dass ich verliebt bin.

Als ich auf der Sitzbank im Eiswagen liege und mich in meine Decke einmummle, schaue ich eine ganze Weile durch die Frontscheibe in den Himmel, der von Sternen übersät ist. Als eine Sternschnuppe aufleuchtet, fasse ich das als gutes Zeichen auf. Sowieso bin ich sehr hoffnungsvoll. Bevor der Schlaf mich einlullt, denke ich noch mal an den kommenden Morgen. Da werde ich nämlich den Egoismus meiner Mutter und meiner Schwester, die sich das Bett gekrallt haben, für meine Zwecke nutzen und in aller Frühe abhauen. Es wird Zeit, die Reise endlich so zu machen, wie ich das will: allein.

Eis am Morgen vertreibt Kummer und Sorgen.

34

Schokoladeneis zum Frühstück, das werde ich mir gleich gönnen, denke ich beim Aufwachen. Wenn man schon in einem Eiswagen übernachtet, sollte man die Vorteile auch nutzen. Schließlich ist es eine Art Wohnmobil mit Kühltruhe. Ich spähe durchs Fenster. Harry ist anscheinend auf dem Weg zur Arbeit, ich erkenne ihn kaum, als er in Anzug und Schlips in sein Auto steigt. Die Oma kommt in ihrer Kittelschürze aus dem Hühnerstall und sieht schon wieder gefährlich tatendurstig aus. Während des Essens hat sie erzählt, dass sie dringend neuen Eierlikör ansetzen muss. Zeit für mich zu verschwinden! Morgentoilette werde ich dann – total Trucker-Style – an der nächsten Raststätte machen.

Aber natürlich haue ich nicht ab, ohne mich bei der netten Gastfamilie zu bedanken. Dafür werde ich mich stellvertretend an die Oma wenden, die noch auf dem Hof rumwuselt, damit ich nicht noch meiner Mutter und Laura über den Weg laufe. Ich steige aus dem Wagen aus und suche im Reflex nach dem Autoschlüssel. Doch er ist nicht da, wo ich ihn gehabt habe – in meiner Fleecejacke. Komisch, da hab ich ihn doch reingesteckt, nachdem ich gestern Abend mein Bett gemacht habe und noch mal zum Zähneputzen ins Haus gegangen bin, denke ich. Ich gehe zurück zum Auto und suche in meiner Handtasche, aber auch dort finde ich ihn nicht. Mist. Ich muss ihn irgendwo verloren haben.

»Hallo, Oma«, sage ich, weil sie von allen so genannt wird.

»Morgen«, antwortet sie. »Gleich einen schönen Kaffee?«

»Nein, danke. Ich…«

»Einen Kaffee mit Schuss?«

»Nein … äh. Auch nicht. Meinen Autoschlüssel suche ich.«

Sie kann mir nicht weiterhelfen. Ich überprüfe die Terrasse, ob er da irgendwo unter dem Tisch liegt. Aber das kann ja gar nicht sein, da ich nach dem Bettmachen im Eiswagen nur noch im Gästezimmer war. Und in dem Moment wird mir klar, was passiert ist. Laura, dieses hinterhältige Luder, hat ihn aus meiner Tasche gemopst, als ich das Bad benutzt habe! Diese Schlange hat anscheinend schon geahnt, was ich vorhabe.

Der Perlenvorhang raschelt, und Biggi guckt aus der Tür. »Hey, Frühstück ist fertig!«

Ich folge ihr in die Küche, wo meine lieben Verwandten schon an einem großen Eichentisch sitzen und ihr Ei löffeln. Durch den Kaffeeduft wabert Chanel Nr. 5, das Parfüm meiner Mutter, die offenbar ihren gestrigen Aussetzer wieder wettmachen will, indem sie auf Grande Dame macht. Gerade hält sie einen Vortrag über die kulturelle Wüstenei auf dem Land, die quasi jede intellektuelle Weiterentwicklung der Bevölkerung verhindert. Ich gucke Laura an, sie guckt mich an und verzieht hämisch die Mundwinkel. Sie weiß, dass ich weiß, dass sie mir den Schlüssel aus der Tasche stibitzt hat, und ich weiß, dass sie es weiß.

»Selbst gebackenes Brot«, sagt Biggi und hält mir den Korb voller duftender Brotscheiben hin. »Von Oma.«

»Dann steckt da wahrscheinlich Korn drin«, sage ich.

Biggi lacht. »Vermutlich sogar Doppelkorn!«

»Und wenn in so ländlichen Gegenden was stattfindet, dann ist das ja nur der Grabbeltisch der Kleinkunst«, sagt meine Mutter und beendete ihren Monolog.

»Ich finde, wir haben hier schon interessante Kultursachen«, widerspricht Annika. »Wir haben neulich den Auftritt von Aktenpfeife XY gesehen. Die Veganerwitze waren lustig.«

Ich verschlucke mich fast an meinem Kaffee.

»Echt«, sagt Biggi. »Wirklich witzig.«

»Über Veganer zu lachen ist nichts Besonderes«, urteilt meine Mutter gnadenlos, »das kann ja jeder.«

»Wollt ihr noch was bleiben?«, fragt die Oma. »Heute Mittag gibt es Nierengulasch.« Es ist halb neun, als wir zum Eiswagen gehen. Die Oma hat es sich nicht nehmen lassen, uns noch eine Flasche Rhabarberlikör mitzugeben. »Man weiß nie, wann man sie braucht«, sagt sie dazu. »Außerdem denkt ihr dann noch mal an uns kleinen Leute hier im Westerwald.«

»Kleine Leute, Oma?«, sagt Biggi. »Wir doch nicht.«

»Auch wieder wahr.«

Wir verabschieden uns und steigen ein. Um einen Eklat vor den Augen unserer Gastgeber zu vermeiden, gebe ich Lauras Drängen nach und überlasse ihr das Steuer. Ich bereue es bereits, als sie rumpelnd in die Landstraße einbiegt. Aber dann geht es kilometerlang nur geradeaus, und überholen kann man mit dem Eiswagen auch niemanden, von daher beruhige ich mich ein bisschen. Wir erreichen die Autobahn. Es ist Dienstagvormittag auf der A3. Mäßiges Verkehrsaufkommen. Wir biegen ab in Richtung Heidelberg. Meine Mutter sucht einen Radiosender, es kommt zu einer Diskussion, die damit endet, dass wir uns auf einen Kanal mit Weltmusik einigen, woraufhin sie als Gegenleistung einfordert, dass sie dann bestimmen kann, wo wir zu Mittag essen, nämlich ganz sicher nicht an einer Raststätte. Auch Laura will von der Autobahn abfahren, um nicht so einen Fraß vorgesetzt zu bekommen. Meine Reisebegleiterinnen sind der Ansicht, dass ein gutes Essen keine Zeitverschwendung ist. Ich nicke es ab, obwohl ich mir ja einfach ein Brötchen an der Tanke geholt hätte.

Gegen elf Uhr dreißig fahren wir von der Autobahn ab. Meine Mutter hat über ihr Handy ein Restaurant mit guten Bewertungen gefunden, das nur acht Minuten hinter der Abfahrt in einem kleinen Örtchen namens Oberknöchting liegt. Das Gute an dem Stopp ist, dass wir außerdem Fahrerwechsel machen können. Lauras Fahrstil mit abrupten Spurwechseln und absurden Überholmanövern mit Lastwagen, die drei Stundenkilometer langsamer fahren, machen mich auf Dauer nervös.

Hinter der Abfahrt gabelt sich die Straße in zwei Spuren. Laura bleibt auf der linken Spur und fährt auf eine Ampelkreuzung zu. Es ist rot. Ich nutze die Gelegenheit, das Fenster runterzukurbeln und ein bisschen frische Luft reinzulassen. Wir stehen keine dreißig Sekunden, da hält neben uns ein bunt bemaltes Fahrzeug in unserer Größe. Eine drollige Dinosaurier-Krokodil-Kreuzung sitzt unter einem Regenbogen mit Eistüte in der Pfote auf der Seitenwand.

»Hey, da ist ja noch ein Eiswagen«, sage ich und winke dem Fahrer freundlich zu.

Er starrt finster zurück und gibt Gas im Leerlauf. Sein Motor röhrt bedrohlich auf.

»Was ist denn mit dem los?«, fragt meine Mutter.

»Der denkt vielleicht, wir wollten ihm die Kundschaft wegschnappen«, überlege ich.

»Oder er ist einfach ein Macho-Arsch«, sagt Laura, »na warte.« Sie gibt auch Gas im Leerlauf. »Das wird ihn einschüchtern.«

Tut es offenbar nicht. Der Mann steigt sofort in den Motoraufheul-Battle ein und hebt drohend die Faust in unsere

Richtung. Dann ertönt eine Melodie. *Mr. Sandman, bring me a dream.* Gespielt von einem Synthesizer des Grauens. Es ist die Eiswagenerkennungsfanfare unserer Konkurrenz, und sie klingt wie aus einem Horrorfilm. Stephen King lässt grüßen!

Laura starrt gebannt auf die Ampel, während sie mit dem Gaspedal spielt.

»Was hast du vor?«, frage ich bang. »Du wirst doch nicht …«

In dem Moment wird es grün. Der Dino-Eiswagen donnert los. Quietschende Reifen, eine riesige Abgaswolke aus dem Auspuff. Laura drückt das Gaspedal ebenfalls voll durch, und wir schießen nach vorne, soweit das mit diesem antiken Gefährt möglich ist. »Nicht!«, rufe ich panisch, aber Laura ist schon in ihrem Element. Ich weiß nicht, wie sie das macht, sie schaltet jedenfalls wie von Sinnen und holt mit unserer Klapperkiste auf. Schon bald rasen wir auf der Spur neben dem Dino-Eiswagen auf gleicher Höhe. Eine Kreuzung vor uns. Die Ampel zeigt grün. Und zwar schon ziemlich lange.

»Hör auf! Das bringt doch nichts«, schreie ich japsend und klammere mich am Seitengriff fest. Meine Mutter sucht rudernd nach irgendwas, woran sie sich festhalten kann, und landet mangels Alternativen mit ihrer rechten Hand auf meinem Oberschenkel. Der Dino-Eiswagen fährt schneller. Die Ampel wird gelb. Laura ist knapp dahinter und schießt bei Rot über die Kreuzung. Wir können uns einen kleinen Vorsprung erobern, weil der Dino-Wagen wegen eines Rechtsabbiegers abbremsen muss.

»Hahahaha«, brüllt Laura. »Nimm das, du Penner!«

Sie rast weiter. Doch der andere Eiswagen bleibt hinter uns. Ich schaue panisch in den Außenspiegel. Die *Mr.-Sandman*-Melodie ertönt, sie jagt uns! Ich kann sie schwach hören durch das Jaulen der Motoren. In fünfhundert Metern wird die Straße einspurig. Kurz dahinter ist das Ortsschild, das wie die

Fahne des Zieleinlaufs winkt. Bis dahin muss das Rennen entschieden sein. Der Dino-Eiswagen schließt wieder zu uns auf. Noch zweihundert Meter, bis die Straße einspurig wird. Einer muss einlenken. Und wie ich meine Schwester kenne, wird sie es nicht sein. Diesmal wird es unser Untergang, endgültig.

»Jesses, Maria und Josef«, keucht meine Mutter.

»Laura!«, schreie ich.

Noch fünfzig Meter, bis unsere Spur endet, noch dreißig. Plötzlich lässt sich der Dino-Eiswagen zurückfallen. Laura biegt vor ihm ein, schreit im Siegestaumel auf, als wir als Erste die Ziellinie überqueren, das Ortsschild Oberknöchting heißt uns willkommen. Laura bleckt triumphierend ihre Zähne, was ziemlich dämlich aussieht. Wie wir kurz darauf auf einem amtlichen Lichtbild feststellen müssen.

Wer sich auf dünnes Eis begibt, muss mit einem dicken Ende rechnen.

35

Die Freude über den Sieg währt nur so lange, bis wir die rote Kelle sehen, die zu dem Arm eines Polizisten führt, der in Uniform und mit wichtiger Miene am Seitenrand steht und uns zum Anhalten auffordert. Ein weiterer Polizist leitet uns auf einen Parkplatz.

»Kacke«, entfährt es Laura, unsere Mutter schnalzt mit der Zunge. Während Laura auf den Parkplatz fährt, rollt der Dino-Eiswagen an uns vorbei, natürlich spielt er erneut seine Melodie. Das hämische Grinsen des Fahrers leuchtet bis zu uns rüber. Dieser Mistkerl kannte sich natürlich hier aus und wusste, dass hinter dem Ortsschild eine Radarfalle lauerte. Laura hält mit einem Ruck auf dem Parkplatz. »Na, dann wollen wir mal sehen«, sagt sie und steigt aus.

Meine Mutter und ich folgen ihr.

»Na, das nenne ich mal einen dicken Fang«, ruft der Polizist mit begeistertem Blick auf die Daten auf seinem Tablet.

Er sieht aus, als müsste er sich noch nicht mal rasieren, ein echtes Milchgesicht, rote Flecken vor lauter Aufregung.

»Also bitte«, sagt Laura. »Für diese anzügliche Bemerkung könnte ich Sie verklagen!«

»Aber das war gar nicht so gemeint«, entgegnet der junge

Polizist, und seine Wangen flammen auf. »Ich meinte den Eiswagen. Und dass Sie achtundzwanzig Stundenkilometer über der erlaubten Höchstgeschwindigkeit waren. Und das mit diesem … äh … Auto.«

Sein Ausbilder steht hinter ihm, die Hände im Gürtel eingehakt, und beobachtet die ganze Situation in aller Ruhe. Der Milchbart zeigt uns jetzt auf einem Tablet das Foto aus der Überwachungskamera mit der eingeblendeten gemessenen Geschwindigkeit. 78 Stundenkilometer!

»Hilfe!«, ruft Laura. »Du meine Güte! Ich hab doch nicht solche Hamsterbacken. Was ist das denn für ein grausames Fotoprogramm? Wenn ich davon depressiv werde, mache ich Sie verantwortlich.«

Das Milchgesicht starrt sie verunsichert an, sein Ausbilder wirft ihm einen aufmunternden Blick zu, und der Kleine erinnert sich an die klassische Vorgehensweise.

Er räuspert sich. »Fahrzeugpapiere, bitte.«

Das ist natürlich ein Problem. Die haben wir nicht, will ich gerade sagen, da klappt meine Mutter das Handschuhfach auf. Ich hätte wirklich gedacht, die Nummer ist so ein Klischee, dass es sie gar nicht gibt, weswegen ich da nie nachgesehen hätte. Aber da ist tatsächlich ein offizielles Dokument! Samt Adresse von einem Alfredo di Carlo in Montecchio, Italia. Meine Mutter überreicht das Papier dem Polizisten.

»Wir bringen den Wagen nach Italien zurück«, sage ich schnell. »Im Auftrag des Besitzers.«

»Leider nicht sofort«, sagt der Polizist sachlich. Dann erklärt er uns, dass am Morgen in diesem Landkreis ein neues Konzept für Verkehrssünder in die Testphase gegangen ist. Es sieht vor, Verkehrssünder sofort zu gemeinnütziger Arbeit zu verdonnern. Pro angefangene zehn Stundenkilometer zu schnell eine Stunde. »Und zwar jetzt hier und sofort«, sagt der Polizist und hält Laura einen Müllsack, eine Warnweste und einen Greifer hin. »Da hinten im Park aufräumen. Für drei Stunden.«

Laura starrt ihn verwundert an. »Ich soll also Müllfrau spielen im Park. Für drei Stunden.«

»Genau.«

Laura legt die Stirn in Falten, und ich hoffe nur, dass sie sich nicht noch eine Strafe wegen Widerstands gegen die Staatsgewalt einhandelt.

»Und dann gibt es keine weitere schriftliche Verwarnung?«, fragt sie.

»Nur, wenn Sie sich weigern würden.«

»Kein Knöllchen von der Stadt?«, hakt sie nach. Der Polizist schüttelt den Kopf. Ich warte nur drauf, dass Laura die Situation eskalieren lässt, aber dann streift sie überraschend widerstandslos die Warnweste über. »Ist okay«, erklärt sie uns, nachdem der Polizist außer Hörweite ist. »Helge regt sich immer auf, dass ich so viele Knöllchen bekomme. Das hier ist zwar scheiße, aber wenn ich keine Post nach Hause bekomme, erfährt es Helge wenigstens nicht. Dann bleibt das hier unter uns und niemand …«

»Da hinten sind sie«, hören wir in dem Moment jemanden rufen, und eine Kamera wackelt auf Laura zu.

Das schwarze Objektiv wird auf sie gerichtet, ein Mikrofon wird ihr unter die Nase gehalten. Es ist ein Kamerateam des Südwestfunks, das über die neue Strafmaßnahme für Verkehrssünder berichtet. Erst macht Laura ein großes Gewese darum, nicht gefilmt werden zu wollen, und weil sie sehr überzeugend wirkt, lässt der Kameramann sein Gerät sinken. Laura nickt zufrieden. Da wird schon die nächste Verkehrssünderin gebracht, eine junge Frau mit roten Haaren und Divasonnenbrille. Die Reporter wollen sich auf sie stürzen. Laura checkt einmal ihre Leidensgenossin ab und willigt dann großmütig ein.

»Na gut«, sagt sie zu dem Mann mit dem Mikro. »Sie können mich filmen!« Das Kamerateam berät sich kurz, welcher von beiden Kandidatinnen jetzt der Vorzug zu geben sei.

»Warum muss bei dir eigentlich immer alles ein Wettkampf sein?«, frage ich Laura entnervt.

»Ist es doch gar nicht.« Sie wirft einen Blick auf die rothaarige Frau, die abseits steht und aufgeregt in ihr Handy quatscht. »Aber ich bin ja wohl viel fotogener und eloquenter als diese graue Maus. Los, Leute«, kommandiert Laura das Team. »Lasst uns anfangen.«

Schon marschiert sie vorneweg los in den Park, als wäre sie die Erste Abfallbeauftragte von Oberknöchting. Das Kamerateam dackelt ihr hinterher.

»Und jetzt?«, fragt meine Mutter.

»Jetzt gehen wir Mittag essen«, sage ich.

Wir durchqueren den Park, wo Laura mehr damit beschäftigt ist, Interviews zu geben, als aufzuräumen, und erreichen den Marktplatz. Kopfsteinpflaster, ein Brunnen in der Mitte und etliche Restaurants und Cafés drumherum. Wir entscheiden uns für Haus Mieberg, das im Internet für seine großen Portionen gelobt wird, und setzen uns an einen der äußeren Tische der Terrasse. Wir bestellen Räuberschnitzel mit Pommes und einen halben Liter Apfelschorle. Nachdem wir also die Restaurantrituale des Speisekartelesens und Bestellens hinter uns gebracht und ein paar Floskeln zu den historischen Fassaden der Häuser rund um den Marktplatz abgelassen haben, kommt der Moment, in dem ich mir bewusst werde, dass das die Gelegenheit ist, mal bei meiner Mutter ein paar Dinge anzusprechen, die mir schon lange auf der Seele liegen. Wir sind endlich mal allein. Und weit weg von zu Hause. Vielleicht können wir beide ein ehrliches, klärendes Gespräch führen.

Ich gucke meine Mutter an. Sie betrachtet das Blumengesteck aus Margeriten und Tulpen auf dem Tisch. Ich klappe den Mund auf. Jetzt werde ich ihr sagen, dass ich das Gefühl habe, es ihr nie rechtmachen zu können. Dass ich denke, dass sie mich für eine Versagerin hält. Und dass ich es schön fände, wenn sie mal weniger egoistisch sein und mal einen Schritt auf meinen Vater zugehen könnte. Wenigstens mir zuliebe. Im Kopf formuliere ich die Sätze, die möglichst wenig anklagend rüberkommen.

Ein Kind steuerte seinen Roller in eine Ansammlung räudiger Stadttauben, die flügelflatternd aufstieben, um sich ein paar Meter weiter erneut niederzulassen. Das fesselt meine Aufmerksamkeit und gibt mir noch eine willkommene Gnadenfrist.

»Mal sehen, ob das Kind sie jetzt erwischt«, sage ich.

»Tauben sind wirklich eine Plage«, sagt meine Mutter und fängt an, über die verheerenden städtebaulichen Schäden durch Taubenkot zu referieren.

Sie hat es gemerkt, denke ich. Dass ein Klärungsgespräch in der Luft liegt. Was uns dazu bringt, ein Smalltalk-Thema nach dem anderen auszuschöpfen. Wie wenn man seine Steuererklärung machen muss und dann erst mal die Bilder auf dem Schreibtisch abstaubt. Ich nicke und werfe hier und da eine Bemerkung ein, während ich den Mut zusammensuche, sie endlich damit zu konfrontieren – und im Hinterkopf nach einer Eröffnung suche, die ohne Vorwurf auskommt. Denn wie man weiß, gerät eine solche Unterhaltung sofort auf die schiefe Bahn, wenn man falsch ansetzt. Die Schnitzel kommen. Sie sind so groß wie Frühstücksbrettchen und unter einem Berg Röstzwiebeln versteckt.

»Das nenne ich eine Fernfahrermahlzeit«, sage ich, säbele ein Stück ab und stopfe es mir in den Mund.

In dem Moment sagt meine Mutter: »Was habe ich dir eigentlich getan, dass du dich auf die Seite deines Vaters geschlagen hast, und das auch noch hinterrücks? Wirklich, das hat mich sehr verletzt. Sehr!«

Ich kaue hastig. »Ich habe mich doch gar nicht auf seine Seite geschlagen«, beeile ich mich zu sagen.

»Wie nennst du das denn?«

»Ich habe ihm geholfen, das ist alles. So sollte das sein in einer Familie. Da hilft man sich gegenseitig.«

Meine Mutter schiebt die Zwiebeln mit dem Messer vom Schnitzel und fängt an, es zu sezieren. Sie spießt ein Stück Fleisch auf die Gabel und betrachtet es eingehend.

»Kurt hat diese Familie im Stich gelassen, und damit hat er sich für jede Hilfe disqualifiziert.« Endlich fängt sie an zu essen.

»Er ist und bleibt mein Vater, Mama. Und es wäre schön, wenn du anfangen würdest, ihm zu verzeihen.«

»Wieso sollte ich? Er hat sich doch davongemacht. Wenn er nicht mit dieser Lissy durchgebrannt wäre, dann hätten wir den Ärger gar nicht.«

Sie lässt die übliche Litanei über die Schändlichkeit des Verhaltens meines Vaters folgen. Ich picke eine Pommes nach der anderen auf und schiebe sie im Fließbandtempo in den Mund. Sonst würde ich vermutlich anfangen zu schreien. In Filmen werden zwei Erzfeinde gern mal mit Handschellen aneinandergekettet und müssen dann miteinander auskommen, obwohl sie sich tierisch auf die Nerven gehen. Dann passieren allerhand lustige Sachen, und am Ende verstehen sich die beiden richtig gut.

Bei Familienmitgliedern braucht man keine Handschellen, an die ist man so oder so gekettet. Und lustig ist es kein bisschen.

Ich lasse das Besteck sinken. »Ehrlich, Mama, warum bist du eigentlich hier?«

»Nur, weil du einen Fehler gemacht hast, heißt das nicht,

dass ich nichts mehr mit dir zu tun haben will. Siehst du, wie gut ich verzeihen kann?«

Sie lächelt selbstzufrieden und trinkt einen Schluck Apfelschorle, während ich mich wirklich zusammenreißen muss, um nicht ausfallend zu werden. Ich stopfe mir den Rest der Röstzwiebeln zusammen mit der letzten Gabel Pommes in den Mund und frage mich, warum eigentlich. Warum reiße ich mich dauernd zusammen, obwohl meine Mutter auf meinen Nerven und meinen Gefühlen rumtrampelt, wie es ihr beliebt?

»Echt, Mama«, fange ich an und merke, gleich wird alles aus mir raussprudeln, die ganze Wut.

Da bringt mich eine vertraute Melodie aus dem Konzept. *Mr. Sandman, bring me a dream.* Angekündigt von seiner Gruselfanfare kommt der Dino-Eiswagen auf den Marktplatz gefahren. Sofort hat er die Aufmerksamkeit der Familien geweckt, die Kinder laufen herbei. Der bunt bemalte Wagen und dieser hypnotische Klingklang wirkt wie der Rattenfänger von Oberknöchting, Version 2.0.

»Da ist dieser Verbrecher«, sagt meine Mutter, »der uns in die Falle gelockt hat.«

»Der hat uns nicht in die Falle gelockt«, korrigiere ich eisig. »Laura ist einfach mal wieder viel zu schnell gefahren. Warum müssen bei dir eigentlich immer die anderen schuld sein?«

Kaum habe ich die Frage gestellt, will ich die Antwort gar nicht hören. Ich springe auf, werfe meine Serviette auf den Stuhl und gehe rüber zum Eiswagen. Ich werde mir jetzt bei diesem Blödmann Nachtisch holen.

Lieber gemischtes Eis
als gemischte Gefühle.

36

Als wir eine Stunde später wieder ins Auto steigen, habe ich immer noch den künstlichen Geschmack des Zitroneneises von dem Dino-Eiswagen auf der Zunge. Bah! Hatte ganz vergessen, dass Eis auch schlecht schmecken kann. Stimmung ist durchwachsen. Meine Mutter zieht ihre Das-ist-alles-unter-meinem-Niveau-Schnute, während Laura erstaunlich gute Laune hat, obwohl ich sie nicht ans Steuer lasse.

»Habt ihr gesehen, wie der Mann vom Ordnungsamt mit mir geflirtet hat?«

»Der, der gesagt hat, dass er dir am liebsten den Aufräumdienst erlassen würde, damit du richtig bestraft werden kannst?«, frage ich.

Sie nickt eifrig. »Ja. Der fand mich total süß.«

Selbstwahrnehmung ist eine Magie, mit der man sich verzaubern kann, zur großen Verblüffung des Publikums.

»Wir sollten unbedingt noch eine Blitzer-App runterladen.« Laura hantiert eifrig mit ihrem Handy.

»Kein Problem«, sage ich, »ich halte mich einfach an die Geschwindigkeitsbegrenzung.«

»Ach so. Ja, stimmt. Das geht zur Not auch.«

»Weitere Unterbrechungen können wir uns jedenfalls nicht

leisten. Wenn das so weitergeht, brauchen wir ja noch vier Tage bis Italien.«

»Wieso wirfst du uns das vor?«, sagt meine Mutter. »Es ist deine Reiseplanung, nicht unsere.«

»Äh ... Es war weder meine Planung, im Westerwald zu übernachten, noch so lange in Oberknöchting rumzuhängen.«

»Sei nicht so ein Miesepeter«, sagt Laura. »Du weißt doch, der Weg ist das Ziel.«

»Kommt auf die Reisebegleitung an«, murmele ich.

»Wie bitte?«

»Nichts.«

»Immerhin haben wir die Mafia abgeschüttelt«, sagt Laura aufgekratzt.

»Das war nicht die Mafia«, korrigiere ich. »Und wenn es die Mafia gewesen wäre, dann hätten wir sie nicht abgeschüttelt. Ich meine, wir fahren in einem alten Eiswagen rum. Wir sind so auffällig, dass wir auf hundert Kilometer zu erkennen sind. Außerdem wissen die, wo wir hinwollen, also werden sie uns schon finden. Wenn sie uns finden wollten.«

»Und wer macht jetzt schon wieder schlechte Stimmung?«, fragt meine Mutter. »Wirklich, das ist nicht gerade das Reiseprogramm, das ich haben wollte.«

Ich halte besser den Mund, damit die Stimmung nicht noch weiter absackt. Nach zwei Stunden passieren wir Freiburg. Es ist fünf Uhr nachmittags. Bis Como sind es noch fast vierhundert Kilometer. Meine Mutter meint, es wäre besser, in Deutschland zu übernachten, damit wir nicht Gefahr laufen, in der Schweiz hängen zu bleiben, in der vermutlich schon eine Gebühr fürs Atmen fällig wird. Ich habe jedoch langsam genug von Reiseunterbrechungen und will endlich ankommen. Laura erörtert das Für und Wider einer Übernachtung in Oberitalien, aber vor allem will sie einfach nur schnell durch die Schweiz.

»Diese Spießer«, sagt sie. »Schade, dass es keine eigene Spur für den Transitverkehr gibt, auf der man angemessen schnell fahren kann.«

»Wir können mit dem Eiswagen eh nicht schneller als hundert fahren«, erinnere ich sie.

»Ach so, ja stimmt. Trotzdem. Doofe Schweiz.«

Meine Mutter wirbt erneut für eine Pension in Deutschland, aber auf einmal liegt die Grenze direkt vor uns. In zwei Spuren schieben sich die Fahrzeuge auf die Zollhäuschen zu.

»Jetzt können wir nicht mehr drehen«, sagt Laura. »Wenn die sehen, wie wir drehen, dann verfolgen sie uns.«

»Wieso sollten sie uns verfolgen?«, frage ich.

»Du weißt doch, Zöllner! Notorisch misstrauisch. Und wenn man so kurz vor der Grenze dreht, macht man sich sofort verdächtig. Das ist doch klar.« Sie schnalzt mit der Zunge, als hätte sie Geschichten aus 1001 Nacht beim Zoll auf Lager. Die Scheherazade der Grenzgänger.

»Was soll's«, sage ich. »Ich bin sowieso fürs Weiterfahren.« Genau da trete ich auf die Bremse. Denn auf dem Parkplatz vor der Grenze sehe ich den schwarzen Wagen, der uns am Tag zuvor verfolgt hat. Da steht er, in Fahrtrichtung geparkt, abfahrbereit, als hätte er nur auf uns gewartet. »Die Mafia!«, schreie ich. »Da ist sie!«

»Beruhige dich«, sagt Laura.

Egal, welcher Zöllner jetzt auf uns aufmerksam wird, ich schere aus der Kolonne aus, die auf den Grenzübergang zukriecht, und fahre auf den Parkplatz.

»Was soll das denn?«, fragt meine Mutter ängstlich.

»Die Sache wird jetzt geklärt«, sage ich und schnalle mich ab. »Ich fahr nicht über die Grenze, wenn hier vielleicht Drogen im Auto sind.«

»Ach, das war nur so dahingeplappert«, bemerkt Laura.

»Lass uns weiterfahren. Außerdem ist das ein anderes Auto. Das ist nicht das vom Rastplatz.«

»Natürlich ist es das«, sage ich. »Außerdem: Wenn du meinst, es wäre die Mafia, sollen wir auf dich hören, aber wenn *ich* sage, das ist die Mafia, sollen wir auch auf dich hören?«

»Natürlich«, sagt Laura völlig ohne Ironie. »Ihr wollt es ja schließlich richtigmachen, oder nicht?«

»Nee, ist klar. Die Einzige, die weiß, was richtig ist, ist Laura Oppenstedt, die gerade drei Stunden den Park saubermachen musste, weil sie sich mal wieder nicht an die Straßenverkehrsordnung gehalten hat.«

»Was kann ich dafür, dass die Straßenverkehrsordnung so dämlich ist.«

Ich knalle die Tür zu und stapfe zu dem schwarzen Auto. Der Ärger über Laura verleiht mir gerade das richtige Maß Mut. Egal, welcher Kerl mich jetzt dort erwartet, ich werde rausfinden, ob wir in eine Falle tappen und Lorenzo dahintersteckt. Ich klopfe energisch gegen die Scheibe. Aber da ist gar kein Mann im gut sitzenden Anzug mit Brillantine im Haar im Auto, sondern eine junge Frau, die sich gerade ein Sandwich in den Mund stopft. Das Klopfen erschreckt sie so, dass Mayonnaise auf ihre Hose kleckert. Ertappt starrt sie mich an. Sie sieht kein bisschen nach Mafia aus. Sie lässt die Scheibe ein paar Zentimeter runtergleiten. Volksmusik dudelt aus dem Radio. Auf dem Beifahrersitz ein Koffer voller Kosmetikprodukte.

»Ich mache Pause«, sagt sie weinerlich, als hätte ich sie danach gefragt. »Ich hab Hunger. Ich hab den ganzen Tag noch nichts gegessen.« Die Mayonnaise rinnt zwischen den Brotscheiben hindurch auf ihre Finger. Auf dem Fußboden der Beifahrerseite sehe ich haufenweise leere Verpackungen. Ich überlasse die Frau ihrer Fressattacke. Immerhin ist damit die Mafia-Story endgültig vom Tisch.

Bevor ich das aber meiner Mutter und Laura triumphierend auf die Nase schmiere, nutze ich das deutsche Handynetz, um noch einmal zu Hause anzurufen. Mein Vater geht ran. Tumult im Hintergrund.

»Alles in Ordnung? Was ist das für ein Lärm?«

»Wir pokern«, sagt er. »Ich hab schon einen Euro dreiundzwanzig gewonnen.«

»Nur weil du betrügst«, höre ich die Muräne scherzen.

Ich bin entsetzt! Dieser Kerl in unserer Wohnung!

»Gib ihm kein Geld, Papa, hörst du?«

»Hab ich nicht vor, ich hab nämlich vor zu gewinnen!«

»Papa!«, rufe ich entsetzt und sehe schon vor meinen Augen, wie die Muräne ihn dazu bringt, seine Pension zu verwetten. »Gib mir mal Basti!«

»Wen?«

»Deinen Enkel, Herrjemine.«

Ich höre mein Handy piepsen, der Akku verabschiedet sich langsam. »Hol Basti ans Telefon!«, rufe ich. »Schnell!« Basti muss ein Auge auf seinen Opa haben, bevor die Muräne ihn ausnimmt wie eine Weihnachtsgans.

»Basti!!!«, brüllt mein Vater ins Telefon, sodass ich das Handy schnell von meinem Ohr weghalte. Dann, wieder zu mir: »Ich hab übrigens die Lösung für mein Wohnproblem gefunden.«

»Gib mir Basti«, fordere ich wieder.

»Ich ziehe unten ein«, sagt mein Vater.

»Wie unten?«

»Na, im Erdgeschoss!«

Ich bin so perplex, dass ich für einen Moment die menschliche Sprache vergessen habe. »Bei der Muräne?«, frage ich.

Dann höre ich Basti mürrisch brummen: »Wasnlos?«

In diesem Augenblick bricht die Verbindung ab.

Der Nachtisch schmeckt noch besser, wenn man vorher Rosenkohl gegessen hat.

37

Die Schweiz. Die Strafen für zu schnelles Fahren sind so saftig wie die Almwiesen. Wird man hier beim Rasen erwischt, kommt man nicht mit ein paar Stunden Müllpicken davon. Und da dies alle wissen, gibt es keine Drängler, keine Lichthupen, keine vorbeischießenden Raser, sondern nichts als Ordnung und Sauberkeit und Berge und Seen und deutsche Autos, die diszipliniert in Richtung Süden rollen.

Gerade bin ich voll des Lobes über das Organisationstalent der Eidgenossen, da sehe ich vor mir die Bremslichter aufleuchten. Stau. Und nicht nur ein bisschen stockender Verkehr, sondern richtig Stau, in dem man nie weiß, ob man den Motor ausmachen soll, und gerade wenn man es weiß und den Schlüssel rumdreht, geht es doch wieder ein paar Meter weiter. Stop-and-go, Platz drei auf der Liste der schlimmsten Erfindungen direkt hinter Hallux valgus und dem elektrischen Ohrenschmalzentferner. Stau an sich ist immer blöd. Aber Stau am Abend eines weiteren ereignisreichen Tages in der Gesellschaft von Menschen mit schwachem Nervenkostüm ist richtig doof. Einen Grund für den plötzlichen Stau können wir zunächst nicht ausmachen, erst nach einer Ewigkeit von zwei Kilometern entdecken wir die Ampelanlage mitten auf der Autobahn, die mit gehässiger Sturheit immer nur ein paar Autos durchlässt, bevor sie wieder auf Rot schaltet. Vielleicht ist das die Methode der Schweiz, ihre Landsleute prophylaktisch auf Linie zu halten und daran zu erinnern, wer hier das Sagen hat: das automatische Verkehrsleitsystem.

Als wir die Ampel endlich passiert haben, atmen wir auf. Einige Kilometer geht es wieder flott voran, der Stau ist schon fast vergessen, da sehe ich, wie sich die Autos vor uns erneut aufreihen, eine blinkende Blechschlange. Der nächste Stau dauert länger. Die Lüftung funktioniert nicht im Stehen, und wir haben keine Klimaanlage. Ich kurbele das Fenster runter, aber Abgase sind auch keine Alternative. Ich kurbele es wieder hoch und zähle die Stellen an meinem Körper, die feucht werden. Rücken. Stirn. Achseln. Finger.

»Lass mich mal raus«, sagt Laura. »Ich hol uns von hinten ein Eis.«

»Nein«, ruft meine Mutter erschrocken. »Das darf man nicht. Man darf nicht auf der Autobahn aussteigen.«

»Wen interessiert das denn hier? Wir stehen doch.«

»Aber gleich fahren wir weiter«, jammert meine Mutter. »Da siehst du!«

Wir rollen ein paar Meter weiter, dann geht wieder nichts mehr.

»Das ist kein Problem«, argumentiert Laura. »Ich bin schnell wie der Blitz. Miri, du willst doch sicher auch ein Eis.«

»Eigentlich schon«, gebe ich zu. Ich nicke und versuche, mein rechtes Bein zu strecken, das langsam verkrampft. Der Fahrersitz ist nicht gerade bequem, und man ist ja keine zwanzig mehr.

»Geht ganz schnell«, sagt Laura und will über meine Mutter drübersteigen und zur Tür, da merkt sie, dass die sich sperrt.

»Das ist doch Quatsch. Außerdem weiß man, dass Zwischenmahlzeiten der Tod der Taille sind, besonders bei Frauen in deinem Alter.«

»Was soll das denn heißen?«, fragt Laura und lässt sich zurück auf den Sitz sinken.

»Bei Frauen um die fünfzig ändert sich nun mal der Stoffwechsel, und dann gehen sie auseinander wie Hefekuch…«

»Ha!« Laura schnappt nach Luft. »Ich glaub, ich spinne. Als ob sich mein Stoffwechsel ändern würde! Außerdem ist Miri die Dicke in der Familie.«

»Danke«, zische ich. »Vielen Dank!«

Ich würde noch mehr sagen, aber mich lenkt die Temperaturanzeige des Motors ab, die seit ein paar Minuten steigt. Die Nadel ist schon über die neunzig Grad geklettert und zittert sich weiter Richtung roter Bereich. Mist. Hier gibt es keinen Standstreifen. Keine Haltebucht. Wenn uns jetzt der Wagen krepiert, sind wir geliefert.

»Meinem Stoffwechsel geht es blendend, und ich will ein Eis. Sofort«, meckert Laura weiter. »Jetzt halt endlich an.«

»Wie alt bist du? Drei?«, frage ich genervt.

»Ha!«, macht Laura und schiebt biestig nach: »Die Einzige, die kindisch ist, bist ja wohl du. Mit einem Eiswagen nach Italien zu fahren, nur weil man sich in den Besitzer verguckt hat. Das ist kindisch, wirklich!«

»Ich höre auf mein Herz«, sage ich, so würdevoll es eben geht, wenn einem Schweißtropfen in die Augen rinnen. »Und daran ist überhaupt nichts kindisch, im Gegenteil, denn …«

In dem Moment bekommt Laura einen Anruf. Sie bedeutet uns, still zu sein. Helge spricht so laut, dass ich alles mithören kann. Er hat offenbar gerade seine Frau im Fernsehen gesehen, wie sie Abfall aufsammelt und in Interviews ihre Raserei verharmlost.

»Was ist eigentlich mit dir los?«, donnert Helge. »Du haust

einfach ab, lässt hier alles stehen und liegen, und dann sehe ich dich im Fernsehen mal wieder völlig unbeeindruckt von dem, was du tust! Merkst du nicht, dass dein Handeln Konsequenzen hat?«

»Die Frage ist vielmehr, was mit dir los ist«, kontert Laura erbost. »Dein Nichthandeln hat doch auch Konsequenzen. Du bist nämlich derjenige, der sich nicht weiterentwickelt und bei allem, was ich vorschlage, dichtmacht.«

Die beiden verstricken sich im Dickicht der Vorwürfe, wie es nur geht, wenn man jahrelang verheiratet ist. Die Brüllerei strapaziert meine Nerven, und ich bin froh, als wir in einen Tunnel fahren und die Verbindung abbricht. Laura beendet das Gespräch, fängt aber sogleich an, uns im Detail über die Unverschämtheiten ihres Ehemannes zu berichten.

»Wir haben alles mitbekommen«, sage ich matt.

»Männer sind wirklich eine Plage«, bestätigt meine Mutter.

»Geht das wieder los …« Ich stöhne.

Wir haben den Tunnel passiert, die Straße ist erneut verstopft, obwohl es immer noch bewölkt ist, klappe ich die Sonnenblende runter. Die Temperaturanzeige ist bei hundert Grad angekommen und nur eine Nadelbreite entfernt vom roten Bereich. Wenn der Fahrtwind den Motor nicht bald wieder abkühlt, war es das. Dann stranden wir auf der Autobahn in der Schweiz, rechts und links ragen die Alpen tausend Meter in die Höhe und zeigen uns, dass wir doch nur ein Staubkörnchen im Universum sind, selbst mit Eiswagen.

»Ich weiß gar nicht, wieso du immer noch deine rosarote Brille aufhast«, meckert meine Mutter. »Erst Simon, dann dieser Dirk Eduard Gedönsrat …«

»Nicht diesen Namen«, rufe ich.

»… und jetzt fährst du einem windigen Italiener hinterher und stürzt dich wahrscheinlich wieder …«

»Es liegt doch immer an beiden«, unterbreche ich sie ungehalten. »Wenn eine Beziehung nicht funktioniert, passt man eben nicht zusammen. Und daran sind beide schuld. «

»Blödsinn«, rufen meine Mutter und Laura wie aus einem Mund.

Laura setzt an zu einem Plädoyer für die generelle Überlegenheit der Frau in Sachen Beziehungen und wie unfähig Männer zur charakterlichen Weiterentwicklung und allgemeinen Problembewältigung sind. Meine Mutter bestätigt Lauras These und zerpflückt mal wieder das schändliche Verhalten ihres Mannes. Ich höre nur mit halbem Ohr zu, denn ich bin mir sicher, dass gleich unsere Motorhaube anfangen wird zu qualmen. Immer weiter Stop-and-go, dann erreichen wir eine letzte Ampelanlage, und plötzlich ist die Straße frei, der Verkehr fängt an zu fließen.

Wir fahren in das Nadelöhr hinein, den Gotthard-Tunnel. 16,9 km zeigt das Schild an. Ich habe jetzt kein Problem mit Klaustrophobie, dennoch würde ich lügen, wenn ich sagen würde, ich fühlte mich pudelwohl bei dem Gedanken, durch eine siebzehn Kilometer lange Betonröhre unter einem Bergmassiv hindurchzufahren. Besonders mit einem nicht vertrauenswürdigen Wagen, der kurz vor der Überhitzung steht. Für einen Moment sind wir wohl alle beeindruckt von der Vermessenheit des Menschen, sich mittels Technik in solch unwirtliche Zonen hineinzuwagen, denn selbst meine Mutter und Laura hören mit der Litanei auf. Es wird dunkel, bis auf die Straßenlampen. Die Beleuchtung unseres Armaturenbretts ist weniger als schummrig, ich kann gerade noch die Nadel des Tachometers erkennen. Wenn der Wagen überhitzen sollte, würden wir es nur am Qualm erkennen müssen, der aus der Motorhaube quillt. Lediglich zwei weiße Streifen trennen uns vom Gegenverkehr, der hauptsächlich aus Lkw zu bestehen scheint. Wenn einer ausscheren würde, würde es sofort einen Frontalzusammenstoß geben, und dann gute Nacht.

»Fahr schneller«, sagt Laura. »Ich will hier raus.«

»Hier kann man nur so schnell fahren, wie es eben geht«, sage ich. Das Tempolimit liegt bei 80. Alle paar Hundert Meter sind Notausgänge, die grün leuchten. Ich fühle mich wie unter Wasser.

»Hauptsache, wir haben hier drinnen keinen Stau, dann würde unser Motor schlappmachen«, murmele ich vor mich hin.

»Wie schlappmachen? Was soll das heißen?«

»Der Motor ist schon viel zu heiß.«

»Das sagst du erst jetzt?«, haucht Laura.

»Es hätte eh nichts geändert. Es gab auch eben keine Möglichkeit zum Halten.«

»Immerhin gab es eine rechte Spur. Hier gibt es nur eine Spur. Wenn wir liegen bleiben, gibt es einen Megastau. Und vielleicht fängt der Motor an zu brennen und dann …« Lauras Stimme wird immer schriller.

»Sei still«, rufe ich. »Panik hilft uns nicht weiter.«

»Doch«, faucht Laura. »Panik ist ein Überlebenstrieb. Wenn man nicht in Panik gerät, ist man nicht fluchtbereit und …«

»Jetzt halt den Mund«, rufe ich.

»Was denn? Ich sag doch nur, wie es ist.«

»Echt. Ich kann es nicht mehr hören. Du bist derart rechthaberisch, das ist nicht zum Aushalten!«

Tumult, Stufe 4. Wenn man einer rechthaberischen Person sagt, dass sie rechthaberisch ist, muss man natürlich mit Gegenwehr rechnen. Besonders bei Laura, die mir jetzt erklärt, dass sie natürlich rechthaberisch ist, was aber berechtigt ist, da sie nun mal in neunundneunzig Prozent der Fälle recht hat.

Meine Mutter klinkt sich ein. Sie sagt, dass es sie gar nicht wundert, dass ich behaupte, sie sei an der Trennung von meinem Vater schuld. Schließlich sei ich immer schon ein Papakind gewesen und deswegen zwangsläufig auf seiner Seite.

Laura drischt wieder auf mich ein, indem sie erklärt, ich würde das alles nur sagen, um mir die Trennung von Simon schönzureden. Die beiden sind wieder voll in ihrem Element, nämlich alle anderen niederzumachen. Und mit »alle anderen« meine ich mich. Die Vorwürfe prasseln wieder auf mich ein, ich bin genervt, aber auch erschöpft von der ganzen Zankerei, und irgendwie werde ich ruhig.

Liegt vielleicht daran, dass ich schlimmere Sorgen habe, nämlich, dass der Motor verreckt und wir im Gotthard-Tunnel liegen bleiben. Ich konzentriere mich auf die Rücklichter des Toyotas vor mir, die im vorgeschriebenen Abstand im Dunkeln leuchten. Die beiden reden und reden. Auf einmal geht mir durch den Kopf, dass die zwei vielleicht von zu Hause weggefahren sind, damit sie sich nicht ändern müssen. Während ich weggefahren bin, weil ich mich ändern will. Und dass das einfach nicht zusammenpasst. Weswegen es so nicht weitergehen kann.

Ich warte, bis sie still sind. Vielleicht ist es diese Situation in dem Tunnel, dass meine Empörung auf einmal weg ist, dafür meine Gedanken schnurgerade sind wie die Straße mitten im Berg vor mir.

»Es ist ein ganz normaler Reflex, dass man die Verantwortung für ein Scheitern auf jemand anderen abwälzen möchte«, sage ich ruhig. »Weil man sich dann besser fühlt. Zumindest für einen Moment. Nur leider verhindert man dadurch, dass man über sein eigenes Verhalten kritisch nachdenkt. Und wenn man nicht mal ab und zu selbstkritisch überlegt, was man falsch gemacht hat, macht man dieselben Fehler wieder und wieder.«

»Aber …«, sagt Laura, klappt den Mund dann jedoch wieder zu.

»Und ganz ehrlich, mir geht eure Rechthaberei derart auf die Nerven, dass ich mich nicht wundere, dass Helge genervt ist oder dass Papa die Nase voll hatte und abgehauen ist.«

»Also war es mein Fehler, dass er mit Lizzy durchgebrannt ist?«, fragt meine Mutter schnippisch.

Ich verdrehe die Augen. »Jeder hat seinen Anteil an einer Trennung«, seufze ich wieder. »Das ist eben so. Auch wenn es hart ist, das einzusehen.«

»Ich brauche nichts einzusehen«, beharrt meine Mutter. »Ich mache nämlich keine Fehler. Ich bin schon pensioniert.«

Jetzt muss ich prusten, sogar Laura lacht ein bisschen. »Wie sich das anhört ...«

»Was denn? Stimmt doch! In meinem Alter weiß man, wie man sich zu benehmen hat.«

»Wenn man nur alt werden muss, um alles richtig zu machen, wäre das Leben wunderbar einfach ...« Ich seufze. »Aber so läuft das nicht. Wann soll denn das Alter erreicht sein, ab dem man keine Fehler mehr macht? Ich merk noch nicht, dass es bei mir besser wird. Dauernd mache ich Fehler. Zum Beispiel, euch nicht klipp und klar gesagt zu haben, dass ihr aussteigen müsst. Ständig lasse ich mich von euch unterbuttern! Ich krieg schon schweißnasse Hände, wenn du mich anrufst, Mama, weil ich jedes Mal denke: Mal sehen, was es diesmal schon wieder an mir auszusetzen gibt.«

»So ist das nicht. Das liegt nur daran, dass du ...«

»Siehst du, schon wieder schiebst du alles auf mich.« Sie ist still. »Ehrlich, ich kann das nicht mehr. Könnt ihr nicht ein Mal zugeben, dass ihr was falsch gemacht habt?«

»Was soll das werden? Sollen wir dir jetzt unsere Sünden beichten, oder was?«, blafft Laura. »Für wen hältst du dich eigentlich?«

»Für die Reiseleitung«, sage ich resolut. »Und die Fahrerin.

Und wenn ihr beide nicht sofort etwas zugebt, was ihr falsch gemacht habt, dann bremse ich auf der Stelle und bleibe in diesem Tunnel stehen.«

»Das machst du nicht!«, ruft Laura gebieterisch wie immer.

»Du bluffst doch nur«, sagt meine Mutter.

Aber mir reicht es jetzt. Es muss sich was ändern, und zwar schnell! Ich gehe vom Gas. Der Wagen verliert sofort an Geschwindigkeit. Das Auto hinter mir, ein Monster-SUV mit Wohnwagenanhänger, nähert sich.

»Fahr weiter!«, befiehlt Laura.

»Sag es.« Ich bleibe ganz ungerührt. »Sag eine Sache, die du falsch gemacht hast. Du auch, Mama.«

Wir fahren nur noch mit fünfzig Stundenkilometern, der Toyota vor uns wird immer kleiner, seine Rücklichter sind nur noch zwei rote Punkte. Laura klammert sich ans Armaturenbrett, als ob wir mit zweihundert in Richtung Abhang rasen würden.

»Also gut«, schreit sie. »Vielleicht hat Helge recht damit, dass ich manchmal ein Kontrollfreak bin. Und dass ich zu viel meckere. Zufrieden?«

»Und die Sache mit Tobi Stein?«, frage ich noch. »Was war damit?«

Sie sackt in sich zusammen. »Das war auch nicht okay. Ich wollte dir nur zeigen, dass ich es kann. Das war fies von mir. In Ordnung?«

»Soll das eine Entschuldigung sein?«

Fünfunddreißig Stundenkilometer.

»Ja«, stößt Laura keuchend aus. »Tut mir leid. Und jetzt fahr bitte!«

Doch ich habe kein Erbarmen. »Nicht bevor Mama eine Sache zugibt, die sie falsch gemacht hat.«

Der SUV hinter mir hupt.

»Los, Mama!«, fleht Laura.

»Na gut«, ruft meine Mutter. »Ich hab vielleicht nicht so sehr darauf geachtet, was dein Vater eigentlich wollte. Hab immer versucht, meinen Kopf durchzusetzen.«

»Und liebst du Papa noch?«, bohre ich nach.

Fünfundzwanzig. Ich habe das Gefühl, ich könnte neben dem Wagen herlaufen. Der SUV klebt uns schon auf der Stoßstange. Ich sehe, wie sich hinter ihm die Autos aufreihen. Der Toyota vor uns ist verschwunden.

»Sag es, Mama«, fleht Laura.

»Ich kann nicht«, jammert sie. »Er hat mich so verletzt.«

»Aber liebst du ihn noch?«

»Ich … ich weiß nicht.«

»Du weißt es!«, rufe ich. »Hör einfach auf dein Herz.«

Wir juckeln nur noch mit fünfzehn Stundenkilometern. Das Hupen hinter uns wird mehrstimmig. Ich sehe, dass der SUV überlegt, ob er überholen kann.

»Mama, bitte!« Lauras Stimme ist nur noch ein ersticktes Röcheln.

»Mein Kopf sagt Nein«, ruft meine Mutter verzweifelt. »Aber mein Herz sagt Ja.«

»Na also.« Ich gebe Gas.

Die Spitze des Eisbergs sollte aus Sahne bestehen.

38

Als wir aus dem Tunnel kommen, blinzeln wir heftig gegen die Sonne an. Die Helligkeit ist enorm, genau wie die Erleichterung, den Berg hinter uns gelassen zu haben. Die Ortsnamen auf den Autobahnschildern, die italienisch klingen, zeigen uns an, dass wir jetzt im Tessin sind, in der italienischen Schweiz. Der Motor hat sich durch den Fahrtwind und die niedrigeren Temperaturen im Tunnel abgekühlt. Die Straße führt bergab. Die Stimmung ist seltsam. Ein bisschen wie nach einer Weihnachtsfeier, bei der man sich mit betrunkenem Kopf seltsame Geständnisse gemacht und den Kollegen ein bisschen zu nah gekommen ist. Mit betonter Distanz versucht man, das wieder auszugleichen. Keiner redet ein Wort. Meine Mutter starrt nach rechts aus dem Fenster. Laura spielt am Radio rum und sucht minutenlang nach einem Sender, der ihr gefällt. Statisches Rauschen wechselt sich ab mit italienischem Gebrabbel, Schweizerdeutsch, Reklame und Musik. Schließlich hält sie inne bei einem Sender mit italienischen Schlagern. Eine Frau singt schmachtend von *baci*, und so viel Italienisch kann ich, dass ich weiß, dass es ums Küssen geht. Meine Mutter widerspricht nicht.

Ich atme noch einmal tief durch. Was macht man sich vorher immer für einen Kopf, was es für ein Drama auslöst, wenn man mal sagt, was einem auf dem Herzen liegt. Und dann ist es gar nicht so schlimm. Egal, was jetzt kommt, ich bin stolz auf mich, dass ich das geschafft habe. Ich habe das Gefühl, der schwierigste Teil der Reise liegt hinter uns. Wenn nicht noch irgendwelche unvorhergesehenen Stopps dazwischenkommen, werden wir morgen unser Ziel erreichen. Dann werde ich endlich Lorenzo wieder küssen. Meinen schönen Italiener. Ich bin so gespannt, wie er reagiert, wenn ich ihm seinen Eiswagen bringe, und kann es kaum erwarten, ihm in die Augen zu sehen, dass mir die Seele leuchtet wie eine Lampe, die einen nachts nach Hause bringt.

Wie es weitergeht, wenn ich mit ihm zusammen bin - auch mit meiner Mutter und Laura –, das weiß ich natürlich nicht. Aber es wird sich schon ergeben. Es ist acht Uhr abends. Bis zur Grenze nach Italien sind es noch über hundert Kilometer. Meine Hochstimmung, seit wir aus dem Tunnel raus sind, hält noch an, und ich fahre einfach weiter in die Abendsonne hinein. An der nächsten Tankstelle halten wir und füllen Kühlwasser nach, wobei Laura endlich ihr Automechanikertalent unter Beweis stellen kann. Während unserer kurzen Pause ist sie mit ihrem Handy beschäftigt und verkündet schließlich, dass es in Lugano ein Hotel gäbe, das noch ein Dreibettzimmer freihätte. Schnell sind wir uns einig, dass uns eine Pause doch guttun würde. Ich bin müde, habe Hunger, mein Rücken tut weh. Auch meine Mutter willigt ein, dass wir hier übernachten, obwohl es die Schweiz ist.

Laura dirigiert mich runter von der Autobahn in die Stadt am Luganer See. Das Hotel liegt in einem Wohnviertel und ist ein verschachteltes Gebäude voller Flure und Treppen. Auf dem Teppichboden kann man an den abgewetzten Schneisen genau die Laufwege der Gäste der letzten Jahrzehnte nachvollziehen.

»Es war das einzige Hotel, das nicht so teuer war«, sagt Laura.

Meine Mutter seufzt, aber die Erschöpfung weicht auch ihre Widerspenstigkeit auf.

Die Rezeption liegt im Souterrain und wird bewacht von einer älteren Dame mit verkniffenem Gesichtsausdruck. Sie reicht uns einen Schlüssel, mit dessen klobigem Messinganhänger man einen Dackel erschlagen könnte. Das Zimmer hat drei Betten und braune Überwurfdecken. Die Neonröhre flackert und wirft Schatten auf die vergilbte Raufasertapete.

»Immerhin gibt es in der Schweiz keine Bettwanzen«, sage ich. »Die sind behördlich verboten.«

Der Witz ruft bei Laura und meiner Mutter nur ein müdes Lächeln hervor.

Eine halbe Stunde später sitzen wir in der nächstgelegenen Pizzeria, die ihre Tische auf einem mit schlichten Betonplatten ausgelegten Platz aufgestellt hat. Aus Löchern im Boden sprudelt eine Reihe von Wasserfontänen. Wir bestellen Pizza und Bier.

»Nur damit das klar ist«, sagt meine Mutter auf einmal, hält dann inne, als ob sie es sich noch einmal überlegen müsste. »Auch wenn ich euren Vater noch liebe, weiß ich nicht, ob ich noch mal mit ihm reden kann. Nicht nachdem …« Sie macht eine wegwerfende Handbewegung. »Ihr wisst schon.«

Natürlich wissen wir es. Und wenn einer weiß, wie weh das tut, wenn der Mann sich in eine andere Frau verliebt, dann bin ich es.

»Hauptsache, ihr redet wieder miteinander. Auch für uns«, sage ich.

»Für mich nicht«, sagt Laura. Ich sehe sie scharf an. »Ja, okay, vielleicht auch für mich. Ein bisschen jedenfalls. Aber sauer bin ich trotzdem noch auf ihn.«

»Dann iss mehr Eiscreme«, sage ich.

»Mehr Eiscreme«, brummelt Laura und muss dann schmunzeln. »Ist das wirklich deine Lösung?«

»Hast du eine bessere?«

Sie überlegt einen Moment, dann grinst sie. »Nein, eigentlich nicht.«

Wir bezahlen mit Schrecken die Rechnung (hundertsieben Franken für drei Pizzen und fünf Bier, das sind umgerechnet hundert Euro), lassen uns die Reste einpacken (fürs Frühstück morgen) und essen zurück am Hotel tatsächlich noch ein Eis aus unserem Wagen. Sogar meine Mutter lässt sich darauf ein.

»Wenn man verreist, ist so ein Eiswagen wirklich praktisch. Da hat man den Nachtisch immer an Bord«, sage ich.

»Wirklich.« Laura stimmt mir zu. »Wir sollten Eiswagenreisen anbieten. Name: Das rollende Dessert.«

»Eiscreme – der beste Schutz gegen eisige Stimmung«, imitiert meine Mutter eine Reklamesprecherin.

Ich bin so erstaunt über ihren ungewohnten Heiterkeitsausbruch, dass ich für einen Moment vergesse weiterzuessen. Erst als mir ein Tropfen auf den Finger rinnt, fällt es mir wieder ein. Mit Pizza und Eis im Bauch schlafen wir nach diesem anstrengenden Tag wunderbar und werden weder von Bettwanzen noch von anderen Störenfrieden gepiesackt.

Am nächsten Morgen beschließen wir, über die Grenze zu fahren und erst in Italien zu frühstücken. Um neun Uhr fahren wir los. Noch fünfhundertneunundsiebzig Kilometer bis zum Ziel. Laura macht keine Anstalten mehr, ans Steuer zu kommen. Sie hängt am Handy und schickt eine Textnachricht nach der anderen. Schließlich lässt sie das Handy sinken und starrt eine Weile auf die Straße.

»Manchmal kommt mir mein Leben vor wie eine Autobahn«, sagt sie auf einmal. »Nie hab ich darüber nachgedacht, ob Helge der Richtige ist. Oder auch nur eine Sekunde daran gezweifelt. Es war für mich sonnenklar, dass er es ist. Jetzt denke ich, ich hätte mal über die anderen Möglichkeiten im Leben nachdenken sollen. Ich bin mit fünfzehn auf diese Straße eingebogen und immer weitergefahren, und es gibt nirgendwo eine Ausfahrt, einen Umweg, sondern es geht immer nur schnurgeradeaus. Ich werde noch wahnsinnig! Vor allem, weil ich glaube, dass die Straße nicht mehr bis zum Ende führt, sondern dass wir auch bei einer Scheidung landen werden.«

»Ach, Laura«, sage ich. »Eine Krise macht doch noch keine Scheidung.«

»Aber eines ist klar. Bevor Helge mich verlässt, verlasse ich ihn lieber. Das tue ich mir nicht an.«

»Helge wird dich nicht verlassen.«

»Ha! Das hab ich von Papa auch gedacht, dass er uns nie verlassen wird.«

»Ich ebenfalls nicht«, pflichtet meine Mutter ihr bei. Um dann hinzuzufügen: »Nur bei Simon war es klar.«

Kurz will ich protestieren, aber dann denke ich: Ja, das stimmt wahrscheinlich sogar. Ich hab es nur nicht gesehen.

»Auf jeden Fall werde ich ihn verlassen«, bekräftigt Laura. »Sonst werde ich noch so wie du.« Sie scheint zu merken, dass diese Bemerkung nicht gerade nett war und schiebt hinterher: »Also, so allein und verzweifelt.«

Ich lächele. »Ich bin zwar allein, aber nicht verzweifelt, denn ich weiß, dass ich nicht mehr lange allein bin.«

»Wie spitzfindig«, sagt Laura schmunzelnd. »Ich glaub, du hattest schon wieder Eis zum Frühstück.«

Nach einem Kaffee mit Hörnchen in Como fühlen wir uns wie im Urlaub. Mehr noch: Als ich mich verstohlen in dem Café umschaue, fühle ich mich mit dieser Nation schon verbunden.

Ich habe das vertraute Gefühl, dass die Italiener vielleicht schon bald meine Landsleute sein werden. Alles ist so nett hier. Und der Kaffee ist wirklich lecker.

Wir lassen Mailand hinter uns, fahren an Bologna und Florenz vorbei. Zwischendurch mampfen wir die Pizzareste. Je weiter wir nach Süden kommen, desto aufgeregter werde ich. Und dann schließlich fahren wir von der Autobahn runter. Als uns ein Schild verrät, dass Montecchio nur noch achtzehn Kilometer entfernt liegt, wallt die Aufregung durch mich hindurch. An einer Tankstelle halte ich noch einmal an.

»Du willst ihm doch wohl nicht noch den Tank vollmachen, obwohl du schon so hohe Reisekosten hattest«, sagt meine Mutter.

»Nein. Ich muss mal.«

»Kannst du das nicht gleich machen, bei Lorenzo?«, fragt Laura.

»Ja, sicher«, sage ich. »Kann ich mal dein Klo benutzen? Das ist immer ein romantischer Gesprächseröffner.«

»Na gut«, sagt Laura.

Wir parken unter einer Pinie am Rande der Tankstelle. Es folgt eine kurze Diskussion darüber, wie man auf Italienisch nach dem Klo fragt. Das weiß aber keiner. Auch der Akku von Lauras Handy hat sich mittlerweile verabschiedet, und meine Mutter meint, für so eine banale Frage würde sie keine Energie ihres Handys verprassen. Da wir keinen virtuellen Übersetzer fragen können, muss es wohl auf die analoge Art gehen: mit Händen und Füßen.

Ich bereite mich innerlich auf meinen pantomimischen Auftritt vor, als ich die Tankstelle betrete. Dann merke ich, in dem kleinen Shop sitzt gar keiner. Alles zu. Mist. Ich wollte nämlich eigentlich gar nicht auf die Toilette gehen, sondern mich noch mal frisch machen.

Dann muss es eben so gehen, denke ich. Wenn unser beider Herzen im Einklang sind, dann wird uns weder eine verzottelte Frisur noch fehlendes Make-up im Weg sein. Dann wird Lorenzo imstande sein, das Wesentliche in mir zu sehen: eine Frau, die es mit einem klapprigen Bus über die Alpen geschafft hat, um ihn wiederzusehen.

»Das ganze restliche Eis ist geschmolzen«, verkündet Laura, als ich zurückkomme. »Die Kühlung ist jetzt wohl aus.«

Das war zu befürchten, wir haben den Wagen schließlich seit zwei Tagen nicht an den Strom angeschlossen. »Na ja«, erwidere ich, »erstens wird Lorenzo wissen, was zu tun ist. Und zweitens wird es in der Eisdynastie sicher nicht an Eis mangeln.«

Ein Auto auf der Straße hupt, jemand winkt uns aus dem Fenster zu. Man kennt uns hier! Also, den Wagen besser gesagt. Ich bin so aufgeregt, als wir wieder einsteigen. Nach wenigen Kilometern kommen wir durch ein Gewerbegebiet, wo uns an der größten Fabrik ein großes Schild auffällt: GELATO ANGELO.

»Das ist Lorenzos Großvater gewesen«, rufe ich. »Er hat eine Eisfabrik! Ich dachte, die hätten nur eine Eisdiele. Das ist ja krass.«

»Eine richtige Fabrik«, staunt auch meine Mutter.

Langsam fahren wir daran vorbei, als ob wir an der glatten Fassade erkennen könnten, was dahinter für süße Köstlichkeiten gezaubert würden. Schließlich erreichen wir Montecchio. Es ist seltsam, nach so einer langen Fahrt fast am Ziel angekommen zu sein. Wir kurven durch eine Straße unterhalb der Stadtmauer, die den Ort auf dem Hügel in früheren Zeiten vor Angreifern abgesichert hat.

Meine Mutter willigt ein, ihr Handy für eine Routenplanung zu nutzen, und gibt die auf dem Fahrzeugschein angegebene Adresse ein, die uns schließlich zu einer stattlichen Villa am

Hang unterhalb der Altstadt führt. Ein gepflasterter Weg schlängelt sich an einer Natursteinmauer entlang hoch, dahinter ragen Olivenbäume und Zypressen auf. Das schmiedeeiserne Tor des Hauses steht offen, das sieht man schon von Weitem. Plötzlich bin ich so aufgeregt, dass ich noch einmal anhalten muss, um mich zu sammeln. Jetzt kommt also das romantische Finale, mein Happy End, das will ich genießen. Außerdem muss ich noch kurz überlegen, was ich sagen soll.

»Da wären wir also«, sagt Laura.

»Ja«, sage ich. »Puh. Dass ich das einmal wage, hätte ich nie gedacht.«

»Du warst schon immer eine Träumerin«, wirft meine Mutter ein. Es klingt nicht ganz so abwertend wie früher.

»Gegen Träume ist nichts einzuwenden, solange sie einen froh machen«, bemerke ich. »Außerdem finde ich, dass man aus allem das Beste machen und dem Leben die Chance geben muss, dass am Ende alles einen Sinn ergibt.«

»Du meine Güte«, sagt Laura. »Was für einen Weisheitstee hast du denn getrunken?«

»Überleg doch mal«, erkläre ich. »Wenn Papa nicht bei mir eingezogen wäre und wir uns auf meinem Geburtstag nicht so gestritten hätten, dann wäre ich nie mit dem Eiswagen losgefahren. Und dann hätte ich vielleicht die Chance auf die Liebe meines Lebens vertan.«

»Und wenn du uns nicht dabeigehabt hättest, wärst du gar nicht so weit gekommen«, sagt meine Mutter, als wäre das die größte Bereicherung von allem gewesen.

»Natürlich, Mama. Ohne euch wäre ich nie so weit gekommen«, sage ich und zwinkere ihr zu. Sie lächelt tatsächlich.

»Zumindest scheint dieser Lorenzo eine gute Partie zu sein.«

»Vielleicht hat es sich ja doch gelohnt hierherzukommen«,

sagt Laura plötzlich betrübt. »Wenigstens für dich. Du heiratest einen reichen Italiener, und Helge wird mich sitzen lassen.«

»Er lässt dich nicht sitzen.«

»Er hat aber gesagt«, sie kramt ihr Handy raus, erinnert sich wieder daran, dass sie es nicht mehr anmachen kann, und erklärt dann: »Er hat geschrieben, wenn ich alles in die Tonne kloppen wollte, dann sollte ich nur so weitermachen.«

»Das klingt nicht so, als ob er dich verlassen würde«, sage ich.

»Ich werde ihn ja auch verlassen, bevor er mich sitzenlässt.«

»Das hast du schon gesagt.«

»Ich mach das.«

Ich gucke wieder auf die Villa. Meine Mutter reicht mir ihren Lippenstift. Ich schminke die Lippen, wische das aber dann wieder weg.

»Zu dunkel für mich«, sage ich. »Trotzdem danke.«

»So, Miri, jetzt fang dein Glück«, muntert mich Laura mit traurigem Gesicht auf.

»Und sorg dafür, dass wir gute Zimmer bekommen«, fügt meine Mutter hinzu.

»Ihr wollt mit einziehen?«, frage ich geschockt.

»Na, er wird uns ja wohl für eine oder zwei Nächte unterbringen können. Guck dir diese Villa an«, sagt meine Mutter. »Die Italiener sind doch so gastfreundlich.«

»Besonders, wenn man ihnen ihren Eiswagen zurückbringt«, fügt Laura hinzu. »So, worauf wartest du noch?« Ich fahre bis zum Tor und stelle den Motor aus. Meine Schwester schiebt mir sanft ihren Ellenbogen in die Seite. »Wenn du jetzt nicht gehst, schnapp ich ihn mir.« Ich sehe sie scharf an. Sie grinst. »War ein Scherz.«

Ich öffne die Tür. Mein Herz klopft. Ich springe auf das alte Kopfsteinpflaster. Habe ich die richtige Entscheidung getroffen, diese Harakiri-Fahrt auf mich zu nehmen, um ihn wiederzusehen? Wie wird er reagieren? Was wird aus uns werden? Ich werde es gleich erfahren. Festen Schrittes gehe ich auf die Villa zu. Steinerne Löwen links und rechts, der Wind weht das Aroma eines Orangenbaums zu mir herüber und trägt den Duft nach Heimat mit sich. Ja, denke ich, das ist es doch. Hier kann ich mich zu Hause fühlen. Noch wenige Schritte bis zum Tor.

Ich gehe mir noch einmal durch die Haare. Ich habe mich in die Hände des Schicksals begeben und die Vernunft über Bord geworfen. Habe endlich gelernt, mit dem Herzen zu sehen, und mich getraut, diese Reise ins Ungewisse auf mich zu nehmen. In dem Moment wird die Tür geöffnet, und mein Herz macht einen Sprung.

Verzierung allein macht keinen guten Eisbecher.

39

Da ist er. Der Eismann. Lorenzo. Er sieht mich. Er lächelt. Er ist noch attraktiver, als ich ihn in Erinnerung hatte. Er reißt die Tür ganz auf. Geht mit festen Schritten auf mich zu. Er lächelt und fixiert mich mit seinen graublauen Augen. Mein Magen flattert, meine Haut kribbelt, mein Lächeln geht von Ohr zu Ohr. Meine Schritte werden schneller, seine auch. Noch zwanzig Meter, noch zehn, gleich werde ich ihn umarmen, ihn küssen, für immer.

In dem Moment erschallt eine schrille Stimme. »Lorrrrääänzo!!!«

Eine blonde Frau erscheint im Eingang der Villa. Lorenzos Miene ist unbewegt. Er lächelt mich immer noch an, als wäre ich die Frau, auf die er sein Leben lang gewartet hat. Aber ich bin jetzt doch etwas irritiert. Wer ist das? Und warum kommt da ein kleiner Junge auf einem Rad angedüst, in einem Juventus-Turin-Trikot, der »Papa, Papa!« schreit?

»Äh … Hallo«, sage ich.

»Da ist ja mein Wagen«, erwidert Lorenzo. »Prima.«

Prima?

Er hält die Hand auf. »Schlüssel?«

Schlüssel?

Die blonde Frau kommt aus dem Haus gestöckelt. Sie wirft mir nur einen flüchtigen Blick zu und fährt Lorenzo auf Italienisch an, knufft ihn wütend in die Seite. Er macht eine Miene wie ein Kommunionskind, das eine reine Seele hat, und lässt das Geschimpfe über sich ergehen. Da beide unheimlich viel gestikulieren und im Singsang reden, komme ich mir vor wie in einer Operette. Da versteht man auch nicht immer, was gesungen wird, kann aber an Gesten und Mimik ablesen, was Sache ist. Und hier würde ich eindeutig sagen, dass Lorenzos Ehefrau erbost ist über das Auftauchen einer Frau (mir), was anscheinend nicht das erste Mal passiert ist, jedenfalls scheint sie nicht überrascht, dass ihr Mann mit einer anderen Frau (mir) flirtet, denn sie wird nicht mal denken, es könnte eine völlig normale und rein platonische Begegnung zwischen ihrem Mann und einer fremden Frau (mir) sein. Nachdem sie also Lorenzo angeschrien hat, fängt sie an, mich anzuschreien, während Lorenzo hinter ihrem Rücken die Dreistigkeit besitzt, mir zuzuzwinkern.

Ich starre ihn fassungslos an, als er freundlich lächelnd zu mir sagt: »Sie müssen jetzt gehen.«

Plötzlich höre ich, wie sich die Tür vom Eiswagen öffnet.

»Ich glaub das nicht!«, schreit Laura. »Sie fährt dir dein Auto den ganzen Weg hier runter und das ist alles?« Als ich mich umdrehe, sehe ich, wie sie gegen die Stoßstange tritt, beim dritten Mal fällt sie scheppernd zu Boden. Laura achtet nicht darauf, sondern kommt auf uns zugestürmt. »Du behandelst meine Schwester gefälligst mit Respekt!« Lorenzos dämliches Grinsen friert ein, sogar seine Frau scheint beeindruckt von Laura, die wie eine Naturgewalt wirkt. »Los«, kommandiert Laura mich. »Sag ihm, was du zu sagen hast.« In meinem Kopf türmen sich die Fragen, aber keine schafft es, sich in Worte zu verwandeln. Deswegen übernimmt Laura für mich: »Warum bist du so urplötzlich verschwunden, und was waren das für Typen im Park?«

»Im Park? Die Brüder meiner Frau. Meine Frau hatte … Sie wollte, dass ich umgehend nach Hause komme.«

Er grinst immer noch, als wäre damit alles gesagt.

Und das war es auch. Mehr brauchte ich nicht zu wissen. Denn egal, wie man es hier drehte und wendete: Ich war genauso bescheuert wie er. Wie hatte ich nur auf ihn reinfallen können? Wie hatte ich mich besonders fühlen können, obwohl er doch ganz offensichtlich ein notorischer Frauenheld war? Wieso war mein Herz so blind?

Da stehe ich also unter dem Himmel Italiens, der so blau ist wie ein Versprechen, und habe nicht nur endgültig den Glauben an mich verloren, sondern zudem meine Würde.

»Du bist ein Lügner und Betrüger«, fasst Laura jetzt zusammen. »Aber das ist dein Pech. Denn Miriam ist viel besser als sie!« Laura zeigt auf Lorenzos Frau. »Miriam ist nämlich die hübscheste und klügste und lustigste Frau, die man sich nur vorstellen kann. Sie ist mit diesem Klapperbus über die Alpen gekommen, nur um dich zu sehen. Das nenne ich mutig. Und das hast du nicht verdient, du verlogener Arsch!«

Lorenzos Frau nickt zustimmend, dabei hat sie bestimmt nichts verstanden, aber sie scheint damit zufrieden, dass ihr Mann noch eine Standpauke bekommt.

»Komm, wir gehen!«

Laura greift nach meinem Arm. Da kommt Leben in mich, und ich schmeiße Lorenzo die Schlüssel vor die Füße. Ich lasse mich von Laura zum Wagen zerren, doch da fällt mir was ein, und ich drehe mich noch mal um.

»Eins noch. Was ist denn nun die geheime Zutat?«, rufe ich.

Er guckt seltsam und lacht achselzuckend.

»Geschmacksverstärker«, sagt Laura neben mir. »Wetten?«

Er zuckt mit den Schultern. »Was soll ich sagen? Es funktioniert.«

»Das gibt's doch nicht«, empöre ich mich auf dem Weg zum Wagen, aus dem auch meine Mutter ausgestiegen ist. Sie sucht unsere Klamotten zusammen.

Laura steigt noch mal in den Bus und klaubt das Geld aus der Kasse. »Und das sind unsere Spesen!«, ruft sie.

Dann führt sie uns zur Straße, wo wir mit unseren Taschen am Seitenstreifen entlanglatschen, an einer Reihe Mülltonnen vorbei in Richtung Stadt. Die Sonne brennt auf einmal gnadenlos auf uns herunter. Wie in Trance mache ich die Schritte, als wären mein Kopf und meine Füße nicht mehr miteinander verbunden. Das war alles? Ich kann es nicht glauben. Drei Tage Fahrt für zehn Minuten Geschrei und Enttäuschung.

Plötzlich kann ich mich kaum noch erinnern, warum ich auf die Idee gekommen bin, auf diese Reise zu gehen. Ich und Abenteuer! Als ob das zusammenpassen würde. Da wollte ich mit dem Herzen sehen, und was ist passiert? Meine idiotische Einbildungskraft hat das Kommando übernommen und mich in eine peinliche Sackgasse manövriert. Ich würde mich am liebsten auf den Boden werfen und nie wieder aufstehen. Aber das täte ich niemals hier in Sichtweite der Villa. Dafür muss ich mich schon zurückziehen können.

Leider gibt es hier nichts, wohin wir uns zurückziehen können, deswegen muss der Zusammenbruch warten. An einer Bushaltestelle mit einer kleinen Sitzbank halten wir an. Es gibt keinerlei Busfahrplan, von daher wissen wir gar nicht, welche Ziele der Bus anbietet. Falls überhaupt einer kommt. Es sieht alles so ausgestorben aus. Wir setzen uns, Laura und meine Mutter nehmen mich in die Mitte.

»Es … es tut mir leid«, stammle ich.

»Was tut dir leid?«, faucht Laura. »Dass er so ein Idiot ist?«

»Ich sag ja, dass Männer schlimm sind«, sagt meine Mutter.

»Aber es war doch alles meine Schuld«, flüstere ich. »Ich bin einfach zu doof.«

»So«, tut Laura streng kund. »Und jetzt sag ich dir mal was. Du magst recht damit haben, dass ich zu oft anderen Leuten die Schuld gebe. Du dagegen solltest dringend aufhören, dich selbst ständig fertigzumachen. Das ist nämlich auch total ungesund.«

»Und falsch«, pflichtet meine Mutter bei.

»Es gibt im Übrigen überhaupt keinen Grund, dich fertigzumachen. Nur weil du tausend Kilometer einem Casanova hinterhergefahren bist.«

»Und vor der Mafia geflohen bist«, wirft meine Mutter ein.

»Und ein Rennen mit einem Dino-Eiswagen ausgefochten hast.«

Die beiden wechseln sich ab mit Beispielen, und auf einmal muss ich grinsen. »Wollt ihr mich etwa aufmuntern?«

»Aber so was von!« Laura lächelt.

»Die Reise war doch bisher sehr … interessant«, bemerkt meine Mutter.

»Nur leider ohne Happy End«, sage ich, wieder betrübt. »Auf meinen Kopf kann ich mich in Sachen Männer nicht verlassen und auf mein Herz auch nicht.«

Da legt Laura den Arm um mich, und ich fange an zu weinen.

»Wenn der Richtige vor dir steht, dann wirst du es wissen«, sagt sie sanft.

»Woher weißt du das?«, frage ich schniefend.

»Weil es nur so geht.«

»Und wenn ich ihn nie treffe?«

»Dann hast du immer noch uns«, sagt meine Mutter. »Und den Rhabarberlikör.«

»Da kann ja eigentlich nichts mehr schiefgehen.« Auf einmal

stelle ich mir vor, was passiert wäre, wenn ich wirklich allein gefahren wäre. »Gut, dass ihr hier seid. Und danke für deine Ansage, Lala. Falls ich jemals wieder heiraten sollte, buche ich dich als Rednerin.«

»Was soll das denn heißen?«, fragt meine Mutter empört. »Fandst du meine Rede damals etwa nicht gut?«

»Mama!«, gebe ich ebenso empört zurück. »Ich sag nur: Moppelchen!«

Dann bemerke ich, dass Laura mich ungläubig ansieht. »Du hast mich gerade das erste Mal wieder Lala genannt«, sagt sie, »seit … seit einer Ewigkeit!«

Ich nicke. »Seit der Sache mit Tobi Stein.«

»Stimmt!«, ruft Laura. »Aber eins kann ich dir sagen: Der hat geküsst wie ein Chamäleon. Eine Zunge so lang wie ein Unterarm. Echt fies. Sei froh, dass du den nicht bekommen hast.«

Wir hören ein Knattern. Es wird immer lauter. Es ist ein seltsames Gefährt, das über die Straße geholpert kommt, eine Art Miniatur-Pick-up. Dreirädrig und mit offener Ladefläche hinten, ein Rollermobil in Weinrot. Am Steuer sitzt eine junge Frau. Als sie uns drei dort hocken sieht, hält sie an und sagt etwas auf Italienisch. Laura und ich zucken entschuldigend mit den Schultern, aber meine Mutter nickt. Und übersetzt für uns, dass hier schon lange kein Bus mehr fährt, die Frau jedoch bereit ist, uns mitzunehmen.

Während wir hinten auf die kleine Ladefläche steigen, was das Gefährt ziemlich ins Schwanken bringt, fragt Laura erstaunt: »Seit wann kannst du Italienisch, Mama?«

»Das Opern-Abo muss ja zu was gut gewesen sein. Die meisten Opern sind doch auf Italienisch.«

»Aber eben an der Tankstelle wusstest du doch nicht, wie man nach der Toilette fragt?«

»Als ob in Opern Toiletten vorkämen.«

Wir tuckern über die Landstraße bis in den nächsten Ort, an Olivenbäumen, Zypressen und Feldern mit Klatschmohn und Sonnenblumen vorbei. Als wir im Dorf angekommen sind, lässt die junge Frau uns auf dem Platz vor einer Bar heraus. Kaum sind wir ausgestiegen und haben ihr hinterhergewunken, als sie sich mit ihrem lustigen Gefährt eine schmale Straße in Richtung Kirche hochwindet, da hören wir Musik. Trommeln und Tamburine, ein schneller Rhythmus, der unmissverständlich dazu auffordert mitzuwippen. Eine Gruppe Männer in roten T-Shirts kommt um die Ecke. Plötzlich bleiben sie stehen, und ein Saxofonist fängt an zu spielen, Trompeter setzen ein, und die Leute strömen aus den Häusern auf die Straße. Einige waren schon hinter der Jazzband hergelaufen und fangen jetzt an zu tanzen. Ausgelassene Feierstimmung um uns herum, die Musik hallt von den blumengeschmückten Fassaden wider. Wir sehen alle drei verdutzt auf die Dorfparty.

»Hier scheint ein Jazzfestival stattzufinden«, sage ich zu Laura, die aber in eine andere Richtung guckt. »Seht mal«, ruft sie. »Das schwarze Auto von der Raststätte.«

»Das gibt's doch nicht«, sagt Mama.

»Bist du sicher, dass es das ist?«, frage ich.

»Absolut, das ist ein Ford Explorer Liberty XLT von 2012.«

Ich lache auf, weil ich es für einen Scherz halte, aber da sehe ich doch tatsächlich die Tussi mit dem Nasenpiercing aus Köln, die mit einer Flasche Wein und einem Brot aus dem kleinen Tante-Emma-Laden kommt und jetzt auch über die Band staunt, die das Dorf in einen Tanzsaal verwandelt.

»Wartet mal«, sage ich, lasse Laura und meine Mutter stehen und gehe zu ihr rüber. Sie ist gar nicht wirklich erstaunt, mich zu sehen. Oder schon zu betrunken.

»Ah!«, ruft sie, »die Frau mit dem Eiswagen! Und? Hat er dich auch abblitzen lassen?«

»Wieso *auch?* Ich meine, was machst du denn hier?«, frage ich. »Hast du etwa auch geglaubt, er wäre in dich verliebt?«

»Natürlich hab ich das geglaubt. Er hat mich so angeschmachtet, als wäre ich die einzige Frau auf der Welt für ihn. Und was war? Nichts war. Verarscht hat er mich.«

»Willkommen im Club«, sage ich nur.

»Und jetzt auch noch so eine Schwachsinnsmusik hier«, motzt sie. »Ich hau ab.«

Ich schaue ihr hinterher, wie sie in ihr Auto steigt. Kurz überlege ich, ob wir sie um eine Mitfahrgelegenheit bitten sollen, aber da fährt sie los und schrammt mit ihrem Kotflügel an einem Laternenmast vorbei. Ohne anzuhalten, donnert sie davon. Auch wenn wir beide gemeinsam haben, dass wir auf Lorenzo reingefallen sind, will ich mit dieser Frau nichts zu tun haben, denke ich, drehe mich achselzuckend um und gehe zurück zu Laura und unserer Mutter.

Laura hat uns Getränke organisiert, und wir stellen uns an den Rand des Platzes neben unsere Taschen, trinken Aperol Spritz und lassen uns von der Musik mitreißen. Sogar meine Mutter wippt im Takt – und als ein nett aussehender älterer Herr auf sie zukommt und um den Tanz bittet, sträubt sie sich nicht lange. Wohl auch, weil Laura sie von hinten ein bisschen anschubst. Die Band ist dazu übergegangen, populäre Volkslieder zu spielen, ich höre *Azzurro* von Adriano Celentano raus, aber es sind auch andere Melodien darunter, die mir bekannt vorkommen.

»Sieh sie dir an«, sage ich zu Laura. »Ich weiß wirklich nicht, wann Mama sich das letzte Mal so amüsiert hat.«

»Ist auf jeden Fall schon viel zu lange her! So, und jetzt tanzen wir auch.«

Laura zieht mich mit in die wogende Menge, und dann bewegen wir uns einfach so am helllichten Tag mitten in Italien nach der Musik, und wenn man tanzt, ist das Leben wieder voller Möglichkeiten.

Nach einer Stunde zieht die Band ab, die Leute bleiben noch auf dem Dorfplatz, trinken und rauchen und reden.

»Das war die beste schlechteste Musik, die ich je gehört habe«, erklärt meine Mutter, als sie verschwitzt und mit leicht verschmiertem Make-up wieder zu uns kommt.

»Und jetzt?«, fragt Laura. »Was machen wir?«

»Wir könnten mit dem nächsten Flieger nach Hause fliegen«, sage ich. »Rom ist nicht so weit.«

Doch da schüttelt meine Mutter den Kopf. »Nein, jetzt fahren wir ans Meer«, beschließt sie. »Wo wir schon mal in Italien sind.«

Ist das Eis gebrochen,
kauft man sich ein neues.

40

Als wir erfahren, dass der nächste Strandort fast hundert Kilometer weit weg liegt, entschließen wir uns, das Geld aus Lorenzos Eiswagen für eine Taxifahrt zu verprassen und kommen schließlich an einen Strand in Lido di Tarquinia, einem Ort, der mehr an ein Gewerbegebiet erinnert. Der Zutritt mit festgelegten Liegeplätzen kostet Geld und wirkt auf uns so fremd und abweisend, dass wir fast bereuen, hergekommen zu sein. Doch der Taxifahrer hat einen Tipp für uns und fährt uns ein paar Kilometer weiter zu einem freien Strand, wo nur ein paar vereinzelte Leute sind. Außerdem gibt er uns noch einen Hoteltipp, bevor er uns rauslässt.

Ein paar Minuten später sitzen wir im Sand. Der Himmel färbt sich orangefarben, und das Meer leuchtet wie vergoldet. Wir ziehen unsere Schuhe aus und lassen die Sandkörnchen durch unsere Zehen rinnen. Der Wind weht lau zu uns heran, weit entfernt segelt ein Boot vorbei. An einem Tag, an dem man von der Liebe enttäuscht wurde, an dem man festgestellt hat, dass man es mit Mitte vierzig immer noch nicht versteht, sich erfolgreich zu verlieben, sollte man ans Meer fahren.

»Und jetzt gehen wir schwimmen«, beschließe ich. »Wenn wir schon hier sind, müssen wir auch schwimmen.«

Mithilfe von zwei Handtüchern, die zwei von uns halten, bauen wir ein Umkleidezelt. Meine Mutter und Laura streifen sich ihre Badeanzüge über, da ich keinen dabeihabe, muss es die Unterwäsche tun. Immerhin ist die schwarz.

»Wer als Letzter drin ist, verliert«, schreit Laura und rennt voran.

Sie platscht schon Sekunden später kopfüber in die Wellen. Meine Mutter und ich gehen einfach gemütlich rein und lassen uns ins Wasser gleiten. Und dann schwebe ich im kühlen Nass und schaue in den Abendhimmel und wundere mich, dass ich mich auf einmal gar nicht mehr schlecht fühle. Ich hab etwas gewagt, und es hat nicht funktioniert. Das heißt aber noch lange nicht, dass ich besser gar nicht gefahren wäre. Denn manchmal bekommt man vielleicht nicht das, was man sich erhofft, und doch viel mehr, als man erwartet hat. Neben mir paddelt Laura wie ein Hund, dann springt sie in die Luft und spritzt mit Wasser um sich, und als sie mich trifft, schippe ich ihr eine Ladung ins Gesicht. Die Sonne ist schon fast im Meer versunken, als wir schließlich wieder rausgehen, mit dem Geschmack von Salz auf den Lippen.

Wir trocknen uns ab, werfen uns unsere Klamotten über, die wir gleich im Hotel zum Trocknen aufhängen können. Es liegt nur wenige hundert Meter entfernt in einer kleinen Seitenstraße, heißt Casa Nati und sieht hoffnungslos altmodisch aus.

»Ich hoffe, hier kann man mit Karte bezahlen«, murmelt Laura angesichts des etwas heruntergekommenen Gebäudes. Sie tastet nach ihrem Portemonnaie. Es ist offen. »Komisch …« Sie stutzt und checkt den Inhalt. Bestürzt schaut sie uns an. »Meine Girokarte und die Kreditkarte sind weg. Und das Bargeld ist auch futsch!«

Kurz darauf stellen wir fest, dass wir alle bestohlen worden sind. Als wir im Wasser geplanscht haben, hat irgendjemand unsere Klamotten durchwühlt. Handys, Bankkarten, Geld – alles geklaut.

»Warum hast du ...«, fängt Laura an, mich auszuschimpfen, dann hält sie inne. »Ich hab ja auch nicht daran gedacht.«

Und da sagt unsere Mutter etwas, das ich aus ihrem Mund noch nie gehört habe: *»Shit happens.«*

»Aber echt«, brumme ich. »Immerhin waren die Diebe so nett, unsere Papiere dazulassen.«

»Und den Rhabarberlikör«, sagt Laura und schraubt entschlossen den Deckel ab. Sie nimmt einen Schluck. »So«, sagt sie entschlossen, »jetzt bleibt mir ja nichts anderes übrig. Jetzt ruf ich Helge an.«

An der Rezeption überlässt uns der nette Herr nicht nur die Schlüssel für zwei Zimmer, sondern auch das Telefon für dringende Anrufe. Laura wählt Helges Nummer und berichtet ihm als Erstes, dass wir angekommen sind. Ihre Stimme ist dabei aufgesetzt fröhlich, so als wäre alles in bester Ordnung. Auch noch, als sie sagt, dass er die Bank anrufen soll, um alle Karten sperren zu lassen. Und das Hotel bezahlen. Sie erklärt kurz, was passiert ist.

»Wir haben da wohl einen Fehler gemacht«, murmelt Laura in den Hörer, und auf einmal wird sie ernst. »Ja, das auch ... das machen wir.« Kurz bevor sie das Gespräch beendet, sagt sie noch: »Danke, Helge. Bis dann.«

Sie atmet tief aus und reicht mir das Telefon, damit ich bei mir anrufen kann.

Mein Vater geht ran.

»Hallo, Papa«, sage ich.

In dem Moment fordert meine Mutter den Hörer und schickt uns mit einer resoluten Handbewegung weg. Da wir nicht im Weg stehen wollen, wenn die beiden sich unterhalten, folgen Laura und ich der Aufforderung und verschwinden in einem der Zimmer am Ende des Ganges. Nachdem wir geduscht haben, setzen wir uns auf den kleinen Balkon. Die Aussicht ist nicht besonders schön, denn wir gucken auf die Rückseite eines großen Appartementhauses auf eine Reihe Balkone, vollgestopft mit Schränken, Blumen, Kinderspielzeug. Laura hat die beiden Zahnputzbecher gespült und mit Rhabarberlikör gefüllt. Er schmeckt noch genauso gut wie im Westerwald. Ich erzähle ihr, dass Basti vorhat, nach der zehnten Klasse im kommenden Jahr von der Schule zu gehen, weil er jetzt schon keine Lust mehr aufs Lernen hat, und welche Sorgen ich mir um ihn mache.

Laura hört schweigend zu. Als sie nicht sofort antwortet, denke ich, gleich prahlt sie wieder mit Helges beruflichen Erfolgen, doch dann sagt sie leise: »Ich beneide dich so, dass du einen Sohn hast.«

»Ich dachte, ihr wolltet nie Kinder«, staune ich.

»Ach!« Sie macht eine wegwerfende Handbewegung. »Das hab ich doch nur gesagt, weil es nicht geklappt hat. Und bisher war es ja auch so, dass ich mein Leben trotzdem schön fand. Aber jetzt, wo ich auf die Wechseljahre zugehe und damit klar ist, dass es nichts mehr wird mit eigenen Kindern …« Sie lässt den Satz ins Leere laufen, um dann heftig zu sagen: »Dann hab ich halt versucht, Helge zu beweisen, dass ich ansonsten unentbehrlich bin. Dass ich alles im Griff hab und er ohne mich aufgeschmissen ist.«

»Das weiß er doch«, sage ich sanft.

»Nein. Nicht genug.« Sie fängt an zu weinen. »Was, wenn er sich eine Jüngere nimmt und doch noch eine Familie gründet?«

»Das wird er nicht tun.«

»Und wenn doch?«

»Tja …« Ich seufze. Ich würde gern sagen, dass das niemals

passieren wird, aber leider weiß ich genau, dass es für so was keine Garantien gibt und im Leben nun mal Dinge passieren, die man weder vorhergesehen noch sich gewünscht hat. »Dann musst du damit irgendwie fertig werden.« Laura wirft mir einen verzweifelten Blick zu. »Und wenn das passieren sollte, was nicht passieren wird, dann helfe ich dir. Dann bin ich für dich da.« Sie nickt und schaut in ihr Glas. »Aber jetzt warte doch erst mal ab und rede mit ihm.«

»Ja«, sie seufzt in ihren Likör, »das muss ich wohl.«

Kurz darauf kommt unsere Mutter und sagt, es sei alles geregelt. Sie ist so entspannt, wie ich sie seit Jahren nicht gesehen habe. Und das, obwohl wir gerade beklaut wurden und in der Mitte Italiens gestrandet sind.

Während wir den Rhabarberlikör schlürfen, erzählt sie uns von der Hochzeitsreise unserer Eltern, die sie in der Toskana verbracht haben. Der schiefe Turm von Pisa, die Uffizien in Florenz, Siena und seine berühmte Altstadt. Während sie davon schwärmt, ist gar kein Groll zu spüren. Als wäre die Verbitterung abgewaschen worden. Zumindest zum Teil.

Am nächsten Tag schlafen wir aus und vertrödeln die Zeit, bis das Geld angekommen ist, das Helge dem Hotelbesitzer überwiesen hat. Er hat extra mehr überwiesen, damit uns der freundliche Mann Bargeld geben kann. Wir überlegen, ob wir noch einen Tag dranhängen sollen. Aber meine Mutter schlägt vor, nach Rom zu fahren.

»Ihr wisst doch, alle Wege führen nach Rom.« Dieser Slogan beruhigt uns bei unserer Reise mit verschiedenen öffentlichen Verkehrsmitteln. Schließlich sind wir in Rom. Wir übernachten in einem kleinen Hotel in der Nähe des Campo di Fiori, das Helge uns von Deutschland aus organisiert hat. Meine Mutter ist natürlich ganz aus dem Häuschen, für jeden kulturbegeisterten Menschen ist Rom ein Paradies. »Viel besser als Barcelona, wirklich, viel besser«, sagt sie.

»Was war da eigentlich los in eurer Museumsgruppe?«

»Ach«, erwidert sie ärgerlich. »Die haben sich aufgeregt, weil ich ihnen angeblich zu viele Vorgaben machen wollte. Dabei ist doch gegen einen Besichtigungsplan nichts einzuwenden!«

Laura und ich schauen sie durchdringend an, und sie winkt ab. »Ja, schon gut. Ich weiß. Ich kann manchmal ein bisschen nerven. Aber guckt euch doch mal bitte diese Skulptur an. Michelangelo wusste wirklich mit dem Meißel umzugehen.«

Laura und ich schlendern entspannt hinter unserer Mutter her, die uns mit Volldampf durch Roms Gassen und über Plätze lotst. Es ist so heiß, dass wir immer nur bis zur nächsten Eisdiele kommen.

»Lorenzo ist zwar ein Idiot«, bemerke ich, als ich mal wieder Himbeer- und Kokoseis probiere, »aber im Eismachen war er super.«

Das bestätigt auch Laura. Nachdem unsere Mutter uns durch gefühlt achttausend Kirchen geführt hat, erreichen wir gegen Abend den Bahnhof, Roma Termini.

»Was wollen wir denn hier?«, fragt Laura.

»Wir können gucken, wann ein Zug zurück nach Köln fährt«, sage ich.

Aber unsere Mutter zieht uns weiter auf einen Bahnsteig. Sie schaut sich einfach nur um, und Laura und ich suchen nach der architektonischen Besonderheit, auf die sie uns aufmerksam machen möchte.

»Es ist langweilig hier«, sagt meine Schwester.

In dem Moment fährt ein Zug ein, und für den Bruchteil einer Sekunde denke ich, ich hätte meinen Vater gesehen.

»Was wird das?«, frage ich, weil meine Mutter jetzt so komisch guckt.

»Ich weiß nicht«, sagt sie.

Da steigen tatsächlich vorne aus dem ersten Wagen zwei Leute aus, die uns bekannt vorkommen. Genauer gesagt, mein Vater und mein Sohn.

Manchmal versteckt sich das Beste ganz unten in der Eiswaffel.

41

Der Mensch ist so gestrickt: Wenn etwas gescheitert ist, etwas nicht geklappt hat, irgendetwas Negatives passiert ist, sucht man nach dem Schuldigen. Man möchte die Verantwortung für die Niederlage jemand anderem in die Schuhe schieben. Wenn keine andere Person dafür verantwortlich gemacht werden kann, dann die Gesellschaft oder das Wetter oder sonst ein unglücklicher Zufall. Leute ziehen vor Gericht, um sich bestätigen zu lassen, dass der Nachbar der Bösewicht ist, dass die Frau in dem gelben Wagen die Vorfahrt genommen hat. Dass der Mann allein Schuld hat an der Trennung. Aber ändert das was daran, was passiert ist? Nein.

Außerdem ist es doch so: Wenn man alle Dinge als Fehler betrachtet, die am Ende scheitern, ist das ganze Leben ein Fehler. Das ist jedoch Unsinn. Nur, weil etwas gescheitert ist, heißt das noch lange nicht, dass es ein Fehler war. Meine Ehe mit Simon war kein Fehler, auch wenn sie nicht gehalten hat. Wir hatten gute Zeiten, und wir haben Basti. Und die Reise nach Italien war ebenfalls kein Fehler. Denn selbst wenn ich nicht die Liebe meines Lebens gefunden habe, so ist doch etwas Unglaubliches passiert: Meine Eltern reden wieder miteinander! Den ersten Schritt zur Versöhnung hat meine Mutter getan, als sie am Telefon im Hotel mit meinem Vater gesprochen hat. Mein Vater war darüber so froh, dass er sofort vorgeschlagen hat, sie abholen zu kommen. »Ich habe ja noch Verbindungen ins Transportwesen«, hat er gesagt. »Und ich bin zu lange nicht mehr Zug gefahren.«

Dann hat er das innerhalb einer Stunde organisiert, was nicht so einfach war, weil die Schulferien begonnen haben. Mithilfe von ehemaligen Kollegen von der Bahn hat er es aber doch geschafft und ist mit dem Zug aus Köln gekommen, den ganzen Tag hat das gedauert. Es ist unglaublich, wie mein Vater sich mit seinem Rollator und dem Gepäck aus dem Waggon gekämpft haben muss, wenn auch mit Bastis Unterstützung.

Ich stehe da und traue meinen Augen nicht.

»Wo kommt ihr denn her?«, frage ich, wobei ich die Antwort ja weiß (von zu Hause).

Meine Mutter lächelt ihr stilles Museumsdirektorinnenlächeln.

»Das war eine tolle Fahrt«, sagt mein Vater und legt den Arm um Basti. »Aber ohne meinen Enkel hätte ich das nicht gekonnt!«

»Opa Lokomotive hat mich mitgenommen.« Basti grinst schief. »Hattest du mir nicht noch eine Schaffnermütze versprochen?«, fragt er dann neckend meinen Vater.

Der nickt. »Du bekommst meine, mein Junge. Wenn wir wieder zu Hause sind.«

Was soll ich sagen: Kaum ist man mal nicht da, läuft alles wie geschmiert. Die beiden haben sich offenbar zusammengerauft. Und ich bin mächtig stolz auf meinen großen Sohn, wie er für seinen Opa da ist und ihn unterstützt. Er wirkt auf einmal richtig erwachsen.

»Und einen Rollator hast du jetzt?« Ich staune nicht schlecht.

»Pit hat mir den besorgt«, sagt mein Vater. »Er meint, in

Rom würden wir bestimmt viel rumlatschen, und da wäre das praktisch.«

»Und wie viel hast du ihm dafür bezahlt?«, frage ich skeptisch.

»Nichts. Das ist der Rollator von seiner Tante gewesen. Hat er mir so gegeben.«

»Hm«, mache ich und belasse es dabei.

Wir stehen also alle da auf dem Bahnsteig zusammen, und es fühlt sich besonders gut an, so weit weg von zu Hause. Wie eine richtige Familie! Dann bemerke ich Lauras Gesichtsausdruck. Sie ist blass, und ich habe den Eindruck, ihr Kinn zittert ein bisschen.

»Helge ist nicht mitgekommen?«

»Nein«, sagt mein Vater überrascht. »Sollte er?«

»Nein, nein«, wehrt Laura schnell ab. »Aber dann wird es Zeit für mich zurückzufahren.« Schon schaut sie sich um nach dem Zug, der zum Flughafen fährt. Mein Vater leiht ihr sein Handy, damit sie online nach Flügen suchen kann. »Irgendwie werde ich schon nach Hause kommen«, sagt sie erleichtert. »Ich hol nur noch schnell mein Gepäck aus dem Hotel.«

Dann umarmt sie uns alle, mich besonders lange, winkt uns und eilt davon.

Meine Eltern, Basti und ich bleiben noch drei Tage in Rom, mein Vater hat über seine Eisenbahner-Connections zwei Hotelzimmer für uns besorgt. Ich weiß nicht, was meine Eltern besprechen, ob sie überhaupt über die Fehler der Vergangenheit reden, aber das ist mir auch egal. Es ist einfach schön, sie wieder zusammen zu sehen, ohne Vorwürfe, ohne Streit.

Basti und ich vertragen uns wieder. Wobei wir uns ja nicht wirklich gestritten, sondern nur immer wieder Meinungsverschiedenheiten gehabt haben. Wobei das größte Problem ich selbst bin, wie mir klar geworden ist. Basti war nach der Scheidung mein einziger Vertrauter, da fällt das Loslassen noch schwerer, als es sonst der Fall wäre. Denke ich jedenfalls.

Als wir zwei am letzten Tag allein durch das Forum Romanum spazieren, was für meinen Vater wegen des steinigen und etwas holperigen Bodens nichts ist und er deshalb mit meiner Mutter auf einer Bank auf uns wartet, sage ich ihm, wie ich die Idee mit dem Schulabbruch sehe – dass ich sie für falsch halte, aber dass er es selbst wissen müsse. Ich will ihm einen Vortrag halten darüber, dass er dann später immer noch Fachhochschulreife oder Abitur nachholen könne, da unterbricht er mich schon und sagt, er hätte es sich anders überlegt.

»Schon gut, wenn's noch 'ne Weile so bleibt, wie's war.«

»Sag bloß, du hast mich vermisst«, sage ich neckend.

»Ein bisschen«, gibt er grinsend zu.

Das ist eine so schöne Liebeserklärung von ihm, dass ich am liebsten in die Luft springen würde.

Am Abend fahren wir mit dem Schlafwagen nach Hause. Obwohl ich gar nicht lange weg war, fühlt es sich an wie eine Ewigkeit. Die Wohnung kommt mir so fremd und eigenartig vor. Was natürlich an dem Chaos liegt, das mein Vater und Basti hinterlassen und das sie halbherzig vertuscht haben. Aber das kann mich nicht aufregen, denn mein Vater hat tatsächlich eine Wohnung gefunden. Als er sagte, dass er unten einziehen werde, war nämlich nicht gemeint, dass er mit der Muräne eine Poker-Vindalho-WG gründen würde, sondern, dass die Erdgeschosswohnung ganz für ihn allein wäre. Pit würde ausziehen. Nicht etwa, weil ihm diese Wohnung zu teuer ist! Er hat – und da muss ich mich kurz festhalten –, er hat sich ein Haus gekauft. Er ist nämlich gar kein arbeitsloser Rockmusiker, wie ich immer gedacht habe, sondern Computerspieleentwickler und arbeitet von zu Hause aus. Und eines von seinen Spielen ist von einer großen Firma gekauft worden.

»Er ist was?«, frage ich verständnislos.

»Programmierer und Softwareentwickler«, wiederholt mein Vater.

»Er hat schon verschiedene Apps entwickelt und jetzt ein Spiel entworfen, in dem man eine Band gründen und Rockmusiker oder Popstar werden kann«, fügt Basti hinzu. »Wusstest du das etwa nicht?«

Ich schüttle den Kopf. Das sind wirklich erstaunliche Neuigkeiten. »Aber ist denn der Vermieter einverstanden, dass du seine Wohnung übernimmst?«, frage ich.

Mein Vater guckt mich verwirrt an. »Na klar. Die Wohnung gehört Pit doch selbst.«

Und so kommt es, dass mein Vater im Erdgeschoss einzieht. Er muss keine Treppen bewältigen, und Basti und ich sind in der Nähe, falls er Hilfe braucht. Meine Mutter schaut oft nach dem Rechten. Neulich haben sie zusammen gekocht. Laura hat meinen Vater dann auch umgehend in die Praxis bestellt. Er geht jetzt zur Krankengymnastik, und mit dem Laufen klappt es schon viel besser.

Und was das Beste daran ist, dass mein Vater jetzt im Erdgeschoss wohnt: Der Garten gehört dazu. Ich meine, ich wusste, dass der Garten zur Erdgeschosswohnung gehört. Aber ich hatte nicht geahnt, wie schön er sein kann. Er war so verwildert und zugewuchert. Jetzt haben wir ihn ordentlich in Schuss gebracht (wobei mein Vater auf seinem Stuhl saß und Basti und mich hin und her gescheucht hat). Zu Bastis sechzehntem Geburtstag im Spätsommer weihen wir den Garten ein. Wir bauen einen langen Tisch auf. Der Grill steht am Rand, da, wo wir das Gebüsch gestutzt haben. Ich habe eine Menge Lampions gekauft.

Als Laura kommt, schüttelt sie nur den Kopf. »Da hat wohl jemand einen Dekorationsflash gehabt«, sagt sie.

»Wenn wir jetzt schon einen Garten haben, dann müssen wir das auch ausnutzen«, verteidige ich mich.

Laura grinst, dann geht sie zu ihrem Auto zurück, Helge ist gerade dabei, etwas auszuladen. Etwas Großes. Ich erkenne es erst, als sie den Karton zusammen hinters Haus schleppen.

»Eine Hollywoodschaukel!«, rufe ich begeistert.

»Also bitte, das ist eine Loungeschaukel«, korrigiert Laura. »Herzlichen Glückwunsch zum Garten.«

Die beiden helfen mir bei den Vorbereitungen, und ich bin so froh zu sehen, dass sie sich wieder vertragen haben. Sie gehen richtig süß miteinander um. Wie schön, dass wenigstens Laura Glück in der Liebe hat.

Nicki hat zu mir gesagt, ich solle mir keine Sorgen machen. Sie hat ihre Hellseherinnenmiene aufgesetzt und mir prophezeit, dass ich auch irgendwann Glück haben würde, schließlich ließen sich in meiner Altersklasse massenweise Leute scheiden, und da wären dann wieder etliche Männer frei.

»Wir werden sehen«, habe ich gesagt.

Auf der Arbeit ist wieder alles in Ordnung. Ich habe mit unserem Chef gesprochen und ihm erklärt, dass ich die Fortbildung machen möchte. Und dass ich ein paar Ideen für Umstrukturierungen habe, die es für alle hoffentlich leichter macht. Mit Anke habe ich auch gesprochen. Es hat sich herausgestellt, dass sie total überfordert war mit der Arbeit, weil sie privat so einen Stress hatte. Ihre Mutter war schwer erkrankt. Jetzt ist sie leider gestorben. »Warum hast du uns denn nichts gesagt?«, habe ich sie gefragt. »Nicki und du, ihr scherzt doch immer nur herum und redet Unsinn, da kann ich doch nicht mit so was kommen«, hat Anke erwidert. »Doch«, habe ich gesagt, »das kannst du.«

Jedenfalls haben wir alles geklärt. Sie ist jetzt wieder besser drauf, was auch daran liegt, dass sie seit einer Weile das Frauchen von Lady ist. Es war so offensichtlich, dass Lady einen Narren an ihr gefressen hatte. Als Nicki ihr das sagte, war Anke ganz verblüfft. »Das stimmt«, sagte sie gerührt. Nicki ist froh, dass Lady jetzt in besseren Händen ist, Anke ist glücklich, und so ist in der Kanzlei erst mal alles geklärt. Bald werden meine Abendkurse anfangen, und ich freue mich darauf. Es ist der Anfang von etwas Neuem. Ein Aufbruch, so wie das ganze Leben immer wieder aus Aufbrüchen besteht.

Als wir am Nachmittag in unserem Garten zusammenkommen und alle um den Tisch herum sitzen, wird mir endgültig bewusst, dass Familie kein starres Gebilde ist, sondern ein sich ständig erneuernder Organismus. Leute gehen. Leute kommen. Leute kommen wieder. Das ist das Leben. Eine ständige Veränderung. Und nur wer mit diesen Veränderungen klarkommt, kann ein glücklicher Mensch werden.

Simon und Doreen sind mit ihrem Baby gekommen. Es ist ein Mädchen namens Aurora. Die Kleine liegt in ihrem Kinderwagen und schlummert tief und fest, als könnte sie nicht mal ein Erdbeben aufwecken. Doreen ist stolz und glücklich, aber auch so unsicher wie jede Mutter am Anfang. Sie fragt mich nach Tipps gegen wunde Babypopos und bei Stillproblemen.

»Darf ich dich vielleicht mal anrufen, wenn ich eine Frage habe?«, fragt sie mich verlegen. »In meinem Freundeskreis hat noch keiner ein Baby. Und Simon scheint das alles vergessen zu haben.« Sie verdreht die Augen, lächelt aber dabei.

»Natürlich«, sage ich und meine es ernst.

Und zum ersten Mal denke ich, dass ich die Trennung wirklich verwunden habe und Simon und ihr das Beste wünsche.

»Wo bleibt denn das Geburtstagskind?«, ruft meine Mutter.

»Basti müsste gleich kommen«, sage ich. »Und er bringt Isabell mit.«

»Das ist mein Enkel, haha«, freut sich mein Vater. »Der hat Schlag bei den Frauen!«

Es klingelt an der Tür im Erdgeschoss. Basti hat wohl seinen Schlüssel vergessen. Ich laufe schnell durch die Wohnung meines Vaters und öffne. Aber es sind gar nicht Basti und Isabell. Es ist … Maik die Muräne. Mit Wuschelhaaren, aber ohne Baseballkappe. Er hat sich schick gemacht und trägt ein schlichtes schwarzes Hemd zu verwaschenen Jeans. Er sieht aus wie immer, aber irgendwie anders. Wie ein richtiger Mensch. Oder besser gesagt: Wie ein richtiger Mann.

»Was machen Sie denn hier?«, frage ich verdutzt.

»Kurt hat mich eingeladen.« Er schwenkt ein kleines Geschenk. »Soll ich wieder gehen?«

»Nein, nein, kommen Sie rein.«

Er zögert. »Aber nur, wenn du mich endlich duzt.« Er streckt mir die Hand hin. »Ich bin Pit.«

Ich schlage zögerlich ein. »Miriam.«

Er nickt. »Und wie war die Fahrt mit dem Eiswagen, Miriam?«

»Ziemlich chaotisch, aber gut.«

Er schaut sich in seiner Wohnung um, die frisch renoviert ist und jetzt hell und freundlich aussieht, und wendet sich wieder an mich.

»Den Eiswagen habt ihr nicht mit zurückgebracht?«

»Nee, der war Schrott. Totaler Schrott. Wir wären beinahe schon im Westerwald gestrandet«, sprudelt es aus mir raus. »Aber dann hat ein Typ namens Harry ihn repariert, während wir uns mit den Frauen seiner Familie mit Rhabarberlikör betrunken haben.« Pit hört mir schmunzelnd zu, wie ich atemlos die wichtigsten Stationen unserer Reise aufzähle. »Und am Schluss hat meine Schwester noch so lange gegen die Stoßstange getreten, bis sie abgefallen ist, weil dieser idiotische Eiswagenbesitzer so bescheuert reagiert hat, als wir ihm den Wagen vor die Tür gestellt haben.« Mir fällt ein, dass draußen die anderen warten. Ich hatte gar nicht vorgehabt, ihm so viel zu erzählen. »Es ist noch viel mehr passiert«, beende ich meinen Monolog.

Er lacht. »Klingt nach einer lustigen Reise.«

»Ich kann dir ja bei Gelegenheit mal den Rest erzählen«, sage ich und wundere mich dann, woher das auf einmal kommt. »Nur wenn du willst, natürlich.«

»Ich will«, sagt Pit.

Liebe ist wie Eiscreme: Ob sie einem schmeckt, weiß man erst, wenn man sie probiert hat.

EPILOG

Ich könnte den richtigen Mann nicht finden, weil ich herzensblind war und das Wesentliche nicht sehen würde, hatte ich gedacht. Aber wie sich herausgestellt hat, ist Denken im Allgemeinen hinderlich, besonders, wenn es um die Liebe geht. Und es ist auch sinnlos zu versuchen, mit dem Herzen sehen zu lernen. Denn das muss man gar nicht lernen. Ob man es ahnt oder nicht: Man kann es sowieso schon.

Genauso muss man nicht lernen, ob einem eine Eissorte schmeckt oder nicht. Das entscheidet sich sofort, wenn man sie auf der Zunge hat. Manchmal überrascht einen dann eine Sorte, der man am Anfang skeptisch gegenüberstand. Grapefruit zum Beispiel. Oder Strawberry Cheesecake. Sobald man probiert hat, weiß man, ob man sie mag oder nicht. Ob es eine Lieblingssorte werden könnte. Und wenn man dann noch herausgefunden hat, dass man das Eis gut verträgt und es keinen Nachgeschmack hat – dann weiß man, dass es eine Lieblingssorte fürs Leben geworden ist.

»Hm«, macht Pit, nachdem ich ihm meine Theorie erklärt habe. »Im Grunde meinst du also, dass man nur mit dem Bauch gut sieht.«

»Genau!«, erwidere ich begeistert. »Das ist es!«

»Also hat sich der kleine Prinz vertan. Der Bauch ist der mit dem Durchblick, nicht das Herz.«

»Äh …ja«, sage ich. »Zumindest kapiert man es dann besser.«

»Beeindruckend«, sagt Pit, ohne eine Miene zu verziehen. »Du solltest deine Erkenntnis auf Postkarten drucken lassen. Dann wirst du bald reich und berühmt sein.« Er verstellt die Stimme und deklamiert: »Man sieht nur mit dem Bauch gut, das Wesentliche ist für die Augen …«

»Haha«, unterbreche ich und trommele mit den Fingern auf seiner nackten Brust herum.

»Du könntest den Spruch an eine Restaurantkette verkaufen. Auf einer Speisekarte würde er sich auch gut machen.«

Ich stütze mich auf den Arm auf und schaue ihn an. »Kennst du eigentlich das Kinderbuch *Maik die Muräne?*«

Wenn die Kinder aus dem Haus sind und der Hund tot ist, fängt das Leben an ...

Marie Schwarzkopff
SEX IST IMMER NOCH SCHÖN, ABER WEIHNACHTEN IST ÖFTER
Roman

304 Seiten
ISBN 978-3-404-18354-8

... sagt man. Doch Anna und Morten merken davon nichts. Der Nachwuchs ist flügge, endlich wäre Zeit zum Schnäbeln und Turteln. Doch stattdessen fliegen zwischen den beiden plötzlich die Federn. Ein Sommer in einem Strandhaus auf einer winzigen dänischen Insel soll die Liebe retten. Doch in der skandinavischen Idylle entdeckt Anna ein ganz neues Leben, und Morten muss feststellen, dass er nicht mehr der Hahn im Korb ist. Ist die gemeinsame Flucht aus dem Familiennest der Anfang vom Ende? Oder ein Neubeginn?

Wundervoller Roman mit Humor und Tiefgang über das, was kommt, wenn die Kinder aus dem Haus sind

Lübbe

„*Manchmal ist das Leben ein Eintopf. Es kommt alles zusammen." Henriette Henkemeier*

Frida Matthes
VON DER LIEBE UND DEN JAHREN DAZWISCHEN
Roman
DEU
304 Seiten
ISBN 978-3-404-18094-3

Henriette hat den Familienalltag mit drei (pubertierenden) Töchtern fest im Griff. Nur das Eheleben mit dem vielbeschäftigen Patrick könnte mehr Schwung gebrauchen. Doch Henriettes Versuche, die eheliche Romantik aufleben zu lassen, laufen ins Leere. Bis der attraktive Max auftaucht und ihr Avancen macht. Das bringt das gut sortierte Familienleben komplett durcheinander – und plötzlich läuft alles aus dem Ruder. Um ihre Familie zu retten, sieht Henriette nur noch eine Lösung: Sie muss an die Côte d'Azur ...
Ein wunderbarer Feel-Good-Roman über die Liebe, das Leben und die Familie

Lübbe